작은 생명은 없다

For Maggie, who took and left the biggest pieces.

가장 큰 조각들을 가져가고 남긴 매기를 위하여

NO LIFE
TOO
SMALL

작은 생명은 없다

세계 최초, 유기동물 호스피스에서의 사랑과 이별 이야기

ALEXIS FLEMING

알렉시스 플레밍 지음 | 강미소 옮김

언제나북스

✳ 목차

PART 1   시작은 '매기'였다

PART 2   미지의 세계, 호스피스로

✳ 목차

PART 1   시작은 '매기'였다

PART 2   미지의 세계, 호스피스로

PART 3 죽음의 위기를 거쳐

PART 1

시작은 '매기'였다

매기^{Maggie}, 행복하니?

{ 불마스티프 }

그래, 이 모든 일은 '매기'로부터 시작되었다.

매기를 만난 것은 요크의 어느 낯선 주차장이었다. 나는 축축하고 차가워진 손으로 코트 안쪽 주머니에 든 메모지를 만지작거리고 있었다. 근처 슈퍼마켓의 자동문이 열릴 때마다 따뜻한 공기가 새어 나왔고 거리엔 크리스마스 캐럴이 흘러나왔다. 주변을 감싼 한겨울의 어둠은 점점 커져, 무겁게 나를 짓눌렀다.

재차 통화 버튼을 눌렀다. 오기로 한 사람은 전화를 받지 않았고 이내 음성사서함으로 연결됐다. 다시 한 번 전화했다. 그리고 한 번 더. 문득 내가 서 있는 낯선 주택가가 눈에 들어왔다.

'얼마나 오래 기다려야 하지? 전화를 몇 번 더 해야 받을 건데? 그냥 포기하고 돌아갈까?'

이미 늦었는지도 모르겠다는 생각이 들기 시작했다. 그리고 후회했다. 더 일찍 출발할걸. 더 많은 돈을 제안할걸.

휴대폰을 켜 몇 시인지 확인했다. 오후 4시 34분. 다시 전화를 걸었다. 그렇게 긴장하고 있을 때, 가로등에 비친 실루엣이 눈에 띄었다. 휴대폰을 계속 확인하며 나를 향해 걸어온 이는 다소 야윈 30대 초반의 남자였다. 주황색 가로등 불빛이 희미하게 빛나던 그날. 그 남자의 뒤에서 움직이는 것이 무엇인지 알아내려 모든 감각을 동원했다. 내가 바라던 강아지였다!

깡마른 불마스티프˙가 남자의 뒤에서 한쪽 발목을 질질 끌며 걷고 있었다. 목줄도 차지 않았는데 잔뜩 기가 죽어 있었고, 남자를 두려워하는 기색이 역력했다.

"혹시 개 사겠다던 사람입니까?"

남자의 말에 긴장하며 고개를 끄덕

●   잉글리시 마스티프와 올드 잉글리시 불독을 품종 개량한 영국 대형견.

였다. 입이 바짝 말라 있었다.

"현금 가져왔어요?"

"네, 여기 백 파운드. 전화를 안 받아서 다른 사람에게 개를 팔아 버렸으면 어쩌나 걱정하고 있었어요."

"긴말할 것 없고, 돈은 어디 있냐고요?"

"네, 여기요……."

남자의 재촉에 돈을 건넸다. 남자는 빠르게 돈을 세더니 주머니에 넣었다. 나는 낡아 빠진 차 트렁크를 열고, 개에게 올라타라고 신호를 보냈다.

"자, 타렴."

녀석에게 말을 걸며, 손으로 트렁크의 바닥을 부드럽게 탁탁 쳤다. 하지만 두려움이 어린 눈으로 쳐다볼 뿐 움직이지 않았다. 얼른 타 주면 안 될까. 그러면 이 남자와도 빨리 헤어질 텐데.

그때였다.

"얼른 타라고!"

남자는 한쪽 발로 개를 걷어찼다. 개가 움찔하더니 본능적으로 남자가 시키는 대로 움직였다. 개가 올라타자, 나는 재빨리 문을 닫았다. 개를 안정시키는 건 나중 일이다. 당장 나의 임무는 이 녀석의 안전을 지키는 것이다.

남자는 개에게 작별 인사는커녕 마지막 눈길조차 보내지 않고 또다시 휴대폰에 눈을 고정한 채 어둠 속으로 사라졌다. 그는 자기 말을 순종적으로 따르던 개를 완전히 잊은 듯 보였다. 몇 분 전까지 그가 기르던 깡마르고 두려움에 떨고 있는 녀석은, 이 제 내 곁에 있다.

나는 겨우 안도의 숨을 내쉬었다. 그저 감사했다.

차량의 트렁크를 열면 위험하기 때문에, 나는 뒷자석으로 올라탔다. 뒷좌석과 트렁크가 연결되어 있지만, 혼란스럽고 두려워하는 개에게 다가갈 때는 주의해야 한다. 이 녀석에 대해 잘 모르지만, 어디선가 '불마스티프는 주인에게는 충성스러우나 낯선 사람을 극도로 경계한다'는 내용을 읽은 기억이 났다. 가엾고 겁에 질린 이 친구가, 트렁크 한쪽 구석에 웅크리고 뒤돌아 있는 모습도 놀랍지 않다.

"얘, 안녕."

냄새를 맡을 수 있도록 손을 쭉 뻗었다.

"너 정말 착한 애구나. 너무 겁먹지 마."

혼란스럽고 불안했는지, 녀석의 눈이 휘둥그레졌다. 확실하진 않지만, 아주 잠깐 내 손을 킁킁거리는 듯했다.

"점점 좋아질 거야, 약속할게. 이제 우리 집으로 가자."

요크 도로의 한복판, 그것도 러시아워의 퇴근길. 집으로 가는 이 시간이 끝나지 않을 것만 같았다. 하지만 그동안 녀석은 미동조차 없었고, 소리도 내지 않았다. 정체된 도로를 따라 운전하며 백미러로 녀석을 힐끗 보았다. 덜컹거릴 때마다 축 늘어진 두 귀가 팔랑거렸다. 마트에 들러 강아지 사료를 사고 차로 돌아왔을 때조차도 녀석은 계속 같은 자세로 굳어 있었다. 움직임이 없어 걱정스러웠지만, 한편으로는 그 침묵이 꽤 고마웠다. 복잡한 머릿속을 정리할 수 있었으니까.

작은 생명은 없다

미래

매기가 차에 뛰어들었다. 녀석은 여느 때처럼 산책하고 싶어 안달이 났다.

"어디로 가 볼까, 매기? 모얼릭 호수? 아니면 우리가 자주 걷는 산책로? 그래, 오늘은 모얼릭 호수로 가자. 수영하기 정말 좋은 날씨잖아!"

트렁크를 닫는데 갑자기 온몸이 찌릿하며 저려 왔다. 상태가 좋지 않다는 것을 직감했다. 절뚝거리며 운전석에 앉았다.

"매기, 오늘은 천천히 움직여 줄래?"

이 무렵 남편은 호텔에서 일하고 있었다. 그 덕분에 크리스와 나는 예전에 머무르던 곳에 다시 와서 살고 있었다. 집은 스코틀랜드 북쪽 끝, 에비모어 외곽에 자리하고 있었다. 스코틀랜드로 다시 돌아온 것은 감사한 일이었다. 특히 우리가 어렸을 때 살았던 곳이라 더욱 좋았다. 바로 전에 살았던 요크보다 가족, 친구들과 왕래하기도 좋았다.

에비모어는 어릴 적 부모님과 함께 휴가를 보냈던 추억이 어린 장소라 익숙했다. 나는 아빠와 언덕 부근을 탐험하고, 엄마 바지 주머니에 솔방울을 가득 채워 놓는 어린이였다. 부모님이 요정 이야기를 들려주던 여름날, 유년 시절의 기억이 생생한 에비모어에 돌아올 수 있었던 건 그야말로 '행운'이었다.

산까지 이어지는 도로를 향해 차를 돌렸다. 백미러로 매기를 힐끗 보니 혀는 축 늘어져 있고 귀는 팔랑거렸다. 매기가 지닌 열정과 에너지를 조금이라도 나눠 받을 수 있다면 좋겠다고 생각했다. 도로 위 산불을 조심하라는 경고 표지판이 보였다. 하지만 산불의 위험과는 달리 몇 주째 비가 그치질 않고 있었다. 표지판이 둥둥 떠내려 갈 확률이 산불보다 더 클지도.

오른쪽으로 이정표들이 도로를 따라 길게 늘어지고, 왼쪽에는 오래 전에 죽은 나무들의 앙상한 가지만 남았다. 우리가 향하는 도로는 몇몇 마을과 소나무 숲을 가로지르는 큰 길인데, 여름과 겨울 내내 관광객을 싣고 에비모어부터 켄곰산의 산책로, 때로는 호수부터 야영지에 이르기까지 사람들을 실어 나를 때 거치는 곳이다. 산을 따라 죽 이어지므로 멀리 보이는 언덕들, 깊은 호수, 국립 공원 길을 따라 달리는 자동차들까지 한눈에 볼 수 있다.

도로 모퉁이를 도는데 나무에 의지해 겨우 버티고 있는 표지판이 보였다. 에비모어 주변의 도로는 경치가 좋으나 그만큼 악명이 높다. 질주하는 차, 잔인한 겨울 날씨, 순간적인 집중력 상실, 갑자기 차 앞으로 튀어나오는 사슴……. 이런 요인들이 모두 심각한 사고를 불러일으킨다. 갑자기 마음이 어두워졌다.

'자제력을 잃으면 어떡하지?'

그 순간, 갑자기 배에서 경련이 일었다. 몸속을 뒤흔들고 할퀴는 느낌이었다. 본능적으로 몸에 힘이 들어갔다. 이를 악물고 호흡을 가다듬으며 운전에 집중하려고 노력했다. 다행히 경련은 일시적으로 줄어들었다. 곧이어 속이 메스꺼워지기 시작했다. 경련이 가라앉은 것도 잠시, 오른쪽 엉덩이 위에 또 다른 경련이 시작되었다. 핸들을 잡고 신음했다.

'제발, 잠시만이라도 멈춰 줘.'

끊임없는 통증과 압도적인 피로는 인내의 한계에 빠트렸다. 마치 한 마라톤의 결승선을 넘어가면 또 다른 마라톤이 나를 기다리고 있는 느낌이다.

황량함이 밀려왔고, 어둠 속에서 미끄럽고 가파른 무언가를 붙잡고 있는 것만 같았다. 알 수 없는 무언가를 붙잡은 채, 손을 놓으면 깊은 구덩이에 빠져 버릴 것만 같은 두려움이 밀려들었다.

매기를 힐끗 바라보았다. 산책할 생각에 잔뜩 신이 났다. 아이 앞에는 아름드리 소나무가 견고하게 서 있었다. 길은 그 주위를 감싸며 나무와 한 몸인 듯 이어져 있었다.

'이 길을 지나다 쓰러지면 어떡하지?'

매기는 기대감에 휩싸여 이리저리 돌아다니고 있었다. 배 속에서 또 다른 고통이 밀려 왔다. 나는 몹시 지쳐 다시 백미러로 뒤를 살폈다. 호숫가에 가는 기대감에 신이 난 매기가 나를 바라보고 있었다. 주차장까지 가지도 못하는 상황에서 호수 주변이라니. 엄두조차 못 낼 일이다.

"그렇게 기대되니, 매기? 그래, 요 앞이야, 거의 다 왔어……."

숨을 크게 들이마시고 아름드리나무를 둘러싼 길을 따라 호수를 향해 조심조심 걷기 시작했다.

산과 호수, 소나무 숲. 세상과 동떨어진 채 천연의 아름다움을 간직한 켄곰산 국립 공원. 그 한가운데에 우리의 새집이 있다. 그곳에서 매기와 나는 산책에 푹 빠졌다. 오솔길 산책, 백사장 산책, 냄새 맡기 산책, 노 젓기 산책 등등……. 관광 철이 끝나면 인적도 없어, 오로지 우리 둘과 끝없이 이어지는 소나무 길뿐이다. 우리는 마음과 몸이 허락하는 한 계속 산책했다.

나는 매기가 물에서 첨벙거리는 것을 보며, 그린 호수의 청록빛 얕은 수면 위로 막대기를 던져 줬다. 물속으로 뛰어든 매기는 모래에 발을 꾹 내딛고는 저 멀리 떨어진 막대기를 가져오고 싶어 안달했다. 나는 그 모습에 고개를 내저으며 웃곤 했다.

"하하, 물에 들어가 있으면서 물기를 털어 내면 뭐 하니, 매기!"

타지에서 온 사람들이 해변과 오솔길을 즐기는 여름이면, 매기는 당당하게 앞발로 헤엄치고 꼬리를 흔들며 돌아다녔다. 관심을 보이는 사람들에게 태연하게 다가가 인사도 했다. 매기는 새로운 개들과 만나면 신이 나서, 서로 원을 그리며 그 주위를 뛰어다니기도 하고 좋아하는 막대기를 함께 가지고 놀며 냄새 맡곤 했다. 매기에게는 모든 이들이 친구였다. 낯선 이들을 구분 않고 코를 대고, 크고 아름다운 갈색 눈으로 올려다보고, 혀를 내밀어 다가오는 관심을 즐기곤 했다. 모얼릭 호수에서는 관광객들이 놀고 있는 곳까지 코를 킁킁거리며 정신없이 쫓아가곤 했는데, 뒤늦게 그 사실을 알아차린 나는 반려견을 제지하지 못한 것을 정중히 사과했다. 하지만 그럴 때마다 매기는 뻔뻔하게도 간식을 얻어먹고 슬그머니 자리를 피해 버렸다.

나는 숲의 안락함과 고요함 속에서 매기와 이야기하고 혼잣말하기도 했으며 어떤 날은 부풀어 오른 생각 속에 침잠했다. 때로는 울기도 하고 엄마한테 이유 없이 전화했으며 목적지도 없이 한쪽 발을 다른 발 앞에 가져다 댄다는 단순한 생각을 이어가며 산책하기도 했다.

걸음걸이가 제법 가벼웠던 어느 날, 우리는 야영지를 지나 레어리그 길 쪽으로 더 멀리 나아갔다. 산과 능선을 가로지르는 이 길은 아빠와 내가 어린 시절 찾아내, 20대 초반에 이르기까지 걸었던 곳이다. 바위를 가로지르는 작은 틈새를 찾는 것만큼 짜릿한 일은 없다. 날씨가 좋기만 하면 매기와 함께 소나무가 나올 때까지 산책로를 오르고, 아빠와 함께 탐험하던 바위 위에 앉아 능선을 바라보곤 했다. 그러나 이렇듯 갑자기 통증이 밀려오는 날에는 호수 주변만 잠깐 거닐었다. 그것도 못할 정도로 통증이 심한 날이면 침대에 누워 속으로 비명을 지르곤 했다.

남편과 이곳으로 거처를 옮긴 주된 이유는 요양이었다. 요크에서 일할 당시, 매일 아침마다 진통제가 듣기만 기다리느라 밥 먹듯 지각했다. 배가 꽉 막혀, 욕실 바닥에서 몇 시간 동안 괴로워 몸부림쳤다. 기진맥진한 상태로 퇴근하면 복도 바닥에 쓰러져 정신을 잃기 전에 겨우 현관문을 닫고는 했다. 매기는 밥을

작은 생명은 없다

못 먹어 잠시간 절망했지만 내 곁을 충실히 지켰다.

그렇게 몇 년이 지났다. 수개월 동안 검사한 결과, 나는 장내 자가 면역 질환인 '크론병'으로 진단됐다. 스스로를 계속 공격하며 창자 전체에 염증 반응이 일어나고 궤양이 생겼다. 동시에 또 다른 자가 면역 질환, '염증성 관절염' 진단까지 받았다. 염증성 관절염은 근육, 관절, 힘줄, 장기에 무자비한 공격을 가하는 질병이라 했다. 그제야 겪어 왔던 모든 고통이 이해됐다. 염증은 앉거나 움직일 때마다 다리 통증을 일으키고, 발바닥을 참을 수 없이 가렵게 했다. 인내심의 한계에 다다르면 눈밭에 맨발로 한 시간 동안 서서 발이 파랗게 변하는 것을 바라보기도 했다. 그렇게 하면 고통이 사그라드는 것만 같았다.

그렇게 에비모어로 이사한 뒤 일상은 다시 평범하게 흘러가는 듯했다. 저녁이 되면 남편 크리스와 소파에 앉아 TV를 보았다. 담요를 덮고 소파 위에 누우면, 매기는 발을 따뜻하게 해 주고 난 외풍을 막아 주며 함께 잠드는 날이 많았다.

"이 프로그램 같이 보기로 했잖아."

크리스는 항상 피곤하고 무기력한 내 모습에 지쳐 갔다. 크리스의 말소리에 고통스럽게 잠에서 깼다.

"미안해, 잠들어 버렸나 봐. 부엌에서 뭐 먹을 것 좀 챙겨 올까?"

요크에서 에비모어로 이사했던 2010년 12월 무렵은 비수기였다. 남편은 계속 일했지만 내 일자리는 없었다. 낭패감으로 괴로워하고 있을 때, 호주 멜버른 에드가에 사는 친구 팸이 메일을 보내 왔다. 몇 달 동안 일손이 필요해 연락했다는 말에 선뜻 응낙했다. 그동안 매기는 부모님 댁에 가 있기로 했다.

스코틀랜드의 겨울을 뒤로 하고 호주 에드가의 여름 속에서 구조한 동물들을 돌보았다. 3월과 4월, 팸과 나는 도살장 바닥에서 갓 태어난 아기 염소 네 마리[•]의 엄마가 되었다. 밤낮을 가리지 않고 염소들을 챙기고 분유를 먹이는 데 집중했다. 네 마리의 아기 염소들은 즐겁게 지냈고, 나는 그 아이들을 사랑했다.

화장실이 늘 근처에 있어야 했고 강한 진통제가 필요한 날도 있었지만, 이전에는 발견하지 못했던 내 안의 에너지를 에드가에서 발견했다. 매일 아침 해가 뜨면 '오늘은 어떤 놀라운 일이 일어날까' 기대됐다. 18시간 동안 일하면서도 시간 가는 줄 몰랐다. 일과가 끝나면 눈뜰 수 없을 정도로 지친 채 깊은 잠에 빠져들었다.

매기가 많이 보고 싶었지만 일주일에 한 번씩 부모님에게 전화해 매기의 소식을 듣는 것으로 만족했다. 오늘은 무엇을 했는

●　　맥피, 수티, 리치먼드, 프랭키.

지 문자도 자주 받았다.

매주 수요일 밤에는 팸과 부엌에서 영화를 보았는데, 고양이들은 의자에 앉아서 졸고 우리는 바닥에 누워 있곤 했다. 엔딩 크레딧이 거의 다 올라갈 때 잠들곤 했는데, 팸은 그런 나를 보고는 웃으며 담요를 덮어 주었다. 고됐지만 행복한 일상이었다.

5월 말은 빠르게 다가왔다. 크리스도 항공사도 내가 출발 일정을 더 이상 미룰 수 없다고 했다. 팸이 멜버른에 있는 기차역에 내려 줬을 때 집으로 가는 비행기를 보며 드는 마음을 형언할 길이 없었다. 주차 금지 구역이라 잠시 차를 세운 뒤, 팸과 짧게 작별을 고했다. 떠나고 싶지 않았다. 팸과 에드가, 그곳에 사는 모든 동물들을 사랑했다.

"알렉스, 에드가에 취직하고 싶다면 호주 시민권 취득을 도와줄게."

나도 모르게 팸을 바라보았다.

"생각해 봐, 당장 대답하란 말은 아니니. 네가 정말 그리울 거야, 알렉스. 사랑해. 잘 지내!"

팸은 항상 바빴고, 해야 할 일이 많았다. 여러 번 어려운 선택의 순간에 직면하고 매일 쪽잠을 자면서도 성공하고 도전하는 삶을 살았다. 자신이 가진 모든 에너지를 소진했고, 때로는 한계에 이를 만큼 스스로를 몰아붙였다. 잠시나마 그 삶을 경험해 보

니 팸처럼 살아 보고 싶었다. '나는 뭘 할 수 있을까?'

　마음과 영혼은 에드가에 있었지만 나에게는 스코틀랜드에서의 삶도 있었다. 무엇보다 매기가 보고 싶었다.

　초여름은 성수기라 두어 곳의 아르바이트 자리를 쉽게 구할수 있었다. 저녁에는 동네 마트에서 계산원으로, 아침부터 정오를 조금 넘길 즈음까지는 태국식 스파에서 접수원으로 일했다. 숲속의 작은 오두막에서 하는 접수원 일은 평화로웠다. 가게 주인이 타지의 가족들과 시간을 보내러 여행하는 동안 나는 그곳에 혼자 남아 고독을 즐겼다. 마트 일은 매우 복잡했고 버거웠기에, 스파 아르바이트는 마트에서의 피로를 푸는 시간이었다. 두 아르바이트 사이 비어 있는 오후 몇 시간 동안은 집안일을 해 놓고 매기를 산책시켰다.

　날이 따뜻한 어느 늦여름. 저녁에 마트에서 근무를 마친 뒤, 자전거를 타고 퇴근하는 데 모든 에너지를 소진했다. 자전거를 현관에 가까스로 세워 두고 문을 닫자마자 바닥에 쓰러졌다. '웰컴!' 매트에 적힌 글귀가 달갑지 않았다. 축축하고 진흙투성이의 매트가 뺨을 할퀴고, 싸구려 나일론 유니폼 사이로 나무 바닥의 냉기가 스며들었다. 매기가 걱정스러운 표정으로 곁에 자리를 잡았다.

성수기가 끝나가고 아르바이트는 며칠 더 남아 있었지만 아무런 계획도, 그다음 이어 할 일자리도 없었다. 희망과 기쁨은 고통과 탈진, 좌절 속에 생동감 없이 놓여 있는, 멀고 먼 기억일 뿐이었다. 미동도 않고 벽만 응시했다. 피로, 고독, 우울, 실패한 결혼 생활, 끝없는 병마의 고통……. 모든 것에 진저리가 났다. 세상에 색이 존재했던 적이 있었나. 기억나지도 않지만 만약 그런 시간이 있었다고 해도 다시는 찾아오지 않을 것만 같은 기분이 들었다. 미래는 오늘과 같을 뿐이다. 광대하고 막막하고 허무하고 무의미한 것.

며칠 후 긴 장마가 끝났다. 오랜만에 찾아든 햇살과 따뜻함을 느끼며, 마트에서 함께 일하는 동료들과 퇴근 후 한잔하러 갔다. 웃음소리, 술, 여름 저녁의 분위기에 취해 가방 안에서 울리는 전화벨 소리는 무시했다. 크리스가 전화했다는 것을 알았지만 받고 싶지 않았다. 폐점 시간까지 술을 마신 후 우리는 길을 건너서 맥주 한 파인트를 더 마셨다. 자전거를 타고 길을 따라 비틀거리며 집으로 돌아왔을 땐 새벽 2시를 넘긴 시점이었다. 크리스를 깨우지 않으려고 살금살금 침대로 들어갔다. 나는 자는 척을 하며 남편이 아침 일찍 출근하는 것에 안심했다.

다음 날 아침 화장실 문이 열리는 소리를 듣고 침실에서 걸어나오니, 크리스가 거실에 서 있었다. 심장이 두근거렸다.

"어젯밤에 어디 있었어?"

"직장 동료들이랑 같이 있었어. 문자도 보냈잖아, 일 끝나고 한잔한다고. 그리고 어젯밤 그렇게 늦지도 않았어."

스스로도 귀가가 늦었다는 것을 알기에 심장이 쿵쾅거렸다. 수년간 느꼈던 비참한 감정이 떠오르다 그다음 순간, 어렴풋이 깨달았다.

"걱정이 돼서 찾으러 나갔는데 전화도 안 받았지! 어제 집에 들어왔을 때도 제정신이었으면서 나한테 얘기도 안 했고."

"페이스북 보고 있었어."

"알렉스, 우리 이대로도 괜찮아?"

나는 남편의 발을 내려다보며 심호흡했다.

"안 할래, 아니, 못 해……. 크리스, 갈수록 상황이 안 좋아지기만 해. 더는 못 하겠어."

나는 죄책감과 동시에 수치스러웠다. 그리고 안도했다.

"당신 후회할 거야."

조용히 나를 바라보던 크리스가 한마디 하고는 방에서 나가 버렸다.

결혼 생활은 그렇게 끝났다. 그 집은 크리스가 일하며 얻은 공간이었기에 몇 가지 잡동사니와 매기만 챙겨 나왔다. 부모님께 가자 나와 매기를 위해 온실과 주방을 거실과 침실로 바꿔 주겠다고 하셨다. 그렇게 부모님과 함께 살게 됐다. 건강이 악화됐을 때마다 나를 돌볼 보호자도 생겼고, 부모님의 친절과 응원이 감사했다. 그러나 부모님께 의존하고 있다는 생각이 들면 들수록 도망치고 싶어졌다. 부모님은 이런 내 마음을 이해해 주셨다.

매기는 부모님께 잠시만 맡겨 두기로 했다. 부모님은 나의 독립을 도와주고 싶다며 세 개의 문이 달린, 11년 된 녹색 라브*를 선물해 주셨다. 차는 낡았지만 오히려 좋았다. 침낭, 옷 몇 벌, 책 한 권, 짐 가방 몇 개를 들고 라브로 이사했다.

이후 몇 주간 에비모어의 호스텔에서 지내며 라브 또는 친구 집 소파에서 잠들기도 했다. 새로운 사람들과 어울리고, 자주 술을 마셨다. 술집에서 새벽 4시까지 즐기다가도 이혼, 무일푼의 삶이라는 현실을 떠올리며 비틀거리기를 반복했다. 숙소 예약이 꽉 차서 머물 곳이 없거나 절친인 카렌이 잘 지내고 있는지 확인하러 올 때면 새로 사귄 친구들과 주차장에서 파티를 열곤 했다.

카렌과 나는 15년간 친구였다. 그녀는 누구보다 나를 잘 알기에 그만의 방식으로 위로했다. 내가 하는 허튼짓에 기꺼이 동참

●　　Rav 4, 토요타의 준중형차.

하여 나를 웃게 했고 함께 술자리에 있어 주었다. 감정적으로 무엇보다 위로가 되었지만, 병마로 고통에 시달리는 몸을 다루는 데에는 최악의 행동이었다.

매기가 몹시 보고 싶었다. 그때마다 엄마가 보내준 재미있는 문자를 보았다. 엄마는 이런 식으로 매기가 무엇을 했는지 알려 주곤 했다.

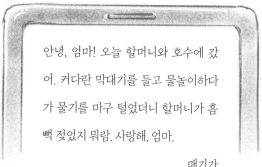

안녕, 엄마! 오늘 할머니와 호수에 갔어. 커다란 막대기를 들고 물놀이하다가 물기를 마구 털었더니 할머니가 흠뻑 젖었지 뭐람. 사랑해, 엄마.

매기가

나는 남쪽으로, 부모님과 매기는 북쪽으로 운전하여 중간쯤인 피틀러크리에서 만났다. 우리는 낙엽을 밟으며 소풍을 즐겼다. 2주 분량의 포옹을 몇 시간 동안 매기에게 쏟아부으며, 우리가 곧 다시 함께할 것이라고 약속했다.

겨울이 오고 있었다. 거리 생활로 매연을 너무 많이 마셔서일까. 몸이 지쳐 가고 있었다. 그럼에도 호주에서의 에너지, 긍정, 열의와 같은 기억이 서서히 되살아나기 시작했다. 다시 정착하고 재건할 준비가 되어 갔다.

아빠는 그즈음 우리 모두가 '월'이라고 부르는 삼촌 윌리엄에게 꽤 많은 유산을 물려받으셨다. 나도 어린 시절 월 삼촌의 양 농장에서 많은 시간을 보냈다. 부모님은 이 돈으로 에비모어에 있는 아파트에 입주하도록 도와주겠다고 하셨다. 재정적으로 독립할 수 없다는 것이 부끄러웠지만, 독립의 기회를 감사히 받아들였다.

매기와 나는 드디어 함께하게 됐다. 2011년 11월 11일, 우리는 짐을 합쳐 새집으로 이사했다. 내가 잃어버렸던 색이 되살아날지도, 우리를 위해 더 살아갈 수 있을지도, 어쩌면 미래가 있을지도 모르겠다는 생각이 들었다.

조지 George 와의 12일

12월이 되자 첫눈이 내렸다. 예년보다 조금 늦었지만 마치 지 각한 것을 만회하기로 마음먹은 듯 펑펑 내렸다. 낡은 난로를 이 미 몇 주 내내 켜 두었고, 축축한 창턱에는 물방울이 고여 있었 다. 내륙인 데다 북쪽 끝에 위치한 에비모어의 겨울은 거칠고 가 차 없었지만 동시에 환영받기도 했다. 영하 10도, 허벅지까지 쌓 인 눈. 이런 조건은 스키 타는 사람들을 매료하기에 그만이었다.

지난 몇 번의 겨울은 특히 심했다. 2010년, 주요 간선 도로 A9은 제설기가 순찰하고 치울 수 있는 용량을 훨씬 넘어선 폭설 로 마비되어 버렸다. 폭설, 영하 20도의 날씨에 스키 타러 온 관광객들은 계획보다 더 긴 휴가를 즐길 수밖에 없었다. 식량이 떨어지기 시작하자 헬기가 마을에 음식을 날랐고, 나는 겨울철 에비모어의 드라마 같은 장면들을 흥미롭게 지켜보았다.

우리가 사는 곳은 남쪽 끝에 있는 저층 아파트로 상점, 식당과 멀리 떨어져 조용했다. 소나무 숲이 언덕을 따라 내려와 있어 빛을 차단하기에 건물이 어둡고 축축했지만, 매기와 나는 이 집을 사랑했다. 우리의 새로운 일상은 편안하게 둥지를 틀고 있었다. 첫 몇 주 동안 나의 전반적인 감정은 '감사함'이었다. 노숙자로 지낸 건 몇 달뿐이었다만 초록 라브를 옷장 겸 주방 겸 수납장 겸 침대로 사용하는 것이 지겨웠던 참이었다.

이사하며 장식에 대한 나의 취향을 알게 되었다. 짝이 맞지 않는 쿠션, 소파 위 부드러운 천, 집안 곳곳에 위치한 앵두 전구, 그리고 화분들로 가득 찬 창문턱. 벽에 색을 칠할 힘도, 돈도 없었지만 붉은색, 검은색, 밝은 녹색으로 된 아기자기한 물건들로 아파트를 가득 채웠다. 이 집만은 추위에 떨며 산책에서 돌아온 우리를 따스하게 반겨 주었다.

남편과 처음 에비모어에 도착했을 당시, 이 지역의 개를 구조하던 맨디에게 연락했던 적이 있다. 매기를 돌보는 것만으로도 벅찼기에 할 수 있는 일이 많지 않았지만, 서로 연락을 주고받으며 페이스북으로 구조 소식을 지켜보았다. 어느 날 아침 빈둥거리던 중, 게시물 하나가 눈에 띄었다. 맨디에게 즉시 전화했다.

"맨디, 방금 페이스북에 올린 나이 든 래브라도 레트리버요. 상황이 너무 절망적인데요."

개를 발견한 사람이 전한 말에 따르면, 조지라는 개는 헛간에 갇혀 있었다고 했다. 나이 든 주인은 치매였다. 열네 살의 조지는 지난 4년간 홀로 늙고 병든 채 먼지 구덩이 속에서 삶을 이어 가고 있었던 것이다. 주인이 밥 주는 것을 종종 잊었기에 조지는 늘 배가 고팠다. 어쩌면 내가 할 수 있는 일이 있을지도 몰랐다.

"조지를 우리 집에서 보살피면 어떨까 싶어서요. 우리 매기와 잘 지낼 수 있을까요?"

"다행히 다른 개들과는 잘 지내는 것 같아요. 근데 정말 자신 있어요? 조지의 상태를 보니 얼마나 더 살지 모르겠어요. 시설이 이미 꽉 차 버려서 딱히 갈 곳이 없기는 하지만."

"데려오고 싶어요. 조지가 여기서 잘 지낼 수 있도록 도와주고 싶어요. 조지가 겪어 온 일들을 생각하면 너무 가여워요."

"알겠어요. 알렉스 집으로 데려다줄게요."

맨디는 조지가 무사히 올 수 있도록 준비하겠다고 했다. 소파 팔걸이에 앉아, 방금 한 짓을 떠올리다 급작스레 불안해졌다. 조지는 우리와 함께 살게 될 것이다. 그 아이를 사랑하게 되겠지만 결국 조지는 죽을 것이다. 한참을 앞서 간 상상 속 슬픔이 가슴을 쳤다. 몸을 일으켰다. 이럴 시간이 없다. 매기는 러그 위에 누워 배를 드러낸 채 낮잠을 자고 있었다.

"매기, 우리 집에 새 가족이 올 거야."

그날 오후, 도로의 연석까지 눈이 쌓였다. 맨디가 살고 있는 골목 주차장에 차를 세웠다. 맨디 옆으로 머리를 낮게 들고 서 있는 검은색의 노견이 보였다. 나는 차에서 내려 조지가 눈을 가로질러 천천히 걸어오는 모습을 지켜보았다. 털은 두껍고 구불거렸고, 검은 코 주변은 회색과 흰색으로 바래 있었다. 두 눈은 흐려져 있었다. 녀석은 아주 천천히 주차장을 가로질러 눈 위에 버려진 포장지를 킁킁거린 뒤 맨디 쪽으로 돌아섰다. 조지는 맨디 옆에 다다르자 비틀거리며 멈춰 섰다.

"세상에. 너무 심각하네요."

"네. 아이 상태가 정말정말 안 좋아요."

눈이 다시 내리기 시작했다.

"아이구, 아가. 무슨 일을 겪었던 거니."

조지의 옆에 쭈그려 앉았다. 불안정한 다리를 살짝 떨며 천천히 내 손을 살피던 녀석은 냄새를 맡으려고 고개를 내밀었다. 녀석의 털에 내려앉은 눈송이들을 닦아 내자 앙상한 어깨뼈가 만져졌다. 털은 먼지와 때로 얼룩졌고, 굳은 살갗은 아이가 흙바닥에서 지낸 고통의 시간을 대신 말해 주고 있었다.

"가여운 조지."

두 손으로 얼굴을 잡고 눈물을 흘리다, 이마에 입을 맞추고 일어섰다.

"자, 이제 집으로 가 볼까?"

조지가 나를 올려다보며 꼬리를 흔들었다.

아파트로 돌아와 소파에서 차를 홀짝홀짝 마시며 매기가 조지와 반갑게 인사하는 것을 지켜보았다. 조지와 매기는 서로의 냄새를 맡더니 함께 거실을 돌아다니며 이 새로운 세상을 천천히 받아들였다. 목욕시키고 수건으로 말려 주자, 조지는 상쾌했는지 매우 기뻐했다. 조지의 몸에서 구정물이 나오지 않을 때까지 무려 네 통의 샴푸를 썼다.

"아이구, 어르신!"

나는 조지를 할아버지처럼 대했다.

"정말 빛이 나네요. 이제 몸에서 코코넛 냄새도 나는데요!"

녀석이 걸어와 내 무릎에 턱을 괴며 올려다보더니 꼬리를 흔들었다. 나를 친구로 받아들인 데 놀라고 기뻐, 녀석의 머리를 손으로 감싸 쥐었다. 엄지손가락으로 부드럽게 쓰다듬으며 눈가의 희끗희끗한 털을 쓸어내렸다. 코에 입을 맞추고, 손가락으로 목에 자란 굵고 구불거리는 털과 팽팽해진 근육을 문질렀다.

녀석이 안도의 한숨을 쉬며 눈을 감았다.

갑자기 눈에 눈물이 고였다. 아마 조지는 먹을 것이 충분하고 아늑한 보금자리도 원했겠지만, 진정으로 원했던 것은 사랑이었을 터였다. 녀석을 신경 써 주고 아픈 몸을 마사지해 주고 안아 줄 누군가가 절실히 필요했으리라. 조지는 오랫동안 친구를 기다려 왔다. 슬프고 외로웠지만 포기하지 않았다. 소매로 눈물을 닦으며 벌떡 일어났다. 이제 조지에게 더 이상의 슬픔은 없을 것이다.

"조지 할아버지, 행복하니? 우리 이제 저녁 먹자."

녀석이 부엌으로 따라오더니 내가 음식을 준비하는 것을 지켜보았다. 조지가 기다렸을, 하지만 계속 오지 않았을 밥그릇. 조지가 느꼈을, 배를 갉아먹는 배고픔을 상상했다.

몸을 제 마음대로 가누지 못하는 조지를 내려다보았다. 참을성 있게 사료를 기다리면서도 준비된 음식이 제 것이기를 간절히 원하는 마음이 느껴졌다. 음식, 따뜻함, 사랑으로 조지의 마음을 가득 채우고 싶었다.

"여기 있어, 조지."

밥그릇을 앞에 놓아 주자, 금세 비우고 깨끗이 핥는다.

"맛있게 먹었니?"

조지는 부엌 문간에 서 있다 내가 러그에 앉자 머리를 살짝 갖다 댔다. 나는 두 팔로 조지를 감싸 안으며 따뜻하고 부드러운 털에 얼굴을 묻었다. 지난 시간이 어땠을지 상상조차 할 수 없다. 헛간 밖 세상을 내다보며 무슨 생각을 했을까? 아무 것도 변하지 않는 삶, 금세 어두워진 밤. 눈 감고 잠들 때 무슨 생각을 했을까? 어떻게 뼈아픈 추위를 견뎠을까? 헛간에서 혼자 지낸 4년의 시간 동안…….

"난 상상조차 못 하겠어."

목을 조금 더 주물러 줬다. 조지는 끙끙거리다 천천히 내 무릎에 녹아 내렸다. 내가 몸을 앞으로 굽혀 털에 입 맞추자 조지도 내 코에 입을 맞췄다. 사랑받지 못한 채 오랫동안 살아 왔던 조지가 어떻게 사랑하는 법을 기억하고 있었을까?

날이 점점 저물고 있었다. 많은 일이 벌어진 하루였다.

"자, 이제 잘 시간이야."

거실의 난로 앞, 매기의 이불 옆에 놓인 두꺼운 양털 이불로 조지의 침대를 만들었다. 조지가 조금 더 편안하도록 그 위에 작은 뼈 모양의 간식을 놓아 뒀다.

"조지, 여기가 네 침대야. 포근하고 따뜻해 보이지? 이 안으로 들어와."

조지는 담요 냄새를 맡더니 무엇을 해야 하는지 생각하려는 듯 멈칫했다. 위에 있는 두툼한 빨간 양털을 몇 분 동안 파헤치

듯 긁으며 본인이 원하는 대로 이불을 어질렀다. 침대가 원하는
만큼 파이자 조지가 마침내 몸을 뉘였다. 매기는 제 침대에 자리
를 잡고 턱을 옆으로 기댄 채 우리를 지켜보고 있었다. 조지의
노쇠하고 앙상한 몸이 부드러운 이불 속으로 파고들었다. 녀석
의 눈이 스르륵 감겼다. 나는 조지의 머리에 입을 맞추고 담요를
등에 덮어 줬다.

"잘 자렴, 아가."

그날 밤, 아주 오랜만에 조지는 배불리 먹고 따뜻한 침대 위에
서 친구와 함께 잠을 청했다.

다음 날 아침, 조지는 일찍 일어났다. 녀석의 긴 발톱이 거실
바닥을 긁는 소리가 들렸다. 잠에서 덜 깬 채 소리가 나는 쪽으
로 가 보니 조지가 거실 문 앞에 서서 꼬리를 흔들며 나를 열심

히 올려다보았다.

"나가고 싶어?"

코트를 입고 우리는 밖으로 나갔다. 계단은 조지에게 조금 버거웠기에 녀석을 계단 위에서 안아올려, 부드럽게 아래쪽으로 내려 주었다. 잿빛 구름은 어디론가 흩어지고 맑은 하늘이 보였다. 매기와 조지, 나는 깨끗한 눈을 헤집고 다녔다. 매기의 남는 옷을 입은 조지가 비틀거리며 아파트 옆 들판과 맞닿은 잔디밭을 따라 냄새를 맡았다.

녀석이 킁킁거리며 나아가는 것을 지켜보았다. 휘청거리는 네 다리는 떨렸고, 등은 구부정하고 뻣뻣했다. 식욕은 있었지만 건강하고 활기찬 개의 식욕은 아니었다. 그러나 조지의 살고자 하는 의지는 빛났고, 그러한 의지를 특히 콧구멍에서 엿볼 수 있었다. 조지가 킁킁거릴 동안 매기의 수의사 게비에게 전화를 걸었다. 그날 오후로 진료 예약을 잡았다. 곧 알고 싶지 않은 진실을 목도하리라는 직감이 찾아왔다.

동물 병원에 도착해 혈액 검사와 엑스레이 촬영을 했다. 결과를 기다리는 동안 매기와 나는 주변을 천천히 돌았다. 우리가 돌아오자 조지는 내 옆으로 비틀거리며 걸어왔고, 게비는 조심스럽게 소식을 전했다.

"간 상태가 심각해요. 신장도 안 좋고요."

수년간 관절염이 조지의 척추를 녹이고 엉덩이뼈를 분해했으며, 장기들도 함께 망가지고 있었다. 우리가 만났을 때부터 조지는 이미 죽어 가고 있었던 것이다. 게비는 짧은 시간 동안 진행된 병이 아니라고 했다. 아주 오랫동안 매우 고통스러웠을 거라고도 했다.

"조지가 겪는 고통을 줄여 주고 싶지만, 지금의 간 상태로는 진통제를 놓더라도 간이 버티질 못해요."

그 말에 내 마음 한구석까지 가라앉았다.

"방법이 없을까요? 분명 조지를 도울 수 있을 거예요. 조지는 더 살아야 한다고요."

"유감스럽지만 치료 시기를 놓쳤어요. 우리가 할 수 있는 건 조지의 고통을 줄여 주고 편안하게 해 주는 것뿐이에요."

충격과 괴로움으로 목소리가 나오지 않았다. 아니야, 그럴 리가 없어. 조지가 얼마나 오래 기다렸는데. 이제 안전하고 따뜻한 집, 사랑해 주는 가족이 생겼는데. 필사적으로 눈물을 삼키며 마음을 다잡았다.

"시간은 얼마나 남았나요?"

"2주 정도. 그보다 더 적을 수도 있어요."

조지 옆에 무릎을 꿇었다. 검고 구불거리는 털 사이로 손가락을 넣고, 내 이마를 녀석의 이마에 갖다 댔다. 마음이 저려 왔다.

"며칠밖에 안 남았다는 거죠?"

"네, 아마도요. 집에 데려가 행복하게 해 주세요. 조지의 마지막을 잘 살펴 주세요."

어떻게 집에 왔는지 기억나지 않는다. 내가 바랐고 조지가 바랐던 미래가 사라져 버렸다. 비참한 시간을 보내며 사랑, 우정, 보호자 그리고 따뜻한 집을 기다려 왔을 텐데. 4년 동안 기다렸는데, 이제 사랑받는다는 게 어떤 건지 느낄 날이 며칠밖에 남지 않았다. 이렇게 불공평할 수가 없었다.

이후 며칠간 우리의 그림자는 난로 앞에 나란히 누워 코를 쿵쿵거리고 낮잠도 자며 편안히 자리 잡았다. 조지는 진통제 덕에 편안함과 안도감을 누렸다. 겨울이 우리 주위를 휘몰아치는 동안 우리 셋은 아늑한 소파 위에 옹기종기 모여 앉았다. 매기는 러그 위에 벌렁 드러누워 코를 골고 내 발을 따뜻하게 덮혀 주기도 했고, 조지는 내 무릎에 턱을 얹은 채 옆에 있는 동그란 쿠션 속으로 몸을 집어넣었다. 담요를 다시 덮어 주니 녀석이 내 다리에 바짝 붙어 코를 댔다.

나는 행복한 이 모든 순간을 붙잡으려 애썼다. 우리 앞에 펼쳐진 어둠의 지평선을 생각하지 않으려고 말이다. 조지가 새로 찾은 기쁨에 기뻐하다가도 곧 죽을 것이라는 사실을 받아들이려고 애쓰며, 다가오는 슬픔에 잠기는 일을 반복했다. 어떤 기분을 느껴야 하는 걸까. 혼란스러웠다.

크리스마스이브까지 우리는 5일이라는 시간을 함께 보냈다. 그 짧은 시간 동안 조지는 조금 더 살이 오르고 두 눈은 더 밝아졌다. 매기와 조지는 마치 몇 년 전부터 알고 지내던 사이처럼 보였다. 본디 이번 크리스마스는 부모님과 함께 보내려 킬마넉으로 가기로 계획되어 있었다. 부모님은 또 다른 손님이 온다는 소식을 듣고 무척 기뻐하셨다.

남쪽으로 차를 타고 가면 오래 걸리는 것은 당연하고, 특히 눈이나 사고로 몇 시간 동안 도로가 폐쇄되는 일이 잦았다. 아니나 다를까, 드러모치터 고개에서 눈보라가 길을 방해했다. 조지와 매기는 뒤에서 이불을 덮은 채 자고 있었다. 이따금씩 백미러에 잠꾸러기들 머리가 나타나 창밖을 살피곤, 여전히 낮잠 시간이 많이 남아 있다고 만족하며 아래로 사라지곤 했다. 웃으며 아이들에게 말을 걸었다.

"가는 길이 험하네. 그치, 얘들아?"

제설기가 눈을 치우기를 기다리는 동안 책을 보며 시간을 때웠다. 결국 크리스마스이브에 맞춰 도착하진 못했다. 아빠는 차에서 내리는 것을 도와주셨고, 엄마는 주전자로 차를 끓이기 시작했다. 매기는 조지가 정원과 부엌, 고양이 밥그릇을 구경할 수 있도록 안내했다.

"조지가 새로운 공간을 어색해한다고 하지 않았어? 전혀 안 그래 보이는데?"

아빠와 나는 조지가 복도를 탐험하고 코를 구석구석에 쑤셔 넣으며 기분 좋게 꼬리를 흔드는 모습을 지켜보았다.

"조지는 정말 대단해요, 아빠. 어떻게 저럴 수 있지? 행복을 누릴 줄 아는 개라니까요."

함께 차를 끓여 마시며 조지의 이야기를 엄마에게 들려줬다.

"저렇게 착한 개인데……. 불공평해요. 삶을 저토록 사랑하고, 이제야 누릴 시간이 왔는데. 너무 슬퍼요, 엄마."

마음을 추스르려고 애쓰던 와중, 갑자기 불이 깜박거리더니 집 전체가 어두워졌다.

"이런!"

아빠가 부엌에서 소리쳤다.

"조지가 콘센트에 오줌 쌌나 보다!"

"조지! 크리스마스 아침이야! 선물이야!"

내가 잔뜩 흥분한 이유를 전혀 알지 못한 채, 조지가 복도에 있는 라디에이터 옆 침대에서 재빨리 몸을 일으켰다. 슬픔을 내려놓고 조지를 보며 미소를 지었다. 그래. 처음이야. 마지막이 아니다.

"오늘이 우리의 첫 번째 크리스마스야! 우선 산책하고 돌아와
서 선물을 열어 보자."

부모님과 나, 매기와 조지는 온실 안에 자리한 나무 앞으로 모
여들었다. 차와 토스트를 먹는 동안, 매기는 먹을 수 있거나 뜯
을 수 있는 것들을 모조리 뒤지고 다녔다. 밝고 화려한 소포들로
가득 찬 나무 밑에는 '매기', '조지'라는 라벨이 붙은 두 개의 크
리스마스 양말이 걸려 있었다.

"조지, 이것 봐! 양말이야!"

조지는 놀라우면서도 신이 난 표정으로 나를 올려다보았고,
흥분으로 헐떡거렸다. 비록 무슨 일이 일어나고 있는지 전혀 몰
랐지만, 그게 뭐든 간에 조지는 행복해했다.

부모님과 나는 조지 할아버지에게 줄 선물들을 꽤 많이 모아
놓았다. 달가당달가당 소리가 나는 장난감, 씹기 좋은 뼈와 비스
킷, 조지의 멋스러운 새 겨울 코트. 매기가 상자를 찢어 눅눅한
포장지 조각을 뱉어 내고 새로운 장난감을 하나하나 가지고 놀
동안, 조지는 소포 더미를 발 사이에 끼고 나와 부모님을 차례차
례 돌아보았다. 나는 녀석의 옆에 앉아 선물 상자의 모서리를 찢
기 시작했다.

"할아버지, 좀 헷갈리시나요? 자, 보세요. 선물은 이렇게 뜯는

거예요.”

　우리는 선물에 둘러싸인 조지가 우리와 매기에게 보내는 눈빛을 지켜보며 웃고 말았다. 자기가 우리를 웃게 만드는 것을 알아챘는지 조지도 기뻐했다. 조지, 사랑하는 나의 가족.

　선물 여는 시간이 끝나고 흥분이 가라앉자, 엄마는 매기와 조지에게 식사를 차려 주셨다. 아이들은 밥그릇 옆에 나란히 서 있었다. 부모님과 만든 종이 모자를 씌워 줬는데 사랑스럽고 귀여워 보였다. 엄마가 만든 음식이 얼마나 맛있었는지 두 녀석은 엄청난 집중력을 보이며 그릇을 비웠다. 그릇을 깨끗이 핥은 조지가 바닥에 앉아 있다, 남겨 둔 브뤼셀 새싹 냄새를 맡고는 아쉽게 돌아섰다.

"너도 그 새싹 싫어하니? 나도 그런데."

나는 절뚝거리며 복도를 올라가는 조지 뒤를 따라갔다.

"이제 그 모자는 벗자. 아, 정말 귀여워!"

식사가 끝난 후, 가족들과 주변 공원을 산책했다. 집에 도착하자, 조지는 거실 난로 앞에 앉아 이따금씩 졸면서 가족들이 남은 크리스마스를 보내는 모습을 지켜보았다. 우리는 새로운 책을 읽고, 얼마나 많이 먹었는지에 대해 이야기하며 TV 앞에서 잠들었다.

"첫 크리스마스 어땠니, 조지? 좀 떠들썩하기는 해도 기분 좋았지?"

조지를 침대로 데려다주었다. 피곤했는지 바로 잘 듯했다. 조지는 오늘 하루, 매 순간을 사랑했다. 조지의 크리스마스 최고의 선물은 가족과 함께 보내는 시간이었을 터였다. 마지막 크리스마스…… 갑자기 슬픔이 밀려왔다. 코를 훌쩍이며 나는 조지 귀에 속삭였다.

"사랑해, 조지 할아버지. 정말정말 사랑해."

코에 입을 맞추고 마지막으로 한번 더 간식을 준 뒤, 나도 자러 들어갔다.

크리스와 헤어진 후 맞이하는 첫 번째 새해였다. 아빠는 나를 혼자 있지 않게 해주려고 했다. 덕분에 외롭진 않았다. 집으로 가는 길, 우리는 숲에서 조금 쉬었다. 새 옷을 입은 조지는 새로운 냄새로 가득 찬 장소를 신나게 탐험했다.

한겨울이었다. 몹시 춥고 잿빛을 띤 하늘. 우리는 얼음에 금이 간 호수 주변 흙탕물 웅덩이를 밟으며 떨고 있었다.

그때였다. 걸음을 멈췄다. 조지가 보이지 않았다.

"조지 어디에 있어?"

분명히 우리 바로 뒤에서 계속 따라오고 있었는데! 아이 모습이 보이지 않았다.

"어디 있어! 아빠, 난 왔던 길로 돌아가 볼 테니까 아빠는 숲쪽을 찾아 봐요."

그때 저 멀리 첨벙거리는 소리가 들렸다. 호수에서 조지가 앞발로 헤엄치며 그 순간을 온전히 즐기는 모습이 보였다.

"조지, 지금 얼마나 추운데! 뭐 하는 거야!"

하아⋯⋯. 조지 할아버지가 견생 최고의 순간을 즐기고 있음에 틀림없었다.

"누가 래브라도 레트리버 아니랄까 봐."

아빠는 웃으며 조지를 건져 올렸다. 조지를 차에서 말리고, 히터를 틀고, 등에 이불을 감싸 주었다. 조지는 매우 만족한 모습이었다.

"조지, 너도 참……."

집에 도착한 뒤 조지가 차츰 느릿해지기 시작했다. 점점 피곤해하는 조지를 보며 가슴이 아팠다. 녀석은 여전히 잘 걸었다. 겉보기에 아픈 것 같지도 않았다. 그러나 무언가가 빠져 나가는 듯했다. 녀석의 불꽃이 희미해지고 있었다. 새해 전날, 아빠가 저녁에 마실 와인을 사러 가게에 가신 참이었다.

"점심 먹자."

조지를 부엌으로 불렀는데 대답이 없었다.

"조지, 입맛이 없니? 저녁으로 먹을래?"

조지의 침대가 있는 거실로 가는데 공기가 달랐다.

"무슨 일이야?"

러그에 무릎을 꿇고 조지의 옆에 앉았다. 지친 기색이 역력한 조지가 나를 올려다보았다.

"어디, 우리 조지가 좋아하는 걸 먹어 볼까?"

녀석의 그릇과 숟가락을 가지고 가장 좋아하는 음식을 먹여 보려 했지만, 그런 노력조차 조지를 메스껍게 만들고 있다는 것을 알 수 있었다. 조지를 안고 있으니 무언가가 차츰차츰 사라지기 시작하는 것을 느낄 수 있었다.

"사랑해, 조지. 아직은 아니야……."

잔뜩 걱정하며, 맨디에게 전화를 걸었다.

"맨디. 조지를 보내 줘야 할 때라는 걸 어떻게 알 수 있어요?"

"그냥, 그냥 알게 돼요. 아이가 말해 줄 거예요. 너무 늦게 아느니, 차라리 마음의 준비를 미리 할 수 있는 게 더 나을 거예요."

새벽 네 시. 피곤함과 고통을 참아 가며 침대에 누워 있었다.

"알렉스."

아빠가 거실에서 나를 불렀다. 아빠의 목소리를 들으니 불안이 엄습해 왔다.

'안 돼……'

조지가 고개를 푹 숙인 채 문가에 서 있었다. 아주 비참한 모습이었다. 많이 아팠는지, 입에서 침이 뚝뚝 떨어지고 있었다. 조지의 입술을 들어 올려 보니 잇몸이 온통 노란색으로 물들어 있었다. 황달 증세였다. 게비가 경고했던 징후 중 하나였는데 간이 나빠지고 있다는 것을 의미했다.

그럴 리 없어. 너무 이르잖아.

'그냥, 그냥 알게 돼요. 아이가 말해 줄 거예요.'

맨디의 말이 떠올랐다. 조지 앞에 무릎 꿇고 얼굴을 들어올렸다. 피곤한 기색이 역력한 두 눈이 나의 눈과 마주쳤다. 녀석의 삶이 꺼져 가고 있었다. 흐느끼다 정신이 혼미해진 나는 게비에게 전화를 걸었다.

"알렉스, 조지를 데려와요."

너무 갑작스럽고 잔인했다. 소리를 지르며 휴대폰을 벽에 집어 던지고, 바닥에 주저앉았다.

아빠가 동물 병원까지 운전하는 동안 조지는 뒷좌석에서 내 무릎에 머리를 얹고 있었다. 가는 동안에도 몇 번 더 아파했고 녀석의 간이 서서히 멈추기 시작했다. 몸에 독소가 퍼져 다리를 지탱하려 고군분투했다. 조지의 머리와 얼굴을 쓰다듬고, 위로하고, 안심시키려 속삭였다.

"나 여기 있어, 조지."

몇 분마다 녀석은 눈을 뜨고 주위를 둘러보았다. 혼란스럽고 걱정스러워 보였다.

"괜찮아, 내가 계속 옆에 있을게. 괜찮을 거야, 약속해."

숨을 거의 쉴 수가 없었다.

병원에 도착했을 때, 조지는 걸을 수도 없었다. 뒷좌석에서 살며시 들어 올려 수술실로 옮길 때, 한겨울 오후의 희끄무레한 빛이 사라지고 있었다. 걸음걸음이 고통스러웠다. 게비가 문 앞에서 우릴 기다리고 있었다.

"여기에요, 알렉스. 준비는 다 됐어요. 조지의 고통을 최소화할 거예요, 약속해요."

"정말 더는 할 수 있는 게 없을까요? 아무것도? 약이나 그 어떤 처치도?"

무의미하다는 것을 알았지만 간청했다. 슬픔이 내 심장을 움켜쥐고 질식시킬 것만 같았다. 조지가 그토록 기다려 왔던 미래는 이제 막 시작됐는데.

수술실 바닥에 무릎을 꿇고, 조지를 눕힌 뒤 무릎에 머리를 얹었다. 녀석은 겨우 깨어났다. 녀석을 두 팔로 감싸고 얼굴을 털 속에 파묻으며 흐느꼈다. 따뜻하고, 부드러웠고, 코코넛 냄새가 났다. 시간이 멈추기를 바랐다.

"조지에게 옆에 있다고 말해 주세요. 계속 말을 거세요. 진정제를 투여할게요. 자는 것과 비슷할 거예요."

"정말 짧았어요, 게비. 겨우 12일이었다고요."

지금 이 순간보다 더 슬픈 기분을 상상할 수조차 없었다.

"나 여기 있어, 조지. 정말 사랑해, 정말정말 사랑해. 나 여기 있어……."

조지에게 그렇게 계속 말을 걸었다. 바늘을 정맥에 꽂자 조지의 호흡이 점차 느려지기 시작했다. 몇 초 뒤 조지의 심상이 멈췄다. 그리고 그는 내 곁을 떠났다.

밖에서는 다른 가족들이 마을 광장에 모여 신년 행사를 준비하고 있었다. 공허한 마음으로 천천히 차까지 걸어가 조수석에 올랐다. 아빠가 집에 데려다줬을 때, 돌아서서 어둠 속 보이지 않는 곳을 응시했다.

새해가 왔음을 알리는 종이 울릴 때, 나는 침대에 누워 있었다. 매기는 평소처럼 내 발을 따뜻하게 데워 주고 있었다. 12일······. 조지는 꿈만 같던 그 12일을 오랫동안 기다렸을 것이다.

'행복했을까? 네 생의 며칠을 내가 즐겁게 만들어 줬을까?'

나는 눈을 비비며 마음속으로 되뇌었다. 분명 조지는 행복했을 것이다. 문이 있는 곳, 따뜻한 침대가 있는 곳에서 보낸 12일 동안 말이다. 녀석이 겪었던 일들을 바꿀 수는 없겠지만, 조지는 12일간 사랑이 무언지 알게 됐을 테니까. 나는 몸을 돌려 이불을 덮었다.

"그곳에서 잘 자고 있니, 조지? 나의 할아버지······. 사랑해."

리^{Ri}와 애니^{Annie}

"매기, 수영하니 좋아?"

매기는 호수의 얕은 웅덩이에 떠다니는 나뭇가지를 들쑤시고, 산들바람 냄새를 맡으려 멈춰 서기도 하면서 신나게 놀고 있었다. 나는 모래사장에 길게 놓여, 죽어버린 나무 위에 걸터앉은 채 매기를 바라보며 미소 지었다. 그러다 나도 모르게 슬픈 생각이 들었다. 매기가 물에서 즐거워하는 모습이, 조지가 수영하던 모습과 겹쳐 보였다. 기뻐하던 모습이 뇌리에서 떠나지 않았다.

슬픔은 예고 없이 폭발했다. 매기가 산책을 하거나 조지의 어깨에 덮어 주곤 했던 담요를 접을때마다 동물병원 바닥에 무릎을 꿇고 조지를 안고 있던 그 순간으로 돌아가, 마치 처음 겪은 일인 듯 나를 압도했다. 간신히 마음을 다른 쪽으로 돌려, 조지가 지난 며칠간 얼마나 행복했는지에 초점을 맞추려 했다. 고통의 가장자리는 조금 둥글어졌지만 세 달이 지난 지금까지도 나는 여전히 아팠다. 조지의 삶과 죽음, 슬픔과 불공평함이 떠올랐기에. 매기 역시 친구가 있어 행복했던 만큼 조지를 그리워했다. 우리 곁에 오래 머물지 못한 조지는 둘의 마음속에 큰 공간을 차지하고는 떠났다.

한편, 크론병 역시 여전히 나를 힘들게 했다. 간단한 일을 하는 데에도 큰 에너지를 써야 해서 점점 기본적인 집안일조차 하고 싶지 않았다. 일주일 전에 비웠어야 할 쓰레기통에는 곰팡이 핀 후무스˙가 들어 있었다. 매기가 바깥에서 용변을 보기에, 잠옷을 입은 채 겨우겨우 계단을 내려오는 날이 지속됐다. 나는 그 잠옷을 온종일 입었다.

작년에 했던 두 아르바이트는 진즉 끝났고, 크론병과 염증성 관절염 증상이 심해지자 다른 직장을 구하기도 어려웠다. 작년 몇 달 동안 묵었던 호스텔에서 청소부로 짧게 일했지만, 내내 심한 고통에 잠겨 무기력하고 부끄러워하고 좌절했다.

●　병아리콩 으깬 것과 오일, 마늘을 섞은 중동 지방 음식. 빵을 찍어 먹는다.

매기와 나는 서로의 소중한 친구였다. 특히 매기는 내가 침대에서 일어날 수 있도록 도와주었다. 평소보다 조금 늦는 날도 있었지만, 고통스럽고 피곤하더라도 반드시 아래층으로 내려와 매기와 시간을 보냈다.

정상적인 삶을 살아가기에는 몸이 약해, 인터넷으로 세상을 탐색하는 데 많은 시간을 보냈다. 그해 초, 할 수 있을 때마다 보호소에 있는 유기견을 구하려 게시물을 공유했고, 기부하는 일에 시간을 들였다. 유기견이 보호소에서 안락사 당한다는 것을 전혀 모르다, 영국 전역에서 매주 수백 마리의 개들이 죽어 간다는 것을 알았을 때에는 무척 섬뜩했다.

하루는 최대 다수의 보호소 유기견을 살리려는 단체, '보호소 풀러'의 페이스북 페이지를 보고 있었다. 인원은 적지만 헌신적인 구성원으로 조직되어 있었으며, 구조할 공간과 위탁 가정을 구하는 네트워크를 형성하고 있었다. 구한 개들을 운송하는 팀을 조직하고, 이에 필요한 비용을 모으기 위해 노력했다.

이 사랑스러운 개의 이름은 '록시'입니다. 록시는 발랄하고 친절한 소녀예요. 임시 보호소에서 돌보고 있어요. 인식 칩도 신분증도 없어요.

록시 역시 다른 유기견과 마찬가지로 일주일이라는 기간 내에 보호자를 구하거나 임시 보호할 거처를 찾아야 했다. 내가 보았을 때에는 단 하루밖에 남지 않았다. 같은 상황에 처한 여러 유기견의 사진이 몇 페이지에 걸쳐 계속됐다. 치와와, 스태피*, 잡종견, 스프링거 스패니얼……. 그들은 버려진 이후 벌어지는 상황에 대한 혼란스러움과 두려움이 역력했다.

견딜 수가 없었다. 무력감을 느꼈고, 그들이 겪을 일들을 상상하며 괴로웠다. 그날 밤은 록시를 생각하며 몇 시간 동안 잠들지 못했다. 비좁은 캔넬에 혼자 떨고 있을 록시. 남은 시간은 얼마 없고, 다음 날까지 보호할 사람이 나타나지 않는다면 안락사를 시킬지 몰랐다. 공포에 질린 채로 일어나 안경을 제대로 쓰지도 못하고 통화 버튼을 눌렀다. 록시에게 기적이 일어났을지 확인하기 위해서였다. 다행히도 록시의 보호자가 나타났다고 했다. 안심하고 다시 베개에 누웠다. 하지만 수많은 다른 개들에게도 같은 기적이 늘 일어나지 않는다는 것을 알고 있었다. 이런 생각이 들 때마다 왜 이런 세상에 살아야 하는지 이해할 수 없어, 누운 채로 천장을 응시하며 울곤 했다.

●　　스태퍼드셔 불테리어의 준말. (편집자주)

2012년 3월, 그날도 페이스북 페이지에서 유기견 두 마리의 사진을 보았다. 리와 애니는 몇 킬로미터 간격을 두고 각각 버려져, 보호소에 끌려 왔다. 수천 마리의 다른 개들과 마찬가지로, 그 아이들 역시 아무도 버려지길 원치 않았다. 정보도 많지 않았다. 리는 '세 살, 안락사까지 이틀을 남겨 둔, 소심한, 빨간색과 흰색이 섞인 스태퍼드셔 불테리어'로 묘사되어 있었다. 리는 몸에 인식 칩이 있었다. 보호소 측은 주인에게 전화를 걸어 리를 보호하고 있다고, 만약 데려가지 않는다면 곧 죽을 것이라고 알렸다.

"저는 다시 데려올 생각이 없으니 알아서 하세요."

그 대답이 이해되지 않았다. 나라면 매기가 없어졌을 때 온 세상을 다 뒤져서라도 아이를 찾으려 할 텐데.

애니의 특징은 '대여섯 살 정도, 황갈색 콜리와 스태피 혼종'이었다. 젖이 축 늘어진 것으로 보아 개공장에서 생활한 듯했고, 저체중이었다. '매우 두려워하고 고통스러워하고 있다', '다른 개들에게 공격적일 수 있다'고 적혀 있었다.

전국 각지의 보호소가 유기견으로 가득 차 있는 상황이라 리와 애니에게 선택권이 많지 않다는 것을 알 수 있었다. 건강하고 어리며 모든 면에서 균형 잡힌 개들의 입양처를 찾기도 어려운데, 하물며 나이 많고 정신적 충격으로 공격성을 보이는 개들이라면 입양되기 힘들다. 구조되지 않으면 죽게 되는 문제였고, 시간은 촉박했다.

조지는 내 마음에 슬픔을 남겨 두고 떠났다. 깊이 박힌 슬픔의 파편들은 가끔씩 가슴을 뚫고 올라왔다. 하지만 그게 조지를 사랑했던 대가라면 받아들이자 싶었다. 누군가를 사무치도록 그리워하는 일은 정말 힘들지만, 조지를 몰랐던 것보다 조지의 존재를 알고 살아가는 것이 더 기쁘다고 생각했다. 두 마리의 개를 입양하는 것이 크나큰 도전이라는 점을 알고 있었다. 그러나 리와 애니가 조지처럼 또 다른 삶의 기회를 가졌으면 했다. 불안하면서도 흥분한 상태로, 아이들을 임시 보호하겠다는 메시지를 보냈다.

3월 말 일요일 아침, 리와 애니는 북쪽으로 긴 여행을 떠나려 에섹스*의 캔넬을 떠났다. 이런 개들은 입양처까지 상당한 거리를 이동해야 하며, 이동 수단은 보통 계주 방식으로 이어진다.

●　잉글랜드 남동부의 주.

몇 명의 운전자들이 팀을 이뤄 긴 주행 거리를 나누고 미리 정해진 장소에서 만난 뒤, 개를 다음 운전자에게 넘기는 방식이다. 섬세한 과정이고 일이 잘못될 여지가 많다. 그런데 하필 리와 애니에게 문제가 생겨 버렸다.

결국 자정 무렵 동물 병원으로 가 직접 개들을 데려와야 했다. 새벽 2시, 각오를 단단히 하고 출발했다. 에비모어에서 차로 9시간 이동해야 하는 거리였다. 매기를 집에 두고 이웃에게 아침에 잠깐 들러 사료를 부탁해 두었다.

신호를 기다리면서 문득 현실적인 문제가 떠올랐다. 나는 두 마리의 개를 데리러 가는 중이다. 그중 한 마리는 매우 공격적이다. 나는 이미 반려견이 있으며, 어떤 날은 침대에서 거의 일어날 수 없을 정도의 병마와 싸우고 있다. 그리고 어떻게든 침실 2개뿐인 아파트에서 이 상황을 해결해야 한다.

떠난 지 거의 24시간이 지나서야 아파트 주차장에 도착할 수 있었다. 리와 애니는 무슨 일이 일어나고 있는지 이해하지 못해, 나만큼 혼란스러워 보였다.

"걱정했는데 잘 데리고 왔네요!"

이웃 주민은 내가 개 두 마리를 구슬려 계단을 오르게 하는 모습을 보고 기뻐하며 말했다.

"네, 잘 해낸 것 같아요."

입양된 지 며칠이 지날 동안 리는 스트레스를 받았는지 침실에 있는 가구 하나하나를 씹고, 그곳을 발톱으로 긁거나 오줌을 싸곤 했다. 하루는 산책을 마치고 들어와 바닥에 떨어진 신문을 주우려고 허리를 굽히자, 리는 그대로 겁에 질려 바닥에 주저앉아 버렸다. 누군가에게 맞았던 기억이 녀석을 자극했던 것이다.

몇 번 같이 산책해 보니, 다른 개들과 함께 있을 때 애니에게 유독 주의를 기울여야만 했다. 내가 애니를 위해 찾을 수 있는 안전한 공간은 커다란 금속제 캔넬이었다. 애니는 내가 캔넬 뒤에 있는 찬장으로 향할 때, 뒤쪽으로 움츠러들었다. 때로는 앞으로 몸을 내밀고 으르렁거리며 캔넬에 이빨을 부딪치기도 했다. 애니를 알아 갈수록, 이 모든 행동이 애니가 수년간 방치되고 학대당하며 살아 온 결과임을 깨달았다.

시간이 더 흐르자 애니가 나를 해치고 싶어 하지 않는다는 것을 알게 됐다. 애니는 그저 어떻게 행동해야 할지 모를 뿐이다. 애니가 살아온 삶이 이렇게 방어하도록 만들었으며, 아마 이 아이는 그때 익히게 된 습성을 빠르게 바꾸지 못할 것이다.

녀석의 귀 안쪽과 발바닥은 감염되고 거칠었으며 상처투성이였다. 피부에는 담배로 지진 것처럼 보이는 흉터가 몇 개 있었고, 옆구리에는 작은 다이아 모양의 흉터가 새겨져 있었다. 오랫동안 치료받지 못해 만성이 되어 버린 피부 감염은 애니를 반쯤 미치게 했고, 나는 그런 애니를 치료하려 노력했다.

애니는 오랫동안 안정감, 편안함과 같은 감정을 몰랐을 터였다. 리와 애니, 둘 다 심한 정신적 충격을 받았기에 공격적이며예측하기도 어려웠다. 그런 점이 이해는 됐지만 나를 비롯해 아이들 모두가 함께 스트레스를 받았다. 하지만 끈기, 인내, 고집으로 버티며 몇 달 버티고 나니, 다행히 상황이 조금씩 나아졌다.

한가했던 나날이 일정으로 꽉 찼다. 우선 아이들을 따로따로 산책시켜야 했다. 아래층, 위층, 나무들을 한 바퀴씩 돌고, 차 한 잔 마신 뒤 처음부터 다시 산책을 시작했다. 그 과정은 무척 힘들었다. 크론병이 에너지를 모두 고갈시켜 한 발 내딛는 것조차 불가능한 날도 있었다. 하지만 매기와 리, 애니에게는 내가 필요했다. 힘들었지만 스스로를 침대에서 끌어내는 것이 아이들에게나 나에게 최선의 선택이었다.

산책하지 않을 때는 가능한 한 시간을 쪼개어 아이들이 충분히 사랑받을 수 있도록 노력했다. 어느덧 화창한 여름이 다가와 아파트 뒤편에 있는 들판이나 숲에서 산책했고, 때로는 차를 타고 먼 곳으로 나가 따뜻하고 쾌적한 나날을 즐겼다. 노력하며 일관된 생활을 지속하자, 아이들과 나 모두 천천히 일상에 정착할 수 있었다.

한여름 저녁에는 가끔씩 꼬불꼬불한 도로를 따라 에일린 호수까지 20분간 차를 몰았다. 호숫가에 서서 고요한 여울에 물결을 일으키는 매기와 리를 바라보았다. 나는 이곳에서 보내는 긴 긴 여름날이 좋았다. 해가 져도 여전히 가느다란 새벽빛이 지면을 밝히던 무렵, 호수 가장자리에서는 숲속에 안개가 섞여 희미하면서 환상적인 풍경을 만들어냈다. 나는 이 모습을 사랑했고, 여름 동안 매기와 리는 좋은 친구가 됐다. 리는 이전보다 편안해졌지만 간혹 매기의 의도를 잘못 읽고는 불안함을 느끼고 경계했다. 그러나 리가 보여주는 커다란 발걸음, 미소, 사랑으로 가득 찬 마음은 우리 모두에게 활력을 선사했다.

리는 그야말로 전형적인 스태퍼드셔 불테리어였다. 수없이 입맞춤했고 어디에서나 내 곁에 있었다. 침대에 누워 있을 때면 내 발목을 따뜻하게 감싸줬다. 우리는 서로를 사랑했다. 애니와는 점차적으로 좋아지는 중으로, 아직은 인내심을 시험하는 단계였다. 지금은 아닐지라도 애니의 마음속 깊은 곳에는 사랑이 가득할 것이라고 믿었다. 조지가 그러했듯, 힘들었던 시간에도 불구하고 애니 역시 사랑하고 사랑받은 마음을 잊지 않았을 것이라고 말이다.

애니는 큰 갈색 눈과 검은 눈썹을 갖고 있었는데 이 덕분에 표정이 풍부했다.

그 아이 곁에 있을 때면 벨로키랍토르˚를 키우는 것처럼 긴장하며 지내야 했지만, 그래도 전에 겪었던 일을 잊을 수 있도록 돕고 싶었다.

나는 다른 사람들과, 특히 다른 개들과 멀리 떨어져 있을 곳을 찾으려고 노력했다. 그러던 중 공원 강가 옆 소나무 사이에 난 좁은 길을 발견했다. 무척 아름다웠기에 우리는 금세 이곳을 좋아하게 됐고, 자주 가는 단골 장소가 되었다. 내가 둑에 앉아 오래된 소나무에 기대어 책을 읽고 있으면 애니는 자유롭게 수영하며 이곳저곳의 냄새를 맡곤 했다.

어느 날이었다. 자리를 잡고 책을 펴는데 첨벙, 소란스러운 소리가 들려왔다. 놀라 제자리에서 벌떡 일어났다. 강 한가운데에 애니가 고개를 파묻고 잠수하고 있었다. 애니 뒷다리가 공중을 향해 쭉 뻗어 있었다. 당황해서 물가로 달려가 자세히 보니 바닥의 돌을 파고 있다는 것을 알 수 있었다. 뒷다리는 흔들거리고 꼬리는 호를 그리며 물결쳤으며 전혀 괴로워 보이지도 않았다. 돌 낚시를 즐기는 것이었다.

몇 초 후, 애니는 거대한 돌을 물고 참았던 숨을 내뱉으며 즐

●　　백악기 후기에 살았던 육식 공룡.

겁게 수면 위로 튀어 올랐다. 녀석이 빙그레 웃더니 소중한 보물을 둑에 올려 뒀다. 이전에는 본 적 없는 광경이었다. 녀석은 진심으로 행복해하고 있었다.

"그래, 애니, 다시 해 보자!"

보는 것만으로도 즐거웠으며 어떤 응원의 말도 필요치 않아 보였다. 애니는 여름 내내 돌 낚시 기술을 갈고 닦았다. 좀 더 대담하게 다이빙했고 더 깊은 곳까지 들어갈 수 있게 되면서 더 크고 좋은 돌을 물어 오곤 했다.

애니는 이제 돌을 분류하기까지 했다. 세 개의 돌 더미를 만든 뒤, 그중에서 한 곳을 골라 낚시한 돌을 올려 두었다. 물에서 가장 가까운 더미는 평범한 돌, 중간 더미는 조금 더 귀중하지만 광택이 없는 돌이었다. 가장 멀리 떨어진 더미는 애니가 보기에 아름답다고 느낀, 반들반들한 돌을 놓는 더미였다. 애니는 돌을 조심스레 분류한 뒤, 돌 낚시를 하러 물가로 뛰어갈 때마다 나를 곁눈질했다.

즐거운 돌 낚시 시간이 끝나고 물이 석양빛으로 물들기 시작하는데도 애니는 최대한 멀리까지 나갔다. 결국에는 추워서 몸을 부들부들 떨면서도 집에 돌아가지 않으려는 녀석을 끌고 돌아가야만 했다. 우리는 항상 그날 수집한 최고의 돌과 함께 집으로 향했다.

리와 애니를 데려올 당시의 계획은 리와 애니를 위한 새로운 보호자를 찾는 것이었다. 그러나 연말 무렵 이 두 마리와 함께하기로 결심했다. 리는 훌륭한 아가씨였고, 스태퍼드셔 불테리어 특유의 선량함이 넘쳤다. 매기 또한 리와 사랑에 빠졌다. 리가 없는 삶은 상상할 수 없었다. 애니와도 서로를 신뢰하기까지 오래 걸렸지만 결국 정말 좋은 친구가 됐다. 그러나 애니는 여전히 다른 개들에게 공격성을 보였다. 그런 애니를 내쫓거나 문제를 다른 사람에게 전가할 생각은 없었기에, 애니 역시 우리와 함께하기로 결정했다.

모두에게 힘든 시간이었다. 힘들면 좌절의 눈물을, 돌파구가 보일 때는 기쁨의 눈물을 흘리면서 우리는 함께 이 몇 달을 그럭저럭 버텨 낼 수 있었다.

이런 몸으로는 아직 일하기 어려웠지만, 보호소의 개들을 돕는 데에도 최선을 다했다. 이 과정에서 많은 유기견을 구하려 고군분투하는 사람들도 알게 됐다. 그들은 개의 이송비와 치료비를 마련하려고 노력하고 있었다. 돕고픈 마음은 굴뚝같았지만 스스로를 부양할 돈조차 충분치 않았다.

그러다 문득 그런 생각이 들었다.

'유기견을 위해 기부금을 모을 수는 없을까?'

유기견은 입양처가 없어 죽기도 하지만, 입양처까지 이송할 비용이 없어 죽기도 한다. 안전한 장소까지 도달할 비용이 없어서 죽다니, 비극적이지 않은가. 돈은 없었지만 시간은 넉넉했기에, 유기견을 돕는 이들을 위해 무엇이라도 하고 싶었다. 신뢰할 수 있는 기부처가 있다면 더 많은 개를 살릴 수 있는지 문의도 했다.

"당연하죠!"

명쾌한 답변이 돌아왔다. 나는 모금 운동을 진행해 본 경험도, 자신감도 없었다. 그러나 집안의 내력인 완고한 기질이 있었다. 아직 걸음마 단계지만 진행시키고픈 아이디어가 있었다. 모아둔 돈으로 웹 도메인과 호스팅 패키지를 구입하고 곧장 일을 시작했다. 웹 사이트를 어디에서 개설해야 하는지, 전문적으로 자금을 어떻게 조달하는지도 몰랐지만 한 걸음을 내디뎠다.

2013년 2월. 낡은 노트북으로 유기견 보호소를 위한 기부 사

이트, '파운즈 포 파운디즈Pounds for Poundies'를 선보일 준비를 마쳤
다. 그곳에는 각각의 개 사진, 간단한 설명, 안락사까지 남은 일
자가 적혀 있었다. 기부 내역을 기록하여 이송비, 긴급 보호비,
치료비 등으로 사용했다. 이렇게 하여 구조 대원이 개를 구조하
기 더 쉬워지고, 그에 필요한 비용 중 일부로 충당할 수 있었으
면 했다. 효과가 있을지는 모른다. 그저 한 달에 몇백 파운드라
도 모아서 몇 마리만이라도 더 나은 미래를 맞이할 길이 열리기
를 바랄 뿐.

며칠이 지나자, 기부를 알리는 알람이 쉴 새 없이 쏟아졌다.
놀랍고 당혹스러웠다. '파운즈 포 파운디즈' 개설 첫 주에 일만
파운드 이상의 기부금이 모였다. 몇 주 뒤에는 공식적인 자선 단
체로 등록할 수 있게도 되었다. 기뻤지만 동시에 혼란스럽고 두
려웠다. 일상도 완전히 바뀌었다. 매일매일 일에 매달려야 했다.
사이트가 성장하면서 기부금은 점차 늘었고 몇 달 뒤에는 매일
수십 마리의 개를 웹 페이지에 추가하고 매주 수천 파운드의 기
부금을 분배했다.

친구인 이오나의 도움을 받았지만 하루 종일 모든 일을 진행
하는 데 최소 12시간이 소요됐다. 개가 안락사 되기 전에 구하려
고 새벽 1시에 달려가는 날도 있었다. 스트레스와 부담도 컸지
만 세상에 도움이 되고 있다는 생각과 착착 진행되는 계획을 보

며 기쁨도 커져 갔다. 지루함이 무엇이었는지 잊은 체, 삶이 훨씬 다채롭게 느껴졌다.

매기, 리와 숲속을 걸었다. 나무 꼭대기를 가로지르는 빛줄기가 넘실댔다. 며칠 사이에 공기가 바뀌고 가을의 서늘함이 느껴졌다. 온 세상이 반응하고 있었다. 나뭇잎이 나뭇가지를 붙잡지 못하고, 다람쥐는 겨울을 나기 위해 은신처를 찾기 시작했다. 낙엽을 걷어차며 아빠와 통화하던 나는 매기와 리가 무엇을 하고 있는지 수시로 확인했다.

"아빠, 검진 결과 나왔어요. 예상한 그대로예요. 간에도 신경 써야 한대요."

그간 받은 화학 요법으로 간에 심각한 부작용이 생겼다. 2주마다 혈액 검사를 받았는데 간이 망가져 가는 것이 보였다.

"이제 어떻게 해야 한다던?"

아빠의 목소리에서 걱정이 묻어났다. 부모님을 걱정시키는 게 제일 싫었다.

"모르겠어요, 아빠. 다음 주에 진찰받을 때 물어볼게요. 계속 이렇게 지낼 수는 없잖아요."

바위틈에 낀 듯 답답했다. 자가 면역 질환 치료제는 부작용을 일으켰다. 선택권도 좁아져 실 한 올에 매달린 듯 아슬아슬했고,

시간과 의지도 고갈되어 갔다.

2013년 말이 되자 크론병은 나를 끊임없이 괴롭혔다. 쉴 새 없는 경련이 나를 조여왔다. 식사 시간은 고문 그 자체로, 단단한 음식은 깨진 유리처럼 느껴졌다. 음식이 염증이 일어난 조직을 스칠 때면 자르고 지나가는 듯했고, 위궤양과 농양에 물이 닿으면 칼로 찌르는 듯 고통스러웠다. 비명을 지르고 싶을 정도로 아파 아무것도 먹지 못할 때, 끔찍한 사과 맛 음료가 나를 살렸다. 때로는 몇 달에 걸쳐 그 영양제만 마시기도 했다.

염증성 관절염도 심각했다. 근육, 관절, 힘줄이 붓고 뼈 안에서 콕콕 찌르는 통증이 느껴졌다. 하루는 뼈가 부러진 것 같아 내원하니, 면역 체계가 발가락 관절을 맹렬하게 공격하여 부러진 듯한 느낌이 드는 것이라 했다.

"매기, 할 수 있어."

아파트 계단을 오르는 일은 나와 매기에게 점점 힘들어졌다. 매기도 7살이 되자 관절에 점점 문제가 생기기 시작했다. 조지가 죽은 뒤, 자연스레 매기의 임종에 대해서도 생각하기 시작했다. 매기가 냄새 맡거나, 탐험하거나, 러그에 누워 자는 모습을 보며 매기가 더 이상 그 자리에 없을 때 어떤 기분일지 상상하곤 했다. 슬픔에 잠길 때까지 생각은 꼬리에 꼬리를 물었고, 일어나지도 않은 일에 한참을 흐느끼곤 했다. 함께하는 지금 이 순간을 즐기려 했지만 이런 생각을 떨쳐 버리기는 힘들었다.

11월이 되자 침대에서 일어나는 일조차 힘겨웠다. 매일 아침 끝이 보이지 않는 쳇바퀴에 올라탄 기분이었다. 온종일 아파트 안에서 꼼짝 않는 것도 매기에게 못할 짓이었다.

"정원이 있으면 편하지 않겠니?"

집에 오신 아빠가 나와 매기가 계단을 내려가는 것을 도와주며 말씀하셨다.

"정말 그렇겠네요."

자유롭고 안전히 지낼 우리만의 공간이라니. 달콤하고도 간절한 꿈이었다.

"괜찮은 집이 있는지 한번 알아보자, 어때?"

아빠의 제안에 따라, 몇 주 지나지 않아 나무로 지은 작은 오두막을 보러 갔다. 겨울이라 구경할 집이 많지는 않았다. 오두막은 에비모어에서 북쪽으로 조금 더 떨어진, 볼린덜 호수 근처 숲에 자리하고 있었다. 인적이 드문 외딴곳인 데다가 매기, 리, 애니가 예민하더라도 편안하게 지낼 수 있을 만큼 충분히 컸다. 아빠의 도움을 받아 계약하기로 했다.

2014년 1월, 세 마리 개와 숲속 작은 오두막으로 이사했다. 두 개의 침실, 장작불을 지필 난로가 놓인 밝은 거실, 낡은 부엌, 군

데군데 벗겨진 벽지가 보였다. 거실과 일광욕실에서는 정원 너머 숲 아래 나무 사이로 반짝이는 강이 보였다. 꿩, 딱따구리, 올빼미, 다람쥐, 사슴도 볼 수 있었다. 지나가는 차도 하루에 많아야 20대 남짓. 인적 드문 우리 집은 절실했던 평화를 선물받았다. 들어가는 순간부터 내 집처럼 느껴졌다. 첫날 아침 목줄이나 가슴줄 없이 애니를 내보내려 문을 열어 주자, 믿을 수 없다는 듯이 나를 올려다보기도 했다.

현관에 서서 차를 마시자 따뜻한 산들바람이 느껴졌다. 매기가 냄새를 맡으며 정원을 돌아다녔다. 꼬리를 흔들고 코를 씰룩이며 돌아다니는 일은 매기의 일과가 되었다. 아침 스케줄을 마치고 나면 정원 한가운데에 있는 풀 더미에 주저앉아 바람 냄새를 맡는다. 평화로운 이 삶이 우리에게 준 자유에 감사하기로 했다. 많은 일을 겪은 우리는 드디어 세상에서 멀리 떨어진 숲속 작은 오두막에 안착했다. 마침내 넷이 보낼 평화로운 장소를 발견한 것이다.

6주의 시간

정류장에 버스가 멈춰 섰다. 눈이 인도까지 밀려오는 바람에 한 발짝 뒤로 물러나 있었다. 매기와 나는 몸을 꽁꽁 싸맸지만, 1월의 추위는 뼛속 깊이 스며들었다. 글래스고발 버스 문이 열리자 사람들이 눈을 밟으며 차에서 내리기 시작했다. 엄마가 그들 사이에 있었다. 내 생일이라 며칠간 우리 집에 머물면서 같이 병원에 가기로 했던 것이다. 최근에 받은 몇 가지의 검사 결과를 확인해야 했다.

고개를 흔들고 눈을 비비며, 항상 주위를 어슬렁대는 피로를 극복하려 애썼다. 지난 몇 달간 만나지 못했으니 엄마를 한번 안아드리고, 집으로 돌아오며 많은 이야기를 나누고 싶었다. 갑자기 손목에 감긴 매기의 목줄이 팽팽해졌다. 버스 안 할머니를 발견하자마자 매기는 예의범절 따위는 잊어버리고 사람들의 다리 사이를 헤치며 달려 나갔다. 둘은 서로를 보자마자 몹시 흥분했고, 그 모습을 지켜보고 있자니 절로 미소가 지어졌다. 매기는 엄마를 거의 넘어뜨릴 뻔했고, 엄마는 녀석에게 입을 맞추려 앞으로 몸을 굽혔다.

"오는 길은 어땠어요? 안에서 차는 마셨고요?"

엄마를 끌어안으며 이것저것 물었다. 엄마는 글래스고에서 에비모어까지 가는 1등석 고급 버스를 노인용 정기권을 사용해 무료로 탄다. 그 안에서 주는 차도 무료로 마실 수 있다. 그걸 가지고 농담하려는데, 가만 보니 엄마가 울고 있었다.

"무슨 일이에요, 엄마. 왜 그래요?"

"우리 딸……. 건강이 안 좋아 보여서."

내 모습을 보고 깜짝 놀라신 것이다. 나야 공허한 회색빛 얼굴과 50년은 더 늙어 보일 앙상한 몸에 익숙하다만, 엄마는 아니지 않은가.

"괜찮아요, 피곤해서 그래요."

거짓말로 엄마를 안심시켰다.

"얼른 차로 가요. 너무 춥다!"

엄마가 곁에 있으니 좋았고, 엄마도 나를 돌볼 수 있어 안심된다고 하셨다.

다음 날, 병원에서 염증성 장 질환을 담당하는 간호사를 만나 검사하고, MRI 검사 결과를 듣기로 했다. 엄마는 함께 검사 결과를 듣고 싶어 했다. 나는 내 몸이 호전되지 않았다는 것도 알고 있었고, 이전에도 이런 과정을 겪어 왔기에 덤덤했다.

예상대로 병은 진행 중이었다. 약이 듣지 않아 앞서 방문할 때보다 상황이 심각하다고도 했다. 나는 이제 회복하기 힘들 정도로 잘못된, 오작동하는 내 몸을 받아들였다.

"알렉스, 어서 와요."

의사가 진료실 문 앞에서 오랜 친구처럼 웃으며 반겨 주었다. 몸을 구부리고 발을 질질 끌며 복도를 걷다 보니 엄마가 내 외투와 가방을 든 채로 나를 부축해야 했다. 의사는 친절하고 이해심이 많아, 우리가 편하게 자리 잡을 때까지 기다려 주었다. 나는 천천히 그의 책상 옆에 있는 의자에 앉았다.

"알렉스, 마지막 MRI 결과가 나왔어요."

엄마는 옆에 앉아 내 손을 꽉 쥐고 있었다.

"결과가 좋지 않아요. 오른쪽 옆구리 통증은 병이 악화되면서 생긴 거예요. 이제 3단계에 접어들었어요."

10년간 크론병을 앓으며 이런 날이 올 것이라 예상하고 있었다. 장에서 일어나는 끊임없는 염증과 경련이 장을 뚫고 나와 반대편 복부를 먹어 치우고 있었다. 장 대부분에 염증이 번지고 온통 구멍투성이였다. 흉터 조직은 간신히 붙어 있는 상태라고 했다.

"유일한 치료법은 수술하고 잘라 내는 거예요. 하지만 혈액 검사 결과를 보니 수술하기엔 몸이 버틸 수 없고, 너무 위험해요. 이런 말씀을 드려 유감입니다."

내 손을 꼭 쥐고 있던 엄마가 흐느꼈다. 내 몸이 낡은 보일러와 같다는 사실이 조금도 놀랍지 않았다. 이미 죽어 가고 있다는 것을 짐작했기에.

하지만 몇 가지 이유로 병원에서 처방한 약을 먹지 않기로 결심했다. 몇 달 전 우연히 크론병 환자를 만났는데, 그분은 몇 년간 식물성 의약품을 복용하며 병이 완화되었다고 했다. 한때 가망 없다고 통고 받은 몸을 치유한 사람을 만난 뒤, 나는 줄곧 이 식물성 의약품을 두고 고민하고 있었다. 병든 몸을 치료할 방법이 있을지 모르기에.

"요즘 대마 기름을 알아보고 있는데, 이걸 치료제로 써 보고 싶어요."

나는 의사에게 말했다. 내가 하려는 일에 대해 솔직하게 말해야 한다.

"그래요, 시도해 보자고요. 6주 정도 시간이 남아 있으니까요."

34번째 생일 전날이었다.

"아빠. 전 잘 지내요. 아직 아프긴 하지만요."

아빠는 내가 괜찮은지 확인 차 매일 저녁 전화하셨다. 엄마와 내가 병원에 다녀온 지도 12주가 지났다. 매일 쓰러지지 않으려 고군분투했다. 몇 달간 내 몸을 지탱하고 치유할 수 있는 것들을 찾아내려 최선을 다했다. 음식을 제대로 먹지도, 소화하지도 못한 몇 년간 심각한 영양실조에 걸려 다시 회복할 방법을 찾고 있었다.

병원에 방문하여 염증이 일어난 조직을 진정시키고 과민한 면역 체계로 발생한 체열을 낮추는 데 도움이 되는 치료법을 처방받았다. 부모님은 보충제, 주스, 영양가 있는 음식들로 집을 가득 채워 주셨다. 노력했지만 효과는 미미했다. 매일이 버텨 내야만 하는 전투와 같았다.

"대마 기름은 안 써 봤니?"

"먹고 있는데 아직 별 효과는 없어요."

생일부터 대마 기름을 복용하기 시작했다. 두렵고 걱정도 됐지만 선택의 여지가 없었다.

골짜기를 따라 산책을 나갔다. 애니는 행복하고 여유롭게 마른 낙엽을 탐색하며 밝고 희망찬 4월을 보내고 있었다. 그 와중 급작스레 메스꺼운 증상이 일어 몸을 뒤틀었다. 비틀거리며 오솔길 옆으로 비껴갔다. 토하려 했지만 아무것도 나오지 않았다. 일어서자 현기증이 일어 몇 초 동안 시야가 흐려졌고, 결국 일어서지 못했다. 굴욕적인 자세로 메마르고 시든 덤불 위에 몸을 눕혔다. 애니가 나를 걱정스럽게 쳐다보았다. 마음을 다잡고 일어서려고 해 봤지만 다리에 힘이 들어가지 않았다. 주변을 살펴보니 차에서 200미터 떨어져 있었다. 눈을 감고 심호흡했다. 몸과 마음, 정신이 짓눌리는 듯했다. 애니를 옆에 두고 울음을 터뜨렸다. 이런 게 삶이라면 원치 않아.

다시 심호흡하고 몸을 돌려 차가 있는 곳으로 무릎을 꿇고 기어갔다. 집으로 돌아온 뒤, 비틀거리며 현관문, 복도를 차례로 지나 부엌에 도착했다. 작업대에 기대어 찬장을 연 뒤, 가득 찬 대마 기름병 뚜껑을 열고 크게 한 모금 마셨다. 그런 뒤 몸을 깨끗이 씻고 절뚝거리며 침실로 들어가 피곤함에 휩싸인 채 잠들었다.

묵직한 벨벳 커튼을 열자 희망찬 봄 햇살이 침실로 새어 들어왔다. 매기와 리가 침대에서 눈을 깜박이고 있었다. 아이들이 스트레칭을 하는 동안 주전자를 올려놓으러 부엌으로 걸어갔다.

"산책 가자, 얘들아."

아이들은 크게 하품하고 현관문 쪽으로 어슬렁어슬렁 걸었다. 테라스에 앉아 차를 마시며 매기가 정원을 부지런히 탐색하는 모습을 지켜봤다. 녀석은 봄의 시작을 알리러 일찍 피어난 수선화 몇 송이의 냄새를 맡으려 멈춰 섰다. 햇살이 워낙 좋았기에 들어가지 않고 계속 해를 쬐며 차를 마셨다. 리는 평평하게 누워 정원을 바라보았다. 잠깐, 차를 거의 다 마실 때까지 아무런 고통이 없었다. 따끔거리지도 않았고 경련도 일지 않았다. 깨진 유리잔을 삼킨 기분이 들지 않는다! 그 심한 고통은 전부 어디로 간 거지?

그렇게 며칠이 흘렀다. 여전히 아프고 경련을 일으킬 때도 있었지만, 대마 기름의 효능이 나타나고 있었다. 이전까지 통증이란 백색 소음처럼 일정하게 일어나는 것이었다. 하지만 이제는 고통이 멎을 때와 아닐 때를 구분할 수 있었다. 비록 잠시뿐이기는 해도 말이다. 분명 힘든 시간들도 있었지만, 나는 점점 더 잘 자게 되었다. 금방이라도 끔찍한 일이 일어날 것 같은 느낌이 예전에 비해 훨씬 줄어들었다.

거의 10년 만에 처음으로 '식욕'이 생겼다. 금세 사라졌지만 건강할 때 즐겨 먹던 음식을 즐기기 시작했다. 매일 비타민, 보충제, 물약, 비트˙ 주스도 몸에 쑤셔 넣었다. 매일 건강한 한끼를 먹을 수 있게 된 것만으로도 장족의 발전이었다. 먹는다는 것이

●   채소의 일종으로 검붉은 뿌리를 식용으로 한다.

고통과 동의어라 생각하고 살아 왔지만, 드디어 식사 후 기분이
나아진다는 말이 어떤 의미인지 알게 됐다.

"알렉스, 요즘 좀 어때요?"

5월, 병원에 검진 받으러 갔다 의사를 만났다. 새봄을 보지 못
할지도 모른다는 이야기를 들은 이후로 첫 방문이었다. 나는 터
질 것만 같은 심장을 끌어안고, 성큼성큼 진찰실로 들어가 기분
이 얼마나 좋은지 이야기한 뒤 침대에 누웠다. 불안하고 초조한,
그리고 약간 흥분한 상태였다.

"배를 만져 본 뒤 검사를 시작할게요. 아프지 않을 거예요."

"네."

배를 검사하는 동안 침대에 편안히 누워 미소를 지었다.

"아파요?"

나는 고개를 저었다.

"여긴 어때요?"

"하나도 안 아파요."

"뭐라고 설명해야 할지……. 알렉스, 염증이 없어졌어요!"

"너 좀 건강해 보인다?"

양치질하며 거울 속 나에게 말을 걸었다. 내 볼은 여전히 앙상

했지만 조금씩 분홍빛을 띠기 시작했다. 생기 없던 모습에서도 점점 벗어났다.

봄이 되며 얼마나 빠르게 걷게 되었는지, 스스로도 놀랄 정도였다. 아이들과 계곡을 오르내릴 때마다 일부러 새롭고 흥미로운 길을 찾아다녔다. 날이 더워지며 잔디가 하늘로 뻗기 시작했기에 기계로 잔디밭을 정리했다. 지난 해 여름, 잔디 깎기는 내게 불가능한 도전이었다. 하지만 이번에는 단번에 잔디밭 전체를 정리할 수 있었다. 다만 몸속 배터리는 여전히 빠르게 닳아버려서 다시 충전하는 데 오랜 시간이 걸렸다. 그러나 불과 몇 달 전만 해도 다시는 못 할 것만 같던 일들을 해내고 있었다.

날씨가 좋으면 잔디밭에서 점심 식사를 하고 책을 읽었다. 매기, 애니, 리에 이어 두 마리의 닭을 입양했다. 윌리엄과 제임스의 입양은 산란용 닭을 구조해 데려오겠다는 꿈을 실현한 것이었다. 처음에는 개로부터, 특히 애니에게서 멀리 떨어지도록 조심했다. 그러나 예상과 달리 개들은 새로 온 친구들에게 공격성을 보이지 않았다.

기적처럼 내 안의 불꽃이 되살아나기 시작했다. 삶의 조각들을 불태우던 내가 되살아나는 듯했다. 몸이 가볍고 자유로웠다. 어두운 내면에 갇혀 밖을 내다보지 않는 건 그만두기로 했다.

엄마가 탄 버스가 정류장에 들어서자 웅덩이에 고인 물이 사방으로 튀었다. 재빨리 피했다. 엄마는 버스 안 계단 꼭대기에 서서 한 손에는 책을 들고, 한쪽 팔에는 자켓을 걸친 채 매기를 보며 웃고 있었다.

"엄마, 오늘도 차 잘 마셨어요?"

엄마를 껴안으며 지분거렸다. 매기가 우리 주위를 빙빙 돌며 줄로 다리를 감싸는 바람에 넘어질 뻔했다.

"엄마, 또 왜 우세요?"

"우리 딸이 건강해 보여서."

엄마가 미소 지었다.

"우리 카페에서 근사한 메뉴로 식사할까요? 제가 살게요!"

개와 닭 그리고
새 가족원, 양

생명력이 다시 혈관을 타고 흐르자, 조용히 나를 갉아먹던 외로움에서 벗어날 기력이 생겼다. 개와 닭을 돌보는 새로운 삶을 사랑하게 되었고, 더 이상 지치거나 고통스럽지 않을 것이라는 안도감을 만끽했다. 그와 동시에 누군가와 이 삶을 공유하고 싶었다. 홀로 잘 꾸려 나갈 수 있을지도 걱정되었다. 산책하러 나가거나 엘긴˚에 치킨을 먹으러 가는 일 외에는 거의 집에서 벗어나지 않았다. 이런 동선으로 누군가를 만날 가능성이란 거의 없

● 스코틀랜드 모레이주의 도시.

었다.

마땅한 방법이 떠오르지 않아서 온라인으로 다른 사람과 소통해 보겠다고 결심했다. '개와 닭, 그리고 로스시머스*에 떠오르는 토네이도를 좋아합니다.'라는 내용으로 정리한 프로필은 장장 몇 주 동안 타인의 관심을 끌지 못했다. 혹시나 하는 마음으로 로그인하기를 반복했다.

친구인 카렌의 생일을 축하하기 위해 킬마넉에 며칠 동안 머무르기로 했을 때 매기, 애니, 리 그리고 '메리'라는 닭을 데려갔다. 카렌도 만나고 데이트도 하고 싶었기에 겸사겸사 길을 떠난 것이다. 카렌의 집 남쪽, 국립 공원 중심부에 있는 발라터**에서 어떤 남자와 잡은 술 약속이 바로 그 데이트였다.

본디 계획은 이랬다. 충분한 시간적 여유를 두고 출발한다. 카렌의 집에 도착하여 동물들을 내려 준다. 근사하게 꾸민 뒤 그를 만나러 발라터로 간다.

내가 막 떠날 준비를 마쳤을 때, 20년간 함께한 대학 친구 클레어에게 문자 메시지를 받았다. 울적하니 집으로 와 달라는 것이었다.

●　　스코틀랜드 모레이주의 도시.
●●　스코틀랜드 애버딘셔의 마을로, 케언곰 산맥의 동쪽에 위치해 있다.

작은 생명은 없다

계획을 변경했다. 몇 시간 동안 클레어의 곁을 지킨다. 클레어의 집에서 옷을 갈아입는다. 곧바로 발라터로 간다. 데이트할 동안 동물들은 얌전히 차에서 기다려 줄 터였다. 미안하지만 오래 두진 않을 테니 괜찮을 것이다.

곧장 글래스고에 사는 클레어의 집으로 출발했다. 클레어를 만나 함께 무언가를 마시고 먹으며 함께 울었다. 그러는 동안 개들은 번갈아 가며 뒷마당을 이리저리 뛰어다녔다.

"벌써 시간이 이렇게 됐네. 나 데이트 다녀올게."

아니나 다를까 시간 가는 줄 몰랐다. 낡고 거뭇한 아파트 현관에 선 채 긴긴 작별 인사를 하며 클레어를 껴안았다.

"언제든지 전화해, 클레어. 갈게!"

클레어가 손을 흔들었다.

"또 보자. 조심히 운전해, 너무 급하게 가지 말고!"

그러고 보니 어제부터 같은 옷을 입고 있었다. 3시간 거리를 운전해야 하는데, 이미 약속 시간에는 늦을 대로 늦어 버렸다. 게다가 개와 닭까지, 네 마리의 동물을 데리고 데이트하러 가고 있다.

잠시 뒤 나는 퍼스*를 기준으로 한 시간 정도 떨어진 거리를

●　　스코틀랜드 테이 강 옆에 위치한 도시.

지나고 있었다. 케언곰스 국립 공원의 가장 높고 외진 곳을 달리는 듯했다. 오르막길은 좁아서 어디까지가 도로이고 어디까지가 산인지, 어느 곳이 깎아지른 절벽인지 구분하기 어려웠다. 안개가 자욱했고 가을비는 산의 경사면을 휩쓸었다. 회색빛이 산을 뒤덮었고, 언덕을 배회하는 양들은 회색 세상에 떠오른 하얀 빛 같았다. 매기, 리, 애니, 메리는 세차게 움직이는 와이퍼를 바라보며 차 안에 웅크리고 있었다.

"얘들아, 괜찮아?"

추워서 몸이 떨려 왔다. 차량 내부 온도를 올리려고 손을 뻗었다. 춥고 황량한 풍경을 보니 아이들을 담요로 감싸 주고 싶었다. 커브를 돌며 오래된 다리 위로 들어설 무렵, 웅덩이에 고인 빗물이 시야를 가렸다. 얼굴을 찡그리며 브레이크를 밟는데, 하얀색을 띤 무언가가 시야에 들어왔다. 어린 양 같았다. 그런데 뭔가 이상했다.

속도를 늦춘 뒤 지나친 곳으로 되돌아갔다. 시계를 보니 6시 30분 전이었다. 약속 시간까지 한 시간, 아니 실은 한 시간도 채 남지 않았다. 그러나 나만 서두르면 쓰러진 양을 구조할 수 있을 것 같았다.

비가 억수같이 내렸지만 길을 따라 다리로 달려갔다. 근처에서 풀을 뜯고 있던 양 몇 마리가 깜짝 놀라 안개 속으로 흩어졌

다. 장대비 사이로 털썩 주저앉은 양이 보였다. 녀석은 몸을 구
부리고 흠뻑 젖은 채 떨고 있었다. 놀라게 하지 않으려고 천천히

다가가 녀석의 옆에 웅크리고
앉았다. 생후 6개월쯤 되어
보였다. 고개를 앞으로 숙
인 채, 길고 검은 귀를 감긴
눈 위로 축 늘어뜨리고 있
었다.

"아가……."

두꺼운 양털로 감싸져 있는데도 척추가 느껴졌다. 체중을 지
탱하려 고군분투하는 다리에 의지한 채 온몸을 떨고 있었다. 온
몸이 흠뻑 젖어, 털이 만들어 낸 작은 소용돌이들이 분홍빛 피부
에 달라붙어 있었다. 녀석을 팔로 감싸자 털에서 나오는 빗물이
셔츠 사이로 스며들었다. 생후 6개월 정도 된 건강한 양들은 지
금쯤 산 중턱에 있을 것이다. 무언가 잘못된 것이다.

살며시 녀석의 머리를 들어 잇몸을 확인했다. 끈적하고 차갑
고 창백했다. 저체온증, 탈수 징후이거나 어쩌면 더 안 좋은 상
태일 수 있었다. 얼마나 오랫동안 이곳에 있었는지도 알 수 없
었다. 그저 상태가 좋지 않다는 것만은 확실했다. 만약 녀석을
이곳에 남겨 두면 오늘 밤을 넘기지 못할 것이었다. 수천 에이

커[*]에 이르는 북부 스코틀랜드의 농장에서 당장 주인을 찾는 것은 불가능했다. 고로 두 가지 선택지가 있었다. 녀석을 죽게 내버려 두거나, 집으로 데려가는 것.

일어서서 얼굴로 흘러내리는 머리카락을 넘기고 코에서 떨어지는 물방울을 입으로 후 불었다. 비는 바늘처럼 피부를 때리고 있었다. 나도 얼마 전까지 이렇듯 길가에 무력하고 절망적인 기분으로 주저앉아 있었다. 어린 양에게는 따뜻한 보금자리, 약간의 음식, 잠시간 곁을 지킬 누군가가 필요했다. 다른 선택지가 없었다.

"잠시만 기다려. 빨리 돌아올게."

차로 달려가 개를 돌보는 데 쓰던 수건, 담요를 집었다. 메리의 임시 거처로 쓰던 박스를 약간 뒤로 옮겼고, 애니는 앞쪽으로 옮겨 안전벨트를 단단히 매 주었다.

"얘들아, 조금만 참아."

다리로 다시 돌아갔다. 그 자리에 간신히 서 있는 양을 보고 안심했다.

"괜찮아, 해치지 않아."

그러나 녀석이 나를 믿을 리 없다. 수건으로 감싸자 양은 겁에

●   야드파운드법에 의한 논밭 넓이의 단위. 1에이커는 약 4,047㎡이다. (편집자주)

질렸다. 몸을 비틀어 빼내려고 용썼다.

"많이 무섭지. 조금만 참아 줘, 미안해."

녀석을 꽉 잡고, 재빨리 땅에서 들어 올려 안았다. 무기력하게 내 품에 안기더니 낙담했는지 고개를 내 품으로 떨궜다. 녀석의 흠뻑 젖은 정수리에 입을 맞추며 털에 코를 들이댔다. 눈물이 흘러내렸다.

"금세 나아질 거야, 이제 괜찮아."

비틀거리며 차로 돌아오는 길, 양털에서 흐른 빗물이 청바지까지 스며들었다. 문을 열어젖히고 뒷좌석에 아이를 내렸다. 지금은 저체중이지만 이렇게 되기 전까지는 건장했다는 것을 알 수 있었다. 약해진 상태에서도 내 힘과 맞먹었다. 옆에 올라타자 눈을 부릅뜨고 나를 지켜보았다.

"알아, 많이 걱정되지? 그래도 조금만 긴장을 풀어 보렴. 털을 말려야 되거든."

매기와 리는 뒤에서, 애니는 앞좌석에서 이 광경을 지켜보고 있었다. 메리는 무슨 일이 일어나든 상관없다는 듯 무심했다. 어린 양은 조용히 누워만 있었다. 추위로 얼어 버린 뼈에 온기를 불어넣어야만 살아날 듯했다.

기어봉에 몸을 기대고 온도를 최대로 올렸다. 따뜻한 공기가 차에 가득 차기 시작하자 수건으로 털을 말렸다. 축축한 털이 손가락에 달라붙었다. 예전에 '코블러'라는 남부 고원의 봉우리에서 동상에 걸려 손가락을 잃을 뻔했던 기억이 났다. 아버지의 겨드랑이에 손을 끼고 한 시간 동안 고통스럽게 소리 질렀던 기억이다.

그래서 녀석의 체온을 천천히, 꾸준히 올리려고 애썼다. 심각한 상황으로 번질 수 있기에 조심해야 했다. 이상적인 상황이라면 따뜻한 램프, 온수로 가득 찬 병, 직접적으로 가할 열이 필요했다. 하지만 이곳은 황량한 케언곰 산맥이다. 유일하고도 직접적인 열 제공은 나만 할 수 있었다. 뒷좌석에서 닭과 양 사이에 껴, 몸을 배배 꼬며 흠뻑 젖은 청바지와 셔츠를 벗었다. 차갑고 축축했다. 빗물과 양 때문에 셔츠가 찰싹 달라붙었다.

조심스레 움직이며 양과 좌석 틈바구니로 몸을 쑤셔 넣었다. 녀석을 가까이 끌어당기고 매기와 리의 양털 담요를 단단히 감아 주자 움찔하는 것이 느껴졌다. 얼어붙어 떨고 있는 몸을 두 팔로 감싸니 내 몸에 찬 기운이 스며들었다. 녀석은 몸을 떨면서 살아남으려 고군분투했다.

"그래, 아가. 잘하고 있어."

뒷좌석에 함께 누워 있자니, 이 친구가 얼마나 무섭고 혼란스럽고 걱정스러울까 싶었다. 6개월 동안 살아 오며 사람들이 차를 타고 질주하는 모습만 봤을 것이다. 이제 녀석은 연약하고 도망갈 수도 없는 상황에서 낯선 사람과 함께 차에 갇혀 있다.

내가 잘한 걸까?

그렇게 45분간 녀석을 안고 뒷좌석에 누워 있었다. 양을 안심시키며 부드럽게 속삭였다. 녀석의 축축한 털에 얼굴을 묻었다. 얼마나 흘렀을까. 고개를 들어 계기판의 시계를 보았다. 발라터에 도착하기로 한 시간은 7시 30분이었다. 젠장, 약속 시간 5분 전이었다.

양의 겨드랑이 밑에 손을 넣어 체온을 확인했고, 안도의 한숨을 내쉬었다. 조금씩 체온이 오르기 시작하는 것을 느낄 수 있었다. 잇몸을 확인했고 다행히도 생명의 희미한 기미가 되살아나기 시작했다. 나는 눈을 감으며 기도했다.

'감사합니다.'

이제 출발하기 위해 몸을 뒤척이며 담요를 감아 주었다. 양이 깜짝 놀라 고개를 들었다. 이제 녀석을 집으로 데려가서 영양분을 공급해야 했다. 지난봄에 사 둔 양젖이 아직 집에 남아 있었다. 혹시 모를 양들의 응급 상황에 대비한 것이었다.

하지만 이에 앞서 데이트 장소로 가야만 했다. 불쌍한 상대편은 나를 만나려고 이미 두 시간을 운전해 왔다. 데이트를 취소하고픈 마음은 굴뚝같지만 적어도 30분은 얼굴을 보여야 한다.

나는 벗어 둔 흠뻑 젖은 셔츠와 청바지를 다시 입었다. 셔츠의 단추를 채우고 운전할 준비를 했다.

발라터와 아직 한 시간 떨어진 거리에 있었고, 약속 시간까지는 30초밖에 남지 않았다. 비록 지각은 했지만 적어도 나에게는 이번 상황이 정당하게 느껴졌다. 데이트 상대도 같은 생각이었으면 싶었다. 뒤이어 운전석에 앉아 몸을 숙인 뒤, 백미러에 비친 내 모습을 잠시 확인했다.

어두웠지만 묻어 있는 진흙과 피가 보였다. 그나저나 피라니?

피는 얼굴에 점점이 찍혀 있었고, 흠뻑 젖어 부스스한 머리카락은 머리 위로 뻗쳐 있었다. 남은 화장기는 아이라인 자국뿐이었는데, 마구 번져 줄무늬처럼 보였다. 두 눈만 보면 살인적인 숙취에 시달리다 방금 잠에서 깬 두더지처럼 보였다. 당황한 나는 아이라인을 그리려고 핸드백을 집어 들었다. 그 와중 콘택트렌즈가 눈에서 빠지고 말았다. 갈수록 태산이다!

두더지처럼 앞도 잘 보지 못하는 데다 몸에서 축축한 양 냄새까지 나니, 산에서 1년간 살아오던 사람처럼 보였다. 개 세 마리, 닭 한 마리, 양 한 마리를 차에 싣고 시동을 걸었다.

도착하고 보니 1시간 15분이나 늦었다. 우울하고 비참한 모습으로 마을 주차장에 차를 세웠다. 침착하게 차에서 내린 뒤, 젖은 셔츠 위에 재킷을 걸치고 약속 장소로 걸어갔다.

"안녕하세요, 제 몸에서 양 냄새가 심하게 나지요? 양해 부탁

드려요."

만나자마자 처음으로 건넨 말이었다. 첫인사로는 영 아니었다. 자기소개를 마친 뒤, 무슨 일이 있었는지 설명했다.

"내버려 뒀어야죠."

남자가 이어 말했다.

"그게 자연의 섭리라고요."

"진심으로 하는 말씀이세요?"

여기서 대체 뭘 하고 있는 걸까.

"어찌 되었든 진심으로 사과할게요. 정말 긴 하루였어요."

"그럼 술이나 한잔할까요?"

본능은 동물들을 데리고 집으로 돌아가라 했으나, 약속을 내 마음대로 파할 수는 없었다. 데이트 상대는 인내심을 가지고 기다려 주었으니, 적어도 술은 빚진 셈이었다. 죄책감이 느껴졌으나, 양의 몸에 점점 온기가 돌고 있었기에 귀가가 30분 늦는다고 하여 큰 차이는 없을 것이라 생각했다.

"반려견 세 마리를 데려왔어요. 아이들을 맡겨 둘 장소부터 찾아야 해요."

애니는 자제력이 약했다. 닭이나 양을 먹잇감으로 노릴 수도 있어 아이들끼리 내버려둘 수는 없었다. 서늘한 9월. 수요일 밤이라 투숙객이 얼마 없었다. 몇 분 지나지 않아 반려견과 함께 머물 수 있도록 허락해 주는 호텔을 발견할 수 있었다. 앞이 보이지 않는 빗줄기 속에서 뼛속까지 얼어붙은 탓에 온기가 절실히 필요했다. 화롯가에 타오르는 불, 그 앞의 빈 소파를 보자 안심됐다. 음료수 두 잔, 감자튀김 한 접시를 해치웠다. 애니는 재킷을 깔고 앉아 사람들을 지켜보고 있었다. 목줄은 내 손목에 단단히 감겨 있었다. 곁에 앉은 남자가 하는 말이 귀에 들어오지 않았다. 그저 차로 돌아가 양의 상태가 괜찮은지 확인한 뒤 집으로 돌아가고 싶었다.

  '양 이름은 뭘로 하면 좋을까? 앵거스……? 그래, 앵거스가 좋겠다.'

  대화에 집중하지 못한 채 음료를 홀짝이고, 바닥을 응시하기만 했다. 눈썹을 치켜올리고 나를 올려다보는 애니가 보였다. 뒤이어 우리는 주차장에서 작별을 고했다. 이미 데이트는 망쳤고, 그저 내게 관심 꺼 주기만을 바랐다. 그는 곧 떠났고, 리와 애니, 매기를 산책시킨 뒤 앵거스의 상태를 확인했다. 다행히 몸은 따뜻했고, 한결 안정되어 보였다. 안도의 한숨을 쉬며 차에 올라탔다. 목적지는 카렌의 집이 아니라 내 집이었다.

  눈을 깜박이며, 지금 나는 어디에 있고 쿵쿵거리는 말발굽 소리(?)의 출처는 어디인지 알아내려 안경을 찾아 더듬거렸다. 안경을 집으려고 몸을 돌려 손을 뻗는데, 검은 귀가 돋보이는 양한 마리가 호기심 어린 눈으로 나를 바라보고 있었다.

"와, 앵거스! 건강해졌구나!"

어젯밤에 앵거스를 차에서 내려 집으로 들였다. 녀석의 몸에 온기가 퍼지기 시작하자 점차 기운을 찾는 것이 보였다. 양젖을 담은 우유병을 찾아 앵거스에게 물리자 곧잘 먹기 시작했다. 여분으로 마련해 둔 침실은 휴식을 취하기 가장 적합한 장소였다. 날씨가 따뜻했기에 밤새도록 앵거스를 돌볼 수 있었다. 안전하고 따뜻한 곳에서 숙면을 취한 데다 지난 밤 먹인 양젖 덕분에 앵거스는 혼자 일어서게 되었다. 내가 일어나기를 기다릴 동안 분주했는지, 카펫에 깔린 검은 똥이 보였다. 기분이 점점 나아졌는지 배고파했다. 침대에서 벗어나 앵거스 옆에 앉았다.

"기분이 좀 어때?"

앵거스를 팔로 감싸고는, 보송보송하게 마른 양털에 얼굴을 문지르며 안도의 미소를 지었다.

"많이 배고프지?"

고개를 갸웃하며 눈을 깜박였다. 내가 무섭지 않은가? 사실상 몇 시간 전에 이 녀석을 납치한 것과 다를 바 없는데!

"그래, 식사 시간이야. 따라올래?"

재빨리 옷을 입고 매기, 리, 애니, 그리고 닭들에게 사료를 줬다. 병에 양젖을 담는 동안 앵거스는 매기, 리와 휘청거리며 부엌을 배회했다. 하룻밤 사이에 조금 더 기운을 차린 걸 보니 희망이 생겼다. 그러나 앵거스가 홀로 다리에 버려진 이유를 알아야 했다. 엘긴에 있는 수의사에게 전화해 당일 야간 진료를 예약했다. 양젖 냄새에 귀를 씰룩거리고 입술을 핥으며 침실로 돌아가는 앵거스가 보였다. 태어난 지 6개월 남짓 되었기에 이것만으로는 부족했지만, 앵거스가 필요로 하는 영양분을 공급하기에도 좋았고 잘 소화했다. 열심히 먹는 모습을 보니 안심됐다.

"아이고. 순식간에 비웠구나, 아가!"

빈 병을 침대 옆 테이블에 두고 침대에서 내려와 바닥에 앉았다.

"이리 와서 나 좀 안아 줘."

침대에 기대어 녀석을 가까이 끌어당겼다. 따뜻한 양젖을 먹고 나니 졸린 듯했으나, 식곤증만이 앵거스를 졸리게 만들지는 않았을 것이다. 차가운 빗속에서 살아남으려 바짝 긴장한 채 모든 정신력을 쏟아부었을 터였다. 녀석을 치료하려면 숙면, 포만감, 걱정 없는 휴식이 필요했다.

"점점 회복되는구나. 너도 느껴지니?"

허리를 굽혀 앵거스의 머리를 감싼, 검고 곱슬곱슬한 털에 입을 맞추고 이불을 끌어당겼다. 전날의 사건들로 나 역시 무척 피곤했다. 동물 병원으로 출발하기까지 두어 시간이 남아 있었다.

침대에 기대 눈을 감으며 미소 지었다. 지난 12시간 동안 얼마나 많은 일이 일어났는지…….

목요일 오후, 동물 병원 근처에 주차할 수 있는 공간은 길 건너 슈퍼마켓 주차장뿐이다. 조심스레 차 트렁크를 열었다.

"천천히 꺼내 줄게."

놀란 듯했으나 다행히 달아나진 않았다. 조심스레 다리로 앵거스를 지탱한 뒤 녀석의 팔을 단단히 잡았다.

"가자!"

35킬로그램이나 나가는 양을 들고 최대한 빠르게 주차장을 가로질렀다. 낯선 환경인데도 녀석은 눈 하나 깜짝하지 않았다. 앵거스를 힘주어 안으며 동물 병원 문을 연 뒤, 곧장 대기실로 들어갔다.

"안심하렴."

수의사가 앵거스를 검사대로 올려 심장 소리와 잇몸을 체크했다. 나는 녀석의 머리를 쓰다듬어 주었다. 확실치는 않지만 아침보다 더 피곤해 보였다. 스트레스 때문인가? 수의사가 혈액 샘플을 채취하고 몇 가지를 더 검사하려 정맥을 찾았다. 앵거스의 머리에 입 맞추고 속삭였으나 점점 흥분하는 것 같았다. 나와 수의사를 쳐다보더니 벽으로 돌진하려 했다.

"많이 놀랐구나, 괜찮아, 괜찮아."

"정맥을 찾았어요. 이제 피를 뽑을게요."

수의사가 주사기를 든 채 말했다.

"물을 좀 먹여야겠어요. 탈수 증상이 심해요."

마음을 다잡고 앵거스를 팔로 감싸 안았다. 일어서려는 것을 겨우 저지하고, 다시 검사대 위에 눕혔다.

"괜찮아, 곧 집에 갈 거야."

속이 울렁거렸다. 아침에는 밝은 모습으로 양젖도 잘 마시고 침실 이곳저곳을 뛰어다녔는데, 뭔가 심각하게 잘못되었다는 생각이 들었다. 검사가 진행되는 동안 무릎 꿇고 옆에서 녀석을 안심시키려고 애썼다. 빠르게 숨을 들이쉬고 내쉬기를 반복했다. 녀석의 젖은 코에 키스하고, 이마에 내 이마를 맞대며 말했다.

"괜찮아, 걱정하지 마."

차츰 호흡이 느려졌다. 수의사가 출력된 결과지를 들고 문을 여는 것을 보며 천천히 일어섰다.

"좋은 소식은 아닙니다. 간과 신장이 쇠약하고 심장도 약해요. 특히 영양실조가 심한데요. 칼륨, 칼슘, 마그네슘을 비롯해 거의 모든 영양소가 부족한 상태예요."

두 팔로 녀석을 감쌌다.

"괜찮아질까요? 아이가 잘 견딜 수 있을까요?"

"장담할 수 없어요. 내상이 오래된 것 같네요. 혹시 모르니 항생제를 투여해 통증을 가라앉히겠습니다. 원인은 모르겠네요."

그 말을 들으며 앵거스가 견딘 추위와 비, 고통과 외로움, 절망감을 떠올렸다. 이 모두를 극복한 용기가 가치 있다고 되뇌었다. 악조건에도 불구하고 녀석이 계속 살아갈 수 있기를 바랐다. 서로 알게 된 지 24시간도 채 안 되었지만, 나는 앵거스의 의지를 느꼈고 녀석을 돕고 싶었다.

"앵거스, 저녁 먹자."

문 여는 소리가 들리자 녀석이 몸을 돌려 나를 바라봤다. 따듯해서 노곤해진 얼굴 옆으로, 머리보다 훨씬 커다란 귀가 튀어나와 있다. 그 모습에 미소가 지어졌다. 집으로 돌아온 뒤 거실 버너 앞에 침대를 놓아두고 함께 잠들었다.

앵거스는 첫날처럼 열정적으로 먹지는 않았지만, 아직은 희망이 보였다. 녀석이 졸린 눈을 하고는, 내가 거실을 돌아다니며 정리하는 모습을 지켜보고 있었다. 밖에서는 윌리엄과 제임스가 트럭을 위협하고 있었다.

"저 닭들 보이지, 앵거스? 너도 곧 잔디 위에서 저렇게 쌩쌩하게 다닐 수 있을 거야!"

손등에 묻은 양젖을 닦아내고 슬리퍼를 벗은 뒤, 녀석이 덮은 이불 밑으로 몸을 비집고 들어갔다.

"이리 오렴."

앵거스에게 양젖을 먹이려 자세를 고쳐 잡았다. 병을 코까지 들이대자 몇 초간 킁킁거리다가 고개를 돌려 버렸다.

"잘 먹어야 힘을 내지."

입술에 조금씩 묻혀 가며 시도해 봤지만 녀석은 계속해서 외면했다. 눈을 꾹 감았다. 아냐, 절대 아닐 거야.

주위가 어두워지고 있었다. 난로에 불을 붙이고 통나무를 던져 넣었다. 매기, 애니, 리에게 저녁을 먹였다. 산책은 당분간 미뤘다. 앵거스에게 신경 써야 했기에 낮에 정원에서 놀게 하는 것으로 그쳤고 밤에는 소파에서 졸았다. 앵거스에게 먹일 양젖을 식히는 동안 밖에 나가 닭들을 재웠다. 거실로 돌아와 앵거스에게 병을 내밀었다.

"조금만 먹자, 부탁이야."

앵거스가 고개를 돌렸다. 병을 내려놓고 이불 속으로 들어가 누웠다. 서로 마주보고 누운 뒤 녀석의 코에 몇 번 입을 맞췄고, 녀석은 내 목에 코를 들이댔다.

"사랑해, 앵거스."

앵거스는 이길 수 없는 잠으로 점점 더 깊이 빠져들고 있었다.

"정말 안 먹을 거야?"

녀석이 온 힘을 모아 눈을 떴다. 편안한 자리에 누워 서로의 얼굴을 바라보았다. 앵거스가 결코 듣고 싶지 않았던 말을 하려 했다. 정신은 깨어나려 노력했지만 지치고 망가진 몸은 회복되지 않았다. 생명의 등불이 그렇게 꺼지고 있었다.

지친 몸 안에 갇혀 있는 기분이 어떤 것인지 잘 알고 있다. 응원도 돌봄도 할 수 있었다. 음식, 사랑, 따뜻한 침대도 줄 수 있었고 녀석의 상태를 계속 확인할 수도 있었다. 그러나 결국 싸움은 앵거스의 몫이었다. 만약 녀석이 더는 싸우고 싶지 않다고 한다면 내가 할 수 있는 일이란 그저 이해하고 받아들이는 것뿐이었다. 양젖이 가득 찬 병을 난로 위에 놓은 뒤 담요를 덮어 주었다.

고요한 밤, 우리는 난로 앞에서 따뜻하게 잠들었다. 가끔씩 몸을 뒤척이고 불을 지펴 가며 앵거스를 챙겼다. 내 목에 코를 대면 따뜻하고 달콤한 숨결이 귀를 간지럽게 했고, 부드럽고 따뜻한 양털이 내 코를 눌렀다. 함께할 수 있는 시간이 짧을 것도 예상했고, 앵거스의 병 또한 우리가 만나기 이전부터 진행되어 왔음을 알고 있었다.

우리의 생은 그 황량하고 차가운 길 위에서 마주했다. 내 과거 행적을 바꿀 수도, 새 친구를 죽음의 순간에서 벗어나게 할 수도 없다. 다만 세상을 바꿀 힘은 없어도 추위, 배고픔, 외로움을 온기, 배부름, 사랑으로 대체할 수는 있다.

동틀 무렵 잠에서 깼다. 앵거스는 여전히 내 품에 안겨 있었다. 그러나 녀석의 호흡이 점점 느려지고, 앵거스가 점점 더 멀리 가고 있다는 것이 느껴졌다.

"떠나는구나……."

앵거스는 아주 살짝 움직이다 힘을 빼고 품에 안겼다. 녀석의 머리에 입맞춤한 뒤 부드러운 귀를 쓰다듬어 주었다. 그런 뒤 다시 옆에 누워 조용히 작별 인사했다.

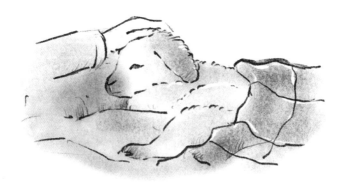

썰물, 상실과 이별

"매기, 도와줄게."

침대에 몸을 반쯤 걸친 매기가 나를 올려다보았다. 뭐든 혼자 해내려는 매기가 요즘 부쩍 힘들어했다. 아이를 품에 안아 들어 올렸다.

"재워 줄게, 이리 온."

매기를 안심시켰다. 인정하기 싫었지만 지난 몇 달간 매기의 관절염이 심해졌다. 녀석은 점점 더 힘들어했다. 엉덩이와 무릎이 뻣뻣해지면서 고통도 커지는 듯했다. 소파나 차에 오르지 못하고 애쓰는 모습을 보면 마음이 아팠다. 얼마 전까지만 해도 침대 위로 뛰어올랐는데, 지금은 안아서 올려 줘야만 했다. 매기가 천천히 잠드는 모습을 지켜봤다. 누워 있다 일어나는 것조차 많은 노력이 필요했다.

수의사 앨리드는 2주에 한 번씩 매기에게 침을 놓아 주었다. 그사이 나는 마사지를 해 줬다. 침을 맞고 마사지를 받고 나면 고통이 완화되는지, 한층 움직이기 편해 보였다.

매기는 점차 느릿하게 변해 갔지만 여전히 밝고 행복하게 지냈다. 정원에서 보내는 시간을 좋아했고 저녁 식사한 뒤 간식으로 주는 토스트에 언제나처럼 열광했다. 그러나 매기의 관절을 튼튼하게 만들기 위해 음식에 영양제와 진통제를 넣어 주면, 주저하며 먹지 않았다. 요즘 녀석의 몸이 꽤 안 좋아 보였다. 삶의 순환, 노화는 어쩔 수 없다는 것을 알지만 그렇더라도 매기를 세심하게 돌본다면 더 오래 살 수 있다고 믿었다.

몇 주 뒤, 청소하며 매기가 정원에서 냄새를 맡는 것을 지켜보던 중 아이의 허리가 약간 부어 있다는 것을 알아차렸다. 걱정이 엄습했다.

"이리 와. 배 좀 보자."

두 팔로 배를 감싸 상태를 파악했다.

"가만히 있어, 옳지."

차오른 복수가 느껴졌다. 배가 마치 물풍선 같았다. 왜 이런 증상이 생긴 걸까?

매기는 평소처럼 즐겁게 정원을 돌아다니며 냄새 맡고 일광욕을 즐기고 있었다. 밥도 잘 먹고 아픈 기색도 전혀 없었다. 하지만 무언가 문제가 생겼다는 건 확실했다. 외면하고도 싶었지만 용기를 내야 했다.

"사랑해, 매기."

꼭 안아 준 뒤, 매기는 정원에서 즐겁게 놀고 있으라고 남겨 두고 앨리드를 불러왔다. 매기를 진찰한 뒤, 현재로서는 명확한 원인을 알 수 없으며 배에 복수가 차는 데에는 몇 가지 요인들이 있다는 말이 이어졌다. 어쩔 바를 모르는 나를 보며, 그는 브로들리즈에 예약해 보라고 했다. 브로들리즈는 스털링에 위치한 동물 병원이었다. 아이를 치료하려면 병의 원인을 정확히 알아내야만 한다.

며칠 후, 새벽 어스름 속에서 반쯤 잠든 매기를 자동차 트렁크에 이불을 깔고 눕혀 둔 뒤 스털링으로 갈 준비를 마쳤다. 어떤 결과가 나올까. 몹시 두려웠다.

"어서 타."

엄마가 나를 차에 밀어 넣었다.

동물 병원에 도착해 접수를 마쳤다. 매기가 제일 좋아하는 할머니와 내가 뒤를 따랐다. 우리가 걱정하며 상담을 받는 동안 녀석은 옆에서 매력을 발산하는 중이었다. 작별 인사하며 입을 맞춘 뒤 곧 만나자고 약속할 즈음, 이미 병원 관계자들은 녀석에게 푹 빠져 있었다.

우리는 동물 병원 근처 카페에서 차를 마시며 일부러 웃고 걱정을 떨치려 애쓰며 시간을 죽였다. 고통스러울 정도로 기다림은 길었다. 오후 4시를 넘기자 휴대폰이 울렸다. 매기가 마취에서 깨어났다고 했다. 근심하며 병원 진료실로 돌아갔다. 오랜 운전과 걱정으로 지쳐서 두 눈을 감고 있었다. 눈을 뜨면 현실이 바뀌어 있기만을 바라면서.

"플레밍 씨?"

간호사의 목소리에 깜짝 놀라 눈을 떴다.

"매기는 이쪽에 있어요."

엄마와 재빨리 진료실로 향했다.

"매기!"

마취에서 깨어나는 중이었지만 우리를 보고 기뻐하는 매기의 모습이 보였다. 우리는 녀석을 감싸 안고 키스 세례를 퍼부었다. 친절하고 사려 깊은 의사는 스캔한 사진을 몇 장 보여 주겠다며 조명을 어둡게 했다. 매기의 복부에는 이상이 없으나 가슴에서 의심스러운 부분이 보인다고 했다.

"유감입니다."

의사는 우리의 마음을 이해한다는 듯 조심스레 말을 이었다.

"에든버러에 있는 동물 병원에서 추가 검사를 받을 수 있을 겁니다. 너무 낙심하지 마세요. 아직 확실하게 말씀드릴 만한 것이 없었으니까요."

말없이 눈만 깜박이며 의사를 바라보았다. 매기는 명랑한 표정으로 허공을 응시하며 내 옆에 앉아 있었다.

"다시 연락드리겠습니다."

고개를 끄덕였다. 의사의 친절은 감사했지만 딱히 할 말이 없었다. 검사 결과가 어떻든 좋은 소식은 아닐 터였다.

매기를 차에 태운 뒤, 엄마와 나는 할 말을 잃었다. 그저 조용히 서로를 껴안고, 집으로 출발했다.

파인트레이터 성은 내가 가장 좋아하는 장소로 손꼽는 곳이다. 그곳의 경치를 내려다보며 미소 지었다. 한때 웅장함이 넘쳤을 오래된 성은 북해가 내려다보이는 절벽 높은 곳에 자리하고 있었다. 어린 시절의 나는 이 험상궂고 기괴한 풍채에 매료되어 아빠랑 종종 놀러 오곤 했다. 아빠는 여기서 우리가 벌인 위험한 행동들은 반드시 엄마에게는 함구하라고 했다. 몇 년간 엄마에게 비밀로 했던 행동은 사진 한 장으로 남았다. 내가 난간 앞에 서서 팔을 뻗고 있는 사진이었다. 아빠와 나는 이 사진을 끝끝내

엄마에게 보여 주지 않았다. 난간 아래로는 파도가 넘실대고, 날카로운 돌이 산재했다. 엄마가 알았다면 굉장히 걱정했을 상황이었다.

오늘 이 성에 매기, 리와 함께 당일치기로 여행을 왔다. 며칠 전, 두려워했던 일이 현실이 되어서다.

검사한 결과, 매기 폐를 스캔한 사진에 보였던 의심스러운 덩어리는 종양이었다. 우리가 고를 수 있는 유일한 선택지는 길고 위험한 수술뿐이었다. 내일은 수술 전 검사차 매기를 병원에 데려가는 날이었다. 나에게 특별한 장소였기에 매기와 함께 절벽과 멀리 떨어진, 안전한 길 위를 거닐고 싶었다.

산책을 마치고 차로 돌아왔다. 잔디 위에 자리를 깔고 소풍을 즐기기로 했다. 어느덧 구름이 걷히고 따뜻한 햇빛이 내리쬐어, 적당한 곳에 자리를 마련했다. 매기는 하늘을 향해 코를 벌름거리며 산들바람 냄새를 맡았고, 리는 이불 위에 앉아 몸을 비비적거렸다.

"아가씨들, 그렇게 즐거워?"

매기의 머리를 간지럽히고 벨벳처럼 부드러운 귀를 만져 주었다. 내 얼굴에 미소가 번졌다. 지난 며칠간 기적처럼 복수가 사라지고 매기의 상태가 좋아져서다. 침술은 엉덩이가 뻣뻣하게 경직되는 것을 막고 산책을 즐길 수 있게 도왔다.

매기가 새로운 장소에 가는 것을 좋아했기에, 매기와 나는 함께 흥미로운 산책로를 찾아 돌아다니며 탐험하는 것을 즐겨왔다. 그래서 더더욱 수술 받는 게 안타까웠다. 그 누구라도 매기의 겉모습만 본다면 폐에 종양이 숨어 있다는 사실을 결코 모를 것이다.

"얘들아, 점심 먹을까?"

매기와 리가 기대하는 눈빛으로 올려다보았다. 자제하려 애쓰는 것 같았지만 이미 기대감에 잔뜩 부풀어 있다.

"빨리 먹고 싶지?"

그 모습에 절로 웃음이 났다. 도시락 통을 열고 땅콩버터 샌드위치를 반씩 잘라 건넸다. 나도 한입 베어 물었지만 매기와 리가 샌드위치와 치즈를 행복하게 먹는 모습을 넋 놓고 지켜보았다. 걱정되어 식사에는 손이 가질 않았다. 수술만 생각하면 눈물이 쏟아졌다. 매기의 발을 잡으려 손을 뻗었다. 엄지손가락으로 녀석의 볼록한 발바닥 살과 그 사이에 있는 털들을 어루만졌다. 날카로운 바위 너머 텅 빈 수평선을 바라보았다. 이렇게 하루를 끝낼 수는 없었다.

"얘들아, 오늘 밤 영화나 볼까? 아이스크림도 좀 먹고."

우리는 종일 산책하느라 무척 피곤했다. 집에 돌아와, 버너 앞 부드러운 이불 속으로 행복하게 녹아 들었다. 온기가 느껴지자 매기는 내 무릎에 턱을 괴었다. 캬라멜 아이스크림 통을 집어 들자, 매기의 눈이 숟가락과 아이스크림 통 사이를 오갔다. 익숙하고도 따뜻한 녀석의 털에 얼굴을 묻었다. 수천 번도 더 했던 일이지만 이대로 시간이 멈췄으면 좋겠다고 생각했다.

매기가 종양 진단을 받은 이후, 가을이 왔다. 아침이 밝아오면서 퍼스셔 숲의 금빛, 붉은빛이 간선 도로 A9을 따라 남쪽으로 가는 길을 화려하게 밝혔다. 매기가 트렁크에서 뭉그적거렸다.

"매기, 괜찮아?"

쾌활하게 말하려고 애썼지만 매기도 지난 몇 주간 내가 느꼈던 두려움과 걱정을 비슷하게 느꼈을 것이다. 두려움이 계속 올라왔지만 매기도 내가 절망하는 모습을 보고 싶지 않을 것이다. 운전하면서 일부러 볼륨을 높여 음악을 듣고 노래도 부르며 감정을 다스리려고 노력했다.

"엄마, 차랑 토스트 드실래요?"

수술 전 검사를 마치고, 부모님과 하룻밤을 보내려 킬마넉에 갔다. 푹 쉬어야 했지만 도통 잠이 오지 않았다. 이럴 때 엄마와 무언가를 먹고 마시는 순간이 있다는 것에 감사했다.

매기는 복도 쪽에 놓인 라디에이터 옆 침대에서 코를 골고 있었다. 떼려야 뗄 수 없는 매기의 절친한 친구, 고양이 피터도 그 옆에 깊이 잠들어 있었다. 매기는 제 양발 사이에 웅크리고 있었고 우리는 차를 계속 우려냈다. 때로 다른 생각에 잠겼다가도 금세 도망칠 수 없는 끔찍한 현실에 빠져들었다. 새벽 2시가 다 되어서야 우리는 겨우 잘 준비를 시작했다.

엄마와 나는 말없이 서로를 껴안았다. 이를 닦으러 가며 본 매기와 피터는 여전히 서로를 감싸고 코를 골고 있었다. 나는 멈춰 서서 그들을 지켜보았다. 매기의 눈과 발톱의 움직임을 보아하니 한참 꿈나라를 여행 중인가 보았다. 미소 지으며 매기에게 길게 입을 맞췄다.

"매기야, 사랑해. 널 정말정말 사랑한단다."

이 시간에 영원히 머물고 싶었다. 매기의 어깨에 담요를 덮어주고 입을 한번 더 맞췄다.

"잘 자. 내일 아침에 보자."

"자, 얼른 먹어."

엄마가 빵 한 조각을 건네주셨다.

"배고프지 않아요."

"그래도 먹어. 너라도 힘을 내야지."

글래스고의 교통 체증을 피하려면 일찍 나가야 했다. 그러기만 하면 동물 병원으로 가는 길은 순탄했다. 최선을 다했다는 걸 알지만 이 모든 상황이 마치 지옥 같았다. 매기가 이런 일을 겪게 하고 싶지 않았다. 잠든 녀석을 힐끗 돌아보며 보이는 것만큼이나 행복하게, 계속 아무것도 모르기를 바랐다. 그녀에게 말하지 못하고 있어서 죄책감을 느끼면서도 무슨 일이 일어날지 모르기에 희망을 가지려 노력했다.

"얼른 먹으라니까. 매기를 위해서라도 강해져야지!"

엄마의 잔소리가 계속됐다. 억지로 먹기 시작하자 잇달아 오렌지 주스가 넘어왔다.

"비타민 C도 챙겨야지."

"매기, 너 오줌 마렵겠다. 요 앞에 잠깐 다녀오자."

병원에 다다를수록 차를 돌려 도망치고 싶었다. 그러나 결국 도착했고 몇 분간 여유가 있었다. 매기에게 채운 목줄을 잡으며 부드럽고 주름진 이마에 키스했다. 녀석은 잔디 가장자리, 잘 가꾸어진 잔디밭 위 나무 냄새를 맡고 있었다.

같은 처지에 놓인 보호자와 반려견이 계속 지나쳐 갔다. 눈이 마주치면 서로의 걱정이 그대로 느껴졌다. 그래, 이런 일은 누구에게나 일어날 수 있다. 매일 벌어지는 일이란 것도 안다. 우리의 상황과 두려움은 특별하지 않다. 그러나 그 사실을 안다고 고통이 덜어지지는 않았다.

오늘도 동물 병원은 부산했다. 엄마와 나는 대기실 플라스틱 의자에 앉았다. 매기는 우리 사이에 자리를 잡고 여느 때처럼 온몸으로 즐거워하고 있었다. 숨 막히는 두려움조차도 매기를 향해 미소 짓는 일을 막지는 못했다. 나는 그 누구보다도 매기를 사랑했다.

"매기 플레밍, 들어오세요. 좋은 아침이야, 아가!"

파란 수술복을 입은 외과의가 진료실에 서서 서류 몇 장을 들고 있었다. 엄마가 내 손을 꼭 쥐었다.

"매기, 잘될 거야. 걱정 말고 들어가자."

매기는 여느 때처럼 쾌활하게 달려 들어가 의료진에게 인사했다. 매기는 몇 초만 있으면 새 친구를 사귈 수 있었지만 그렇다고 소란을 피우거나 폐를 끼친 적은 없었다. 다만 모든 사람들에게 마음을 열고 친근하게 굴었다. 녀석을 다시 집으로 데려가고 싶었다. 이 아이 몸에 칼이 닿는다는 생각을 하니 견딜 수가 없었다.

엄마도 간신히 눈물을 참았다. 나는 눈을 감고 심호흡한 뒤 매기 옆에 무릎을 꿇었다. 매기는 혼란스러워하며 나를 쳐다보았다. 귀를 세우고, 이마를 찡그리고, 얼굴에는 근심이 가득했다.

뭔가 상황이 좋지 않다는 걸 눈치챈 듯했다. 나는 매기 냄새를 맡으며 목덜미를 감싸 안았다.

"매기야, 잘 들어. 많이많이 사랑해. 그리고 이런 일을 겪게 해서, 해 줄 수 있는 게 없어서 미안해. 꼭 무사히 살아 줘. 곧 올게, 사랑해!"

매기를 안은 채 웅크리고 앉아, 의사가 앞으로 무슨 일이 일어날지 설명하는 것을 최대한 잘 받아들이려고 애썼다. 앞으로 수술은 어떻게 진행되고, 시간은 얼마나 걸리는지, 수술 뒤 어떤 일들이 일어날지 등등.

하지만 어느새 매기와 모얼릭 호수와 산책로에서 보내던 시간을 떠올리고 있었다. 호수에서 막대기를 던지며 놀고, 수영하던 모습. 엄마와 아빠랑 함께 휴가 갔을 때, 오늘은 어떤 모험을 겪었는지 보낸 사랑스러운 문자. 병마와 싸울 동안 내 옆에서 불평하지 않고 몇 시간 동안 먹지도 움직이지도 않던 시간들. 함께 갔던 소풍에서 친구들과 놀면서 미소 짓던 모습. 리와 함께 나를 쫓아다니던 모습. 함께 담요를 덮고 누워 있던 시간. 정원에서 제일 좋아하던, 작은 언덕에 앉아 있는 모습. 즐거운 간식 시간. 내 다리에 턱을 얹으면 보이는 코의 돌기. 우리가 처음 만난 날⋯⋯.

"마취하는 수술에는 위험이 따릅니다. 어떤 수술이든 마찬가지고요."

의사의 목소리가 필사적으로 탈출하려던 현실로 나를 되돌렸다. 맥박이 빠르게 뛰었다.

"미안해, 매기."

"수술의 위험성을 인지하고 있으며, 그럼에도 수술하고자 하신다면 이 부분에 서명해 주세요."

고개를 끄덕인 뒤 일어서서 서명했다. 매기에 대한 사랑의 행위이지만, 이 아이를 죽음으로 몰아넣을 수도 있는 배신의 행위라고 생각하며.

매기는 반대편 문으로 나가고 있었다. 그녀는 나를 찾으며 어깨를 돌리고 뒤를 돌아보고 있었고, 우린 눈이 잠시 마주쳤다. 간호사가 부드럽게 매기를 달래자, 녀석은 수술하러 들어갔다.

킬마넉으로 돌아온 엄마와 나는 정신없이 바빴다. 매기는 지금쯤 수술 중일 터였다. 나는 휴대폰을 쥐고 침실부터 거실 사이를 계속 돌아다녔다. 다른 일에 집중하려고 애써 봤다. 복도에는 최근 엄마가 공사장에서 구조한 고양이 몇 마리가 계단에서 서로를 쫓으며 장난치고 있었다. 엄마가 토스트, 콩을 담은 접시와 차 한 잔을 테이블 위에 놓으며 단호하게 말했다.

"뭐라도 먹어야지."

"나 배 안 고……."

"그래도 얼른 먹어."

2시쯤이면 연락이 올 것이라고 했다. 한쪽은 안전과 미래, 다른 한쪽은 지옥 낭떠러지. 그 사이에서 아슬아슬하게 걷는 듯했다. 매기는 살아 있겠지? 만약 녀석이 죽는다면, 그 순간을 내가 알아챌 수 있을까? 물론이지, 나는 느낄 수 있을 거다. 종양은 잘 제거했을까? 괜찮겠지?

2시 30분이 막 지나는데 전화벨이 울렸다. 동물 병원 번호였다. 배 속이 꿈틀거렸다. 마음을 다잡고 전화를 받았다.

"네…… 네…… 감사합니다. 정말 감사합니다……."

의사 말로는 매기의 종양이 잘 제거됐다고 했다. 지금은 몽롱하게나마 정신이 돌아왔으며 수술 내내 강하게 잘 버텨 줬다고 했다. 얼마 지나지 않아 다시 전화가 걸려 와서, 더 자세한 얘기를 들을 수 있었다. 잠시간 머릿속으로 대화를 되뇌었다. 이게 나의 상상이나 꿈은 아니겠지. 매기는 살아 있었다.

"엄마! 엄마?"

내가 계단을 뛰어 내려가며 부르자 엄마가 부엌에서 뛰어오셨다. 엄마는 희망과 두려움이 섞인 얼굴로 나를 올려다보았다.

"다행히 수술 잘됐대요. 이제 매기 괜찮다고 전화 왔어요."

엄마와 바닥에 주저앉아 울면서 안도의 한숨을 내쉬었다.

매기는 며칠 동안 병원에 머물러야 했다. 매기가 받은 수술은 위험하고 수술 시간도 길었다. 의사는 폐 일부, 암세포가 퍼진 식도 일부를 제거했다. 병원에서는 아이의 통증을 완화하려 24시간 동안 돌봤다. 그리고 식도를 통하지 않고 음식을 먹을 수 있도록 배에 호스도 연결했다.

의사는 하루에 두 번 전화했다. 매기의 기분이 어떤지, 회복 상태는 어떤지 계속 알려 줬다. 둘째 날부터 매기는 간호사와 함께 산책을 시작했다. 그다음 날이 되자 간호사는 끊임없이 냄새를 맡으려는 매기를 억지로 들어오게 해야 했다. 매기를 보러 가도 되겠냐고 물으니 아직은 안 된다고 했다.

"간호사들이 매기를 정말 좋아해요. 매기는 특별해요."

의료진은 매기를 무척 좋아했다. 매기를 그리워하고 보고 싶어 하는 내 마음도 잘 알고 있었다. 의사는 매기가 많은 사랑을 받고 있으며 곧 집으로 돌아갈 거라고 나를 안심시켰다.

매기의 크고 환한 미소, 신이 난 꼬리, 주름진 이마가 보고 싶었다. 팔로 매기를 감싸고 모든 일이 잘 해결되었다는 것과 내가 정말 많이 사랑한다는 것을 말해 주고 싶었다.

매기가 수술을 받은 지 4일 뒤인 토요일, '캣 액션 트러스트 1977'의 에셔 지점* 연례 모금 행사가 있었다. 엄마는 다른 자원봉사자들과 홀을 예약하고 서류 작업을 하며 행사 준비에 여념이 없었다. 전날 새벽 3시까지 깃발을 다리고 스카치테이프와 블루택**으로 홀을 꾸미느라 바빴다. 도움이 될 수 있어 기뻤다. 잠시간 매기 생각이 나지 않을 정도로 정신없이 활동했다.

행사에는 많은 사람들이 참석했다. 그날 저녁 부모님과 킬마넉에 돌아왔다. 우리는 모두 기진맥진해 있었다. 홀에서 막 떠나려는데 간호사가 전화했다. 매기는 여전히 잘 지내고 있고, 다음 날 집에 보낼 수 있도록 순조롭게 준비하고 있다고 했다.

오후 2시에 데리러 가기로 했다. 마침내 안전한 장소에 안착했다는 기분이 들었다. 매기와의 미래를 꿈꾸니 흥분이 억눌리지 않았다. 무거운 짐에서 벗어나 몸이 가볍고 붕 떠오른 것 같았다.

엄마는 침실로 들어갔고, 아빠는 가슴에 책을 얹은 채 거실에서 코를 골고 있었다. 나도 잠자리로 향했다. 몇 주 내내 피곤하고 걱정스럽게 보냈기에, 그 감정들이 고스란히 내 몸에 쌓인 것

●　　스코틀랜드 남서부의 역사적인 카운티.

●●　종이를 벽에 붙일 때 쓰는 푸른 점토 같은 것.

같았다. 낡은 담요를 어깨에 두르고 어린 시절 잠들던 침실로 들어갔다. 나는 부모님 댁, 특히 어렸을 때 쓰던 내 방을 좋아했다. 이곳은 영원한 나의 집이었다. 내일 이맘때면 매기도 이곳에 함께할 터였다. 눕자마자 잠들었다.

휴대폰이 울렸다. 비몽사몽간에 휴대폰을 잡으려고 손을 뻗었다. 동물 병원 번호였다. 지금 몇 시지? 전화 올 시간이 아닌데…… 불안했다.

"……우리가 할 수 있는 일이 없었어요. 정말 미안해요."

안 돼…….

병원의 설명은 이랬다. 배에 연결한 튜브를 꺼내기 전 음식을 먹이는 과정에서 튜브가 빠졌다. 음식은 매기의 위가 아니라 복부로 흘러들어 내장을 뒤덮었다. 간호사들이 쓰러진 매기를 발견했을 때는 이미 패혈성 쇼크로 고통스러워하며 죽어 가고 있었다. 급히 수술실로 옮겼지만 가망이 없었다.

매기를 보게 해 달라고, 바로 달려가겠다고 말했다. 하지만 이미 늦었다는 대답이 돌아왔다. 그곳에 도착할 때면 너무 늦을 거라고, 할 수 있는 일이 없다고.

"매기한테 보러 간다고 약속했단 말이에요……."

2015년 10월 24일, 오후 8시. 동물 병원에 매기의 안락사를 허락했다. 그렇게 나와 대략 161킬로미터* 떨어진 곳에서 매기가 죽었고, 내가 알고 있던 세상도 끝났다.

얼어붙은 채 침대 가장자리에 걸터앉아 바닥을 바라봤다. 피가 맺히기 전 하얗게 변하는 깊은 살갗의 상처같이, 쓰나미가 덮치기 전 뒤로 물러나는 잔잔한 바다같이…… 나는 잠시 아무것도 느끼지 못했다.

조용히 차에 탔다. 정오가 막 지났다. 두 시간 후 우리는 에든버러 동물 병원에 도착해, 싸늘해진 매기에게 작별을 고할 것이

● 　원문에서는 100마일로 표기. (편집자주)

다. 원래 이 시간이면 매기와 함께 집으로 돌아왔어야 했다. 아빠는 조용히 운전했고 엄마는 뒤에 앉아 흐느꼈다. 우리는 큰 슬픔에 잠겼다.

언덕을 내려간 지 약 30분 지났을 즈음 고통이 몰려왔다. 지키지 못한 약속, 매기의 쓸쓸한 죽음, 다시는 만나지 못할 것이란 현실이 머릿속을 맴돌았다. 우리의 마지막 순간을 회상했다. 두 눈이 마주치며 헤어질 그때를.

매기가 혼란스럽게 보냈을 시간들을 상상했다. 녀석은 주인이 어디에 있는지, 왜 이런 일이 일어나도록 홀로 내버려 뒀는지 궁금했을 것이다. 배신감을 느꼈을지도 모른다. 아이가 혼자 죽었지만, 나는 녀석이 사랑으로 가득한 삶을 살다 갔다고 되뇌었다. 그것만이 지금의 고통을 돌파할 수 있는 유일한 방법이었다.

유기견 보호소와 개공장에서 병들고 죽어 가던 수많은 얼굴들, 길을 잃고 절망하던 아이들, 고독에 시달리던 아이들을 떠올렸다. 그 아이들은 매기가 받은 사랑을 결코 알지 못한 채 죽어 갔다.

그 순간, 어떤 생각이 스쳐 지나가며 정리된 단어로 튀어나왔다.

"매기 플레밍 동물 호스피스……."

엄마는 그 말에 내 손을 꽉 잡았다. 우리는 슬픔 속에서 미소 지으며 고개를 끄덕였다.

PART 2

미지의 세계, 호스피스로

오샤 Osha Dosha,
매력적인 말썽 꾸러기

"오샤, 오샤! 그래, 너 말이야. 왜 쓰레기통이 복도에 널려 있니? 순진한 얼굴은 안 통해, 네가 한 짓이라는 거 다 알아!"

불마스티프 특유의 볼로 가득 찬 얼굴에 히죽, 웃음이 떠올랐다. 미안한 기색도 없다. 오샤는 크고, 대담하고, 고집 세고, 시끄러운 개구쟁이였다. 한마디로 '매력적인 골칫거리'다. 녀석은 제덩치를 잘 알고 있었고 특히 먹을 것에 관해서라면 온 세상이 오샤 자신을 대접해야 한다고 믿었다.

매기가 검사를 받는 동안 '오샤'라는 나이가 조금 있는 불마스티프에 대한 전화를 받았다. 캐시와는 '파운즈 포 파운디즈'를 통해 알고 지냈는데, 보호소 중 한 곳에서 오샤의 소식을 들었다고 했다.

몇 주 전, 오샤는 항문에 종양이 생겨 병원에 실려 갔다고 했다. 더 치료할 방법도 없는 종양이었다. 길고 속상한 이야기의 요지는 '오샤를 키울 사람이 없다'는 것이었다. 캔넬에 갇혀 혼자이며, 6개월 정도밖에 더 살지 못한다는 이야기였다. 아이를 돌보던 보호소 봉사자들은 오샤를 진심으로 아껴, 녀석이 마지막 몇 달이라도 '집'이라고 부를 수 있는 공간에서 살기를 바랐다.

"오샤를 맡기는 어려울까요? 아이가 갈 곳이 없어서요……."

"남는 공간이 없단 말이죠, 캐시. 음……."

이성적인 대답을 하면서도 이미 머릿속에서는 오샤를 들일 방법이 없을까 고민 중이었다. 지난 몇 달간 통증의 정도를 통제할 수 있게 되고 식욕도 돌아왔으며 점점 더 건강해지고 있었다. 몇 달 전만 해도 다시는 할 수 없을 거라며 체념했던 일을 하고 있었다. 모든 것을 다시 세팅한 듯했다.

우리 가족은 지금 흘러가는 삶에 만족하고 있었다. 오샤를 받아들여 간신히 찾은 평화가 깨지지 않길 바라는 마음이 컸다. 다른 한편으로는 오샤가 마지막 몇 달간을 가족과 함께 집에서 보냈으면 했다. 노견 조지, 어린 양 앵거스를 떠올렸다. 마지막을 함께할 가족, 공간이 있다는 것만큼 행복한 일이 있을 수 있을까. 세상을 떠날 때 아이들은 사랑받고, 안전하다는 것을 알고 있었다. 비록 적응하는 과정은 힘들겠지만 빈 침실과 충분한 시간이 있으니, 그리고 더 어려운 상황에서도 잘 해냈으니 이번에도 잘 해 보자고 다짐하며 결정을 내렸다.

"죽어나겠는데요, 하하."

장난스럽게 말했다.

"역시, 알렉스가 도와줄 거라 믿었어요."

"그럼 오샤를 어떻게 데려올까요?"

며칠 후, 오샤를 태운 차가 우리 집에 왔다. 암컷으로 몸집이 컸다. 털과 눈이 갈색이었고, 주름살 사이로 반짝이는 눈이 매력

적이었다. 심술궂은 고양이, '그럼 피 캣'의 개 버전 같다고 할까. 자신감이 가득해 낯선 곳을 두려워하지 않는 듯했다. 내 냄새를 대충 맡고는 소변을 본 뒤 코를 땅에 대고 탐험하기 시작했다. 온갖 문제를 일으킬 이 아이를 맞아들이는 순간이었다.

"오샤! 이리 줘, 얼른 달라니까!"

물고 있어 눅눅해진, 반쯤 씹힌 포장지를 오샤 입에서 조금씩 꺼냈다.

"이건 플라스틱이야. 먹으면 안 돼."

그러자 아이가 '플라스틱은 영양가가 높다'는 최근에 발견된 뉴스속보를 놓친 사람처럼 쳐다보았다.

"이거 놔, 오샤. 놔!"

나는 오샤의 작고 삐뚤어진 앞니들이 저마다 다른 방향으로 자란 것을 보며 웃지 않으려고 애썼다. 마침내 오샤와의 싸움에서 승리해, 손에 묻은 침을 닦으며 포장지 조각들을 쓰레기통에 버렸다.

"어휴, 오늘따라 정말 지치는구나. 침대로 가자."

오샤가 눈썹을 치켜올리며 올려다보았다. 얜 지금 자러 갈 생각이 없다.

"그렇게 나온단 말이지."

우리 둘 다 대치를 끝낼 방법을 알고 있었다. 찬장으로 가서 커다란 껌 하나를 꺼내 오샤의 침대 쪽으로 걸어갔다. 오샤가 따라 들어와 침대로 향했다.

"역시 간식이 있어야 말을 듣는구나."

오샤가 히죽 웃었다.

"그래, 너도 웃기지? 자, 맛있게 먹으렴."

껌을 건넸다.

"사랑해, 오샤 도샤. 이 골칫덩어리."

오샤가 껌을 씹는 동안 오샤의 어깨를 문질러 주었다. 그러고
는 주름진 이마에 키스했다.

"잘 자, 오샤."

오샤는 얼마 지나지 않아 가만히 잠들었다.

매기를 잃고 몇 주간은 기억이 잘 나지 않는다. 그저 오샤의
적응이 빨랐다는 것만 떠오른다. 안 좋은 일을 겪었던 오샤는 따
뜻한 침대, 규칙적인 음식, 가족을 얻었다. 모든 변덕을 들어주
고, 녀석을 위해 일상을 포기할 누군가가 있는 한 오샤는 행복했
다. 오샤를 바쁘게 돌보는 편이 나에게는 좋았고, 무엇보다도 아
이 곁에 있는 것이 매우 즐거웠다.

몇 주 후, 나는 오샤와 리가 친구가 될 수 있도록 노력했다. 리
는 가족 구성원이 시시때때로 변하는 것에 한동안 혼란스러워
했으나 잘 적응해 줬다. 우리 모두 균형을 찾고 있었다. 서로를
용인하는 법을 배우고, 때로는 소파에서 나란히 졸기도 했다.

오샤의 항문 종양은 자몽만 했다. 크기로 보아 적어도 몇 년간
방치된 것이었다. 만약 처음 종양이 발견되었을 때 어떤 조치라

도 취했더라면 수술은 간단했을 것이고 오샤도 죽음의 위기에 처하지 않았을 것이다. 이제는 종양의 위치, 크기 때문이라도 제거는 불가능했다. 재발할 가능성도 컸다. 유능한 수의사 두 분에게 문의했으나 같은 대답이 돌아왔다.

"지금 이대로 두는 편이 낫습니다."

시간이 지나며 종양에는 궤양이 생겼고, 점점 기울어지면서 괴사도 시작됐다. 피부는 종양이 자라는 속도를 따라가지 못했다. 오샤의 흉부를 엑스레이로 살펴보았을 땐 종양이 폐까지 퍼져 있었고 유선에도 작고 의심스러운 덩어리가 나타났다.

받아들이기 힘들었지만 의학적 관점에서 보면 오샤가 필요할 때 고통을 덜어 주는 것 외에 할 수 있는 일은 아무것도 없었다. 나는 좋은 음식을 먹이고 크림과 보충제를 발라 피부를 촉촉하게 유지할 수 있도록 도왔다. 행복하고 건강한 삶을 살게 해 종양이 자라는 속도를 늦출 수 있기를 바랄 뿐이었다. 하지만 살아 있다는 것은 곧 고통을 견디는 인내의 시간이었다. 오샤의 영혼이 무너지는 몸속에 갇혀 서서히 죽어 가는 것을 원치 않았다. 다만 내가 약속할 수 있는 것은 그저 마지막 날까지 가능한 한 넉넉하게 먹이고, 따뜻하게 재우고, 여러 모험을 할 수 있도록 돕는 거였다.

"얼마나 많은 사람들이 너의 모험에 함께하는지 봐. 이곳에

너의 이야기를 쓸 거거든."

오샤는 난로 앞에 누워 있었고 나는 아이의 이야기를 페이스북에 올렸다. 얼마나 행복했는지, 산책하며 어떤 모험을 즐겼는지 공유하면 녀석의 이야기를 듣고자 하는 팔로워에게도 좋을 거라고 생각했다.

"오샤 도샤. 네 페이지를 만들어 보면 좋겠어. 이름은 '오샤의 모험' 어때?"

깊이 잠들었는지 아무 대답도 없었다.

오샤가 가장 좋아하는 산책로는 화상˙이었다. 이끼 낀 축축한 바위 사이를 흐르는 작은 개울이 강까지 이어지는 곳이었다. 내가 옆에 있다는 것, 집에 가고 싶어 한다는 것을 상기시키지 않았다면 아마 온종일 사슴, 꿩 냄새를 따라다녔을 것이다. 오샤를 풀어 주면 앞에 있는 계단으로 뛰어내리고, 폭우가 쏟아지는 나무다리를 넘고, 진흙 웅덩이로 곧장 들어가곤 했다.

매기가 죽은 지 몇 달이 지났지만 크리스마스를 즐길 기분이 아니었다. 그해는 더더욱 그랬다. 1월 말, 내 생일 즈음이 되어서

˙ 수로의 한 종류. 주로 큰 개울이나 작은 강을 의미한다.

야 조금 기분이 나아졌다. 엄마가 며칠 동안 함께 있기를 바라서서 부모님 댁으로 내려갔다. 매기 없이 부모님을 찾아간 것은 처음이었다. 매기가 사라진 빈 공간은 고통스러울 정도로 선명했다.

매기는 로비를 보러 가는 것을 정말 좋아했다. 로비는 내가 애니, 리를 입양했을 시기에 부모님이 입양한 스태퍼드셔 불테리어였다. 로비는 이제 막 태어났으며, 예민하면서도 과하게 쾌활한 녀석이었다. 매기는 로비를 정말 좋아했고 로비가 침착해질 수 있도록 도왔다.

"새로 설치한 문 멋진데?"

현관문을 열어젖히며 칭찬을 한번 하고는 부엌으로 향했다. 마침 그 주에 설치한 것으로, 많은 고민 끝에 내린 결정이었다.

"그렇지? 괜찮지 않니?"

엄마가 소리쳤다. 엄마에게 꽃다발과 간식 꾸러미를 드리려 부엌을 돌아다녔다.

"우아, 정말 예쁘다. 뭘 이렇게 많이 사 왔어?"

엄마는 웃으며 인사했다. 엄마는 주전자를 올리러 갔고 나는 차에서 짐을 내리고 오샤, 리, 그리고 내 소지품을 놓아두러 갔다. 오샤가 고양이들과 잘 지낼 수 있는지 몰랐기에 아이를 분리하는 데 주의를 기울였다. 오샤는 위층의 오래된 내 침실을 쓰기로 했다. 상황이 일단락되자 애니를 보러 온실로 갔다.

몇 달 전, 애니를 부모님 댁으로 옮겼다. 집에 새로운 친구들이 많아져 애니가 혼란스러워 할 것을 알았고, 부모님은 애니에게 충분히 관심을 쏟을 수 있었다. 애니를 이곳으로 보내는 데 죄책감도 컸고, 무엇보다 우리는 서로를 그리워했다. 하지만 긴 여정을 함께하며 애니가 많이 변했다는 점을 알고 있었다. 엄마, 아빠, 애니는 서로를 정말 좋아했다. 부모님은 온실을 애니의 침실로 꾸몄고 애니는 정원에서 햇볕을 쬐거나 아빠와 풀밭에 구덩이를 파며 시간을 보냈다.

매일 밤 엄마와 애니는 조용한 주택 단지를 따라 산책을 했다. 밤마다 받은 문자에는 그날 밤 애니가 풀밭을 모험하며 발견한 냄새, 엄마와 가로등 주변을 몇 번이나 돌았는지 등 여러 이야기가 적혀 있었다.

엄마는 집에 돌아오면 입을 맞추고, 담요로 감싸 소파에 눕히고, 야식을 먹였다고 했다. 애니는 마침내 부모님과 함께 있는 모든 순간을 만족하며 즐기고 있었다. 그런 삶을 누릴 자격이 있었다. 녀석은 할머니, 할아버지에게 버릇없이 구는 것도 좋아했다.

"공원에서 매기랑 로비가 없어졌다 골프장에서 발견된 거 기억나? 거기서 골프하던 사람들을 도와주고 있었잖아."

오샤와 공원을 걸으며 엄마에게 말했다.

"그랬었지, 매기는 정말 상냥했는데."

엄마가 눈시울을 붉히며 웃었다.

슬픔은 여전히 매기와 함께했던 기억을 인질로 잡고 있었다. 매기를 깊이 사랑하게 한 모든 순간을. 매기와의 시간은 행복했지만 여전히 봉합되지 않은 상처와 같았다. 시간이 지나면 열린 상처는 메워지지만 부서진 조각들은 원래대로 붙지도 않고 날카로운 모서리가 남는다. 운전하는 시간은 그중 가장 고통스러웠다. 슬픔이 나를 몰아세우는 순간에는 차를 멈추고 슬픔이 잦아들기를 기다렸다.

오샤가 걱정 없이 행복해하는 모습이 반갑고 좋았지만 헤어질 시간이 곧 다가온다는 사실을 알고 있었다. 하지만 다시는 그런 끔찍한 고통을 겪고 싶지 않았다. 행복과 슬픔, 존재와 부재, 웃음과 눈물, 삶과 죽음은 동전의 양면처럼 존재하며, 늘 주변을 맴돌았다.

오샤는 먹을 수 있는 것, 혹은 한때 먹을 수 있었을지도 모르는 것을 찾아 다녔다. 엄마와 나는 코를 땅에 대고 킁킁거리는 녀석 뒤를 고분고분하게 따라갔다. 아주 무아지경이었다. 오샤의 코는 우리를 작은 언덕 덤불과 둥근 나무 사이로 오르락내리락하게 만들었다. 오샤는 스스로가 말기 암에 걸렸다는 것을 알았더라도 크게 개의치 않을 것 같았다. 녀석은 코 밑이랑 턱 아래 무엇이 있는지만 신경 썼다. 내 인내심을 매일 시험하며 재미있고 즐겁게 사는 개였다.

매기에게 작별 인사한 뒤로 나는 호스피스에 대한 생각을 마음 한구석으로 몰아 놓았다. 슬픔에 빠졌을 때 바로 결정하지 않고, 제대로 고민할 시간을 몇 달만이라도 스스로에게 주고 싶었다. 시간이 지나고 주변의 삶이 다시 채워지기 시작하자 나는 호스피스에 대한 생각을 더 많이 하기 시작했다. 내가 육체적, 정신적, 감정적으로 잘 해낼 수 있을까? 다가올 많은 죽음과 슬픔에 잘 대처할 수 있을까? 책임감을 갖고 임하겠지만 그것만으로 괜찮을지, 그리고 그 고통을 더 겪을 수 있는지, 몇 번이 계속 되더라도 자신 있는지 되물었다.

엄마가 쇼핑하는 동안 오샤를 침대에 눕히고 최근 푹 빠져 버린, 땅콩버터로 가득 찬 콩°을 줬다. 오샤는 한번 침대에 누우면 웬만해서는 침대에서 일어나지 않았다. 특히 그 침대에 음식이 있다면 말이다. 아직 참나무 문 너머에 있는 고양이 사료를 먹을 기회가 없었지만, 만약 오샤가 방법을 찾아 낸다면 빼앗아 먹고야 말 거라 확신했다.

"오샤! 아빠가 보시면 어쩌려고. 이 말썽쟁이, 너 이제 정말 큰일 났다!"

●　고무로 되어 있는 꼬깔 모양의 개 장난감. 안이 비어 있어 간식을 채워 줄 수 있다.

부모님이 아끼는 참나무 문을 긁어 놓은 것을 보니 당황스러 웠다. 부모님은 나를 위해 정말 많은 것을 참아 주셨다. 혼자 외출할 수 있게 된 뒤로 거리를 배회하는 개와 마주치면 꼭 집으로 데리고 왔다. 그런데 저 문을 보니 죄송한 마음이 앞섰다. 겁이 나서 수리나 교체를 제안할 수조차 없었다. 부끄러웠다.

"오샤, 이거 부모님이 새로 장만한 거란 말이야."

녀석이 히죽 웃었다.

"웃지 마!"

아빠는 오랫동안 기다려 장만한, 비싼 참나무 문을 보호하려 합판을 다셨다. 지금도 합판 위에는 홈집이 그대로 남아 있다.

"우아, 오샤 도샤! 너 이거 정말 좋아하겠다."

오샤를 데리고 레스토랑에 간 첫날이었다. 글래스고 도심부에 있는 '플라잉 덕'에서는 비건 버거, 핫도그, 맥앤치즈, 감자튀김 등을 팔았다. 나와 오샤가 좋아하는 음식이었다. 자리를 잡고, 메뉴가 워낙 많은 탓에 한동안 메뉴판에 조용히 몰두했다.

"이런, 오샤는 어디 갔지?"

맥앤치즈 부리토, 땅콩버터, 칠리 감자튀김에 정신이 팔린 나머지 오샤를 까맣게 잊고 있었다.

가게를 샅샅이 뒤지기 시작했다. 오샤가 멀리 가진 못했겠지만, 분명히 문제를 일으킬 수도 있는 시간이었다. 나는 의자를 뒤로 밀치고 서서 바 쪽을 유심히 보았다.

"오샤!"

가방을 넘어뜨리면서 주방으로 달렸다.

"거기서 나와, 오샤!"

오샤는 주방 문간에 서서 넋을 잃고 주방장을 올려다보고 있었다. 천국을 발견한 얼굴이었다. 오샤에게는 음식이 나오는 곳이 곧 천국이다. 나는 녀석을 잡고 끌어당겼다.

"죄송합니다."

"먹을 것을 정말 좋아하네요."

감사하게도 주방장은 웃어 줬다. 테이블로 돌아온 뒤 의자 다리에 목줄을 고정했다.

"이제 자유는 없다!"

오샤가 히죽 웃었다.

음식이 도착하자, 오샤를 좋아하는 페이스북 팔로워를 위해 녹화 준비를 했다. 핫도그와 감자튀김이 담긴 빨간 바구니를 오샤 앞에 놓았다.

"말썽쟁이 오샤! 행복하게, 배불리 먹으렴. 오늘 네 인생 최고의 날이다. 그렇지?"

오샤는 순식간에 앞에 놓인 음식들을 먹어 치웠다.

봄이 다가와 겨울을 옆으로 밀어내기 시작하고, 오샤와 보내기로 한 6개월의 시간도 끝나가고 있었다. 녀석은 여전히 건강해 보였고 기분이 좋았다. 종양이 악화된 흔적도 아직 없었다. 가끔 약간 붉게 부풀었지만 오샤는 여전히 하고 싶은 일들을 대부분 스스로 해냈다.

"그래, 잘 시간이야. 잠깐 오줌 싸러 나갔다 오자."

그런데 이날따라 소파에 처량하게 몸을 걸치고 머리를 옆으로 늘어뜨리고는 아무 데도 가려 하지 않았다.

"얼른 가자."

오샤가 마지못해 소파에서 몸을 떼었다. 일부러 천천히 문밖으로 향하다 잠시 멈춰 서서 오샤 쪽을 바라보았다. 문간에 달걀한 바구니를 놓고 온 것을 떠올리자마자 '오샤 개코 플레밍' 양이 바구니를 발견하고 말았다. 오샤를 막으려고 문으로 향했지만, 이미 때는 늦었다.

"으악, 오샤!"

부엌 창문에 어린 은은한 불빛 속에서, 오샤가 끈적끈적한 날달걀을 기쁘게 먹으며 정원을 뛰어오르는 것을 볼 수 있었다.

"못 말려. 너무 멀리 가지 말고 돌아와, 오샤!"

정원 쪽을 향해 소리를 지르고는 집으로 몸을 돌렸다.

3월까지 호스피스 설립을 두고 충분히, 오랫동안 숙고했다. 미지의 세계를 향한 도전이었으며 그 일에 전념할지 결정해야 했다. 장점보다는 단점이 더 많았다. 그러나 점점 설립에 대한 결심이 확고해졌다.

'파운즈 포 파운디즈'는 여전히 강세를 보이고 있었다. 새로운 부업을 시작하여 티셔츠와 같은 상품들을 제작했다. 주문이 몇 건 들어와 에든버러 우체국에 자주 갔는데, 오샤가 자주 동행했다. 교회를 지나 쇼트브레드 비스킷 공장 뒤편으로 걸어 올라가 숲속을 빙빙 돌았다. 널찍한 곳에서는 풀어 주기도 했지만 혹시 몰라 긴장을 풀 수 없었다.

만약 내가 불마스티프의 코를 가졌다면 아주 좋은 냄새가 날 터였다. 그곳은 종종 지게차가 오갔다. 갈매기들이 머리 위를 맴돌며 부스러기를 주워 먹으려 맴돌았고 오샤는 열심히 냄새를 맡았다.

"오샤, 돌아와."

녀석은 진흙길을 오가며 내 앞에서 으스대고 있었다. 그 뒤를 따라 걸어가던 중 잠시간 집중력이 흐트러졌다. 생각에 잠겨 있던 와중…… 이런 젠장.

"오샤, 오샤!"

오솔길에 기척이 없었다. 뛰기 시작했다. 뿌리와 웅덩이를 피

해 숲속을 살폈지만 오샤가 보이지 않았다. 벌써 그렇게 멀리까지 갈 수는 없었다. 숨죽이고 멈춰 서서 주위를 둘러보았다.

"도대체 어디 있어? 아, 아니, 아니, 아니, 아니…… 안 돼!"

공포에 질려 언덕을 내려다보았다. 비스킷 공장 마당을 가로질러, 열려 있는 적재소로 달리는 오샤가 보였다.

"거기 개가 있어요!"

공장이 마치 제것인 양, 녀석은 지게차가 오가는 비스킷 공장을 뛰어다니고 있었다. 있는 힘을 다해 달렸다.

"오샤! 멈춰!"

소용없는 일이라는 것을 알고 있었지만 힘껏 소리쳤다.

"조심해요! 거기 개가 있어요!"

공장의 커다란 소음 속, 누군가라도 내 목소리를 듣길 바라며 미친 듯이 소리를 질렀다. 오샤는 창고 근처에 멈춰 서 있었다.

공포에 질려 숨을 헐떡였다. 오샤를 향해 달려갔다.

"거기 있어, 오샤. 움직이지 마!"

오샤가 웃었다.

"이게 웃겨? 하마터면 지게차에 깔릴 뻔했어!"

오샤에게 목줄을 다시 채운 다음 안도와 분노에 휩싸여 관자놀이를 문질렀다.

"아주 혼날 줄 알아!"

보호구를 착용한 인부들에게 사과의 뜻으로 손을 흔든 뒤, 다시 도로를 가로질렀다. 놀아 줄 기분이 아니라는 것을 눈치 챈 오샤는 조용히 있었다. 방으로 돌아온 뒤에도 여전히 몸이 떨려왔다. 허리를 굽혀 오샤를 팔로 감싸 안았다.

"……너한테 좋은 냄새가 나는 것 같은데?"

"즐거워 보이네."

오샤는 날이 따뜻해지자 난로 앞을 떠나 태양빛을 받으며 자기 시작했다. 풀밭에 누워, 주변에서 먼지를 털어 내는 닭들에게는 무관심했다. 지난 몇 주간 오샤의 행동은 점점 느려졌다. 비록 여전히 모험을 즐겼지만 숨이 차 예전보다 힘들어했다. 산책도 짧게 끝내고 차로 돌아가야 했다.

6월 초의 어느 날, 폐 속 종양은 우리의 예상대로 오샤를 괴롭혔다. 정원에서 햇빛을 쬐다 몸을 일으켜 집으로 터벅터벅 오르는 도중 갑자기 기침 발작을 일으킨 것이다. 고개를 숙이며 기침할 때마다 갈비뼈가 들썩거렸다. 오샤가 견디기엔 힘든 상황이었다.

"이리 온."

오샤의 등에 손을 얹고 어깨 날을 문질렀다. 종양이 눈에 띄게 커지고 있었다. 연고와 크림을 바르며 버텼지만, 피부도 한계에 다다랐다.

"괜찮아, 오샤. 괜찮아."

풀밭에 떨어진 핏자국을 발견했다. 두려워하던 순간이 오고 말았다. 속이 울렁거렸다. 기침하며 올려다보는 오샤의 눈에서 처음으로 두려움을 읽었다. 녀석을 가까이 끌어당겼다.

"괜찮아, 아가. 어서 안으로 들어가자."

"많이 힘드니?"

더 많은 자리를 내어주려 침대에서 몸을 돌렸다. 오샤는 안절부절못했다. 고요한 밤, 사소한 무언가가 잠들려는 아이를 방해했다. 몸을 앞으로 숙여 오샤의 머리와 얼굴에 연달아 입을 맞췄다. 오샤는 힘들어했다. 제정신이 아니었다. 처음 데려왔을 때 왜 오샤가 우리와 함께하기를 바랐는지 떠올리며 마음을 다스렸다.

"아가, 너무 힘들지? 알아, 나도 알아……."

녀석은 당황스러웠는지 안락함을 찾기위해 앉았다 일어서기를 반복했다. 숙면은 오샤에게 늘 당연한 것이었다.

"날이 밝으면 병원에 가자."

조용히 진찰실에 서서, 앨리드가 청진기로 오샤의 가슴 소리를 듣고 꼬리 밑 종양과 배에 튀어나온 종양을 살펴보는 모습을 지켜보았다. 오샤는 뼈가 담긴 그릇을 지켜보고 있었다. 검사가 진행되는 몇 분간 조용히 지시에 따를 수 있게 오샤 앞에 만들어 둔 것이다.

"폐 소리가 좋지 않네요."

앨리드는 내게 해야 할 말에 부담을 느끼고 있었다. 앨리드는 환자들을 좋아하는 만큼 연민도 큰 사람이었다. 배려 덕분에 보호자들은 결과를 조금이나마 편안하게 받아들일 수 있었으나, 결과를 전달하는 일은 쉽지 않았다.

"종양에 물이 차 있는 듯해요. 아마 누울 때 더 괴로울 거예요. 종양도 많이 불편할 테고요."

킁킁거리며 뼈 그릇으로 조금씩 다가가는 오샤가 보였다.

"2주 정도 시간이 남은 상태예요. 그 안에 아이가 편안하게 갈 수 있도록 결정해 주신다면 고통이 덜할 거예요. 이대로 내버려 두면 더욱 고통스러울 거고요."

이미 알고 있는 사실이었지만 배를 주먹으로 맞은 듯했다. 몇 년 전 조지를 떠나보낼 때 들었던 말이 허공에 맴돌았다.

"두 시간 늦는 것 보다 한 주 더 빠른 게 났다."

오샤가 뼈를 다 먹고 나자, 앨리드는 약을 준비하겠다고 했다. 오샤가 고통스럽지 않았으면 한다는 생각만 떠올랐다. 목요일에 집으로 방문해 달라고 예약했다. 오샤와 보낼 소중한 시간은 이틀 남았다.

"자, 이쪽으로 가자."

상점과 노점상이 늘어선 잔디밭을 걸었다. 오샤는 나무를 빙빙 돌며 냄새를 맡았고, 나는 감정을 애써 억누르며 풍경을 바라보았다.

"오샤, 차 뒤에 뭐가 있는지 맞춰 볼래? 도넛이야! 지금이라도 먹고 싶은 것, 마음껏 먹어도 돼."

오샤가 달려와 평소에는 입에도 대지 못했던 간식을 실컷 즐겼다.

하지만 오샤를 오샤답게 만들었던 식욕은 점차 줄어들었다. 여전히 쾌활했고 호들갑을 떨면 꼬리를 흔들어 반응했지만 허

겁지겁 먹을 것을 집어삼키던 예전의 식욕이 아니었다. 건성으로 냄새를 맡고 음식을 외면할 때마다 마음이 무겁게 가라앉았다. 가끔 스크램블 에그, 마카로니 치즈, 그 외 몇 가지 것들을 먹기는 했다. 달콤한 음식의 유혹을 이기지 못하고 삼키기도 했지만 트레이드마크인 식욕은 완전히 사라진 듯했다. 나는 바닥에 무릎을 꿇고 오샤의 머리를 손으로 쓰다듬었다.

"자, 오샤 도샤, 조금만 더 먹어 보자!"

오샤에게 냄새를 맡게 한 뒤 마카로니 치즈를 먹었다.

"절반 정도 먹었네. 나쁘지 않은데? 나머지는 냉장고에 넣어 놓을게. 나중에 먹자. 여기서 쉬고 있어."

피곤한 기색이 역력했다. 앨리드가 처방한 약은 오샤를 편안하게 했지만, 한편으로는 지치고 삶이 버거운 듯 보이게 했다.

목요일 아침, 오후에는 더울 예정이라 했다. 우리 모두 간만에 편안하게 자고 일어났다. 앨리드는 4시쯤에 올 예정이었다. 마지막 몇 시간. 가장 멋진 오샤의 날로 만들기로 했다.

함께 침대에 누워 오샤가 발과 눈을 움찔거리며 꿈속 어딘가에서 장난치는 모습을 바라보았다. 오샤는 예상했던 것보다 훨씬 더 오래 버텨 줬다. 그 모든 순간이 좋았다. 실컷 먹고, 실컷 자고, 평상시였다면 못하게 했을 장난을 허락하고 새로운 모험에 몰두하며 보냈다. 나의 오샤. 따뜻하고 너그러운 가슴, 배를 잡고 웃게 만드는 유머 감각을 가지고 있었다.

매일 밤 자기 전 소변을 보러 다녀오는 길, 오샤는 달걀을 정원에 그대로 두진 않았을지 꼭 살펴보고는 했다. 종종 남은 달걀을 발견하면 매우 기뻐했다. 금기시된 보물을 발견하는 짜릿함은 보물만큼이나 훌륭했으니까.

오샤는 대담하고 자신감 있게 매 순간을 즐겼다. 오샤는 이곳을 떠나고 싶어 하지 않았고 나 또한 오샤의 죽음을 받아들이고 싶지 않았다. 동시에 오샤를 떠나보내는 일은 제대로 해내고 싶은 일이기도 했다. 이별의 무게와 그것이 주는 책임감은 나를 각성시켰다. 오샤를 위해서라도 녀석이 떠나고 싶어 하는 방식으로 떠날 수 있도록 노력해야 했다. 오샤가 존엄성을 가지고 녀석이 사랑하는 일들을 잘 하고 떠나도록 배려하는 것. 이것만이 내가 해줄 수 있는 마지막 일이었다.

오늘 아침, 나는 오샤를 깨우지 않았다. 등에 담요를 덮어 주고, 심호흡한 뒤 부엌으로 가 하루를 시작했다.

"표정 좀 봐!"
이 아름다운 날, 함께 산책할 수 있는 곳은 단 한 곳뿐이다. 우리의 특별한 장소, 화상이었다.

"아예 진흙 속에 얼굴을 파묻은 거니?"

눈썹에서 진흙을 뚝뚝 흘리며 씩 웃는 것을 보며 고개를 내저었다.

"정말 못 말린다니까."

웃으며 함께 차로 걸어갔다.

집으로 돌아온 우리는 정원에 자리를 잡았다. 앨리드가 도착하기까지 아직 두 시간이나 남았다.

"같이 사진 찍을까, 오샤?"

오샤는 더워서 헐떡이며 누워 기다리고 있었다. 카메라를 설치하는 동안 미소를 지었다.

"오샤 도샤, 사랑한다. 정말정말 사랑해!"

나는 스쿠비 두˚ 노래에 맞춰 노래를 불렀다.

비록 숨을 약간 헐떡이고 자주 기침했지만 명랑하고 편안해 보였다.

"사진 보니 정말 행복해 보이는데, 오샤."

웃으며 사진을 찍은 후, 과일 젤리 한 봉지를 나눠 먹었다. 오샤는 금기시된 간식을 먹으며, 쫄깃하고 달콤한 행복에 빠졌다.

˚   프레드, 다프네, 벨마, 섀기와 강아지 '스쿠비 두'가 함께 미스터리를 풀어 가는 인기 애니메이션 시리즈.

"이번엔 스크램블 에그 먹을까? 내가 가서 가져올게, 조금만 기다려."

앨리드의 차가 들어서자 가슴이 요동쳤다. 시간을 멈추고 싶었다. 오샤는 낡은 시트로 만든 차양 아래서 턱을 발에 괴고는, 앨리드와 내가 정원으로 올라가는 모습을 지켜보았다.

"잘한 선택일까요? 이게 유일한 방법이 맞겠죠?"

마지막 남은 선택지가 이것뿐이라는 확신이 필요했다.

"알렉스, 절 믿어요. 계속 놓아두다 어떻게 되었는지 지켜봐 왔어요. 이게 최선이에요. 오샤는 평화로워질 거예요. 알렉스에겐 어려운 일이겠지만……."

따뜻한 6월 어느 날, 오샤는 정원의 그늘에 누웠다. 내가 오샤의 등을 따라 부드럽게, 그리고 아주 조심스럽게 손을 얹자 앨리드는 오샤의 다리에 바늘을 꽂았다. 진정제는 서서히 효과를 보였다. 눈물 콧물 범벅이 되어 오샤에게 속삭였다. 야식 먹던 일, 진흙에 얼굴을 파묻었던 일, 쓰레기통 습격 사건, 비스킷 공장에서 내 마음을 덜컥 내려앉게 했던 일, 문을 부순 사건, 마카로니 치즈에 대해……. 바닥에 떨어진 간식 바구니를 주웠다. 안에는 아직 간식 몇 개가 남아 있었다.

"아직 먹을 게 남았는데……."

풀밭에 무릎을 꿇고는 오샤를 꼭 껴안았다. 녀석을 얼마나 사

랑하는지 알려 주려 애썼다. 그것이 오샤가 마지막으로 느끼는
감정이길, 오샤의 마지막 기억이길 바랐다. 녀석의 호흡이 깊고
느려졌다. 몸집 크고 대담한 개구쟁이였던 나의 오샤가 그렇게
사라지고 있었다. 소매로 흘러내리는 눈물을 닦으며 몸을 숙여
오샤에게 속삭였다.

"오샤, 몰래 주웠다고 좋아했던 달걀들 기억나? 사실 그 달걀,
일부러 그곳에 둔 거야……."

밀물, 새로운 만남

시간이 흘렀고 오샤의 빈자리도 익숙해지고 있었다. 호스피스 웹사이트 기반을 만들며 바쁘게 지냈다. 호스피스가 완전히 장책되기 전까지 동물들을 받지 않으려 했다. 하지만 일이 뜻대로 되지 않았다.

호스피스 운영을 시작한 지 두 달이 지난 시점인 5월, 공식적인 우리의 첫 번째 입주자를 맞이했다. 베릴, 애칭 'B'는 독일 셰퍼드와 콜리 혼종으로, 맨체스터 근처 살포드 거리를 배회하다 발견됐다. 음식과 털 관리가 절실히 필요했으며 배에는 럭비공 크기의 흐느적거리는 종양이 자리 잡고 있었다.

종양은 몇 년 동안 방치된 듯했고 상태가 좋지 않았다. 호스피스에는 사육사 에리카가 있었다. '파운즈 포 파운디즈' 초창기부터 함께했던 사이이기도 했다. 에리카는 지난 몇 주간 호스피스 설립을 도왔다. 에리카가 B를 곧바로 수의사에게 데려갔으나 종양의 크기와 시기를 고려했을 때 수술한다고 해도 살리기는 힘들다는 진단을 받았다고 했다. 통증이 심해지기까지 기껏해야 2주 정도밖에 남지 않았으며 고통을 덜어 주려면 안락사가 최선이라고 했다. 그렇기에 몇 주간이라도 관심을 쏟고 위로하는 편이 낫겠다 싶어 호스피스에서 보낼 수 있을지 전화했던 것이다. B는 그렇게 2016년 5월 말, 호스피스에서 머물게 됐다.

B는 길고 두꺼운 검은 털, 커피 테이블을 치면 단번에 엎을 정도로 단단한 꼬리를 가지고 있었다. 네 발은 황갈색 양말을 신은 듯했으며 새카만 눈 위에 있는 눈썹은 부드러웠다. B는 아름다웠으나 한눈에 봐도 많은 일을 겪었다는 것을 알 수 있었다.

걱정과 스트레스로 이마는 찌푸려져 있었고 혼란스러운 두 눈은 새로운 환경을 받아들이느라 정신이 없었다. 며칠간 B를 안심시키려 함께 시간을 보냈다. 녀석에게 남은 시간이 많지 않다는 것을 알고 있기에, 가능한 한 고요하고 평화롭게 보냈으면 했다. 그러나 실은 똑딱거리는 시한폭탄 위에 앉아 있는 듯했다.

호스피스를 시작할 때만 해도 이토록 빨리 죽음을 맞닥뜨릴 줄은 몰랐다.

병의 징후는 빠르게 나타났다. B는 숨을 헐떡이며 종양을 핥았고 위협적으로 매달린 종양 덩어리는 매우 불편해 보였다. 그간 보아 온 종양 중 상태가 가장 심각했다. B가 가능한 한 많은 시간을 사랑받고 위로받았으면 했지만 더는 힘들어 보였다. 결단력과 책임감은 동물 호스피스를 운영하는 데 필요한 첫 번째 덕목이었다. 수의사 앨리드에게 전화를 걸어 B의 안락사를 부탁했다. 오샤를 잃은 지 얼마 지나지 않았는데, 이 과정을 다시 겪어야 하다니…….

"우선 엑스레이를 찍어 보면 어떨까요?"

희망이 있다면 어떤 제안도 그냥 지나치지 않을 작정이었다. 암이 퍼졌는지도 아직 확실히 알지 못하지 않은가. 종양 크기로만 보자면 암이 온몸에 퍼졌을 것이라 생각되었다. 그러나 만약 아니라면? 제거할 수 있다면? 앨리드는 가능성은 낮아도, 폐에 퍼지지만 않았다면 종양을 떼어낼 수 있을 것이라고 했다.

어찌 됐든 수면 마취를 피할 수 없었다. 만약 B가 고통 없이 삶을 즐길 기회가 남았다면 최선을 다해야 했다. 이미 암이 퍼졌다면 B가 마취에서 풀리기 전 안락사시킬 것이었다. 앨리드의 말처럼 우리도 B도 더는 잃을 것이 없었다.

"그래요, 그렇게 해요."

B에게 작별 인사했다. 목줄을 앨리드에게 건네고 고통스러운 기다림을 준비했다.

"30분 뒤에 올게. 희망을 잃지 말자, 우리."

B는 2주라니, 택도 없다는 듯 버티고 일어났다. 엑스레이로 살핀 결과 폐로 암이 전이된 흔적은 없다는 것을 알 수 있었다. 앨리드가 정밀 검사를 진행한 결과 실제 종양이 그렇게 깊게 뿌리 내리지 않았다는 사실을 알게 되었다. 조직 검사 결과 암세포는 발견되지 않았고 종양은 염증과 고름으로 차 있다는 사실을 알게 되었다.

5시간 후 B는 비틀거리며 수술실에서 빠져 나왔다. 어지럽고 혼란스러워 보였지만 종양은 잘 제거되었다. 호스피스에서 첫 번째 기적을 목격한 순간이었다. 그렇게 호스피스의 수문이 열렸다. B가 도착한 지 몇 주가 지나자 호스피스에 여러 식구가 들어왔다.

월! 월!

"브랜, 왜 그래?"

월! 월! 월!

"차에 타고 싶어? 그래, 날이 좋구나. 자, 그럼⋯⋯."

대화가 통한 게 만족스러웠는지 브랜이 내 뒤를 따라 침실에서 나와 정원으로 가는 계단으로 향했다.

브랜은 열여덟 살 정도의 노견이었다. 에든버러 외곽에서 혼자 길을 헤매다 발견됐는데, 눈이 반쯤 보이지 않는 데다 불치병을 앓고 있었다. 보호소에서 보낸 7일간 아무도 브랜을 입양하려 하지 않았다. 젊고 건강한 개들도 입양 가능성이 희박한 보호소의 상황을 고려하면 브랜을 입양하는 사람이 없는 것은 당연한 일일지도 몰랐다. 녀석은 쓸쓸하고 외롭게 죽음을 맞이하고 있었다.

발견됐을 당시 브랜은 겁에 질려 캔넬 안에서 미친 듯이 짖는 등, 난리도 아니었다고 했다. 하지만 병들고 겁에 질린 노견을 두고 떠나지 못한 구조 대원이 브랜을 보호소에 데리고 온 것이다. 덕분에 구조 센터에서 치료를 받았고, 종양과 비장을 제거하는 큰 수술을 받았다. 하지만 나이와 몸 상태로 보아 수의사는 브랜이 아마도 몇 주밖에 살지 못할 것이라 여겼다.

브랜을 임시 보호하던 샤론은 호스피스 페이스북 페이지의 팔로워였다. 2016년 6월, 브랜이 떠나기 전 편안하게 보낼 요양원을 찾는다며 사진과 글을 보내 왔다. 한때 뚜렷했을 래브라도 레트리버의 두 눈은 이제는 속눈썹마저 바래 어두웠다. 하지만 그 눈동자 뒤에는 여전히 불꽃이 일렁이고 있었다. 여느 때처럼 잠시 고민했지만 내 본능은 이 친구와 함께 시간을 보낼 것이라고 말하고 있었다. 브랜은 그렇게 내 삶에 뛰어들었다.

브랜에게는 따뜻한 마음, 엄청난 체력과 함께 17년간 쌓인 트라우마와 외로움이 있었다. 기적처럼 브랜은 회복되고 있었다. 비장이 없는 것 정도는 녀석에게 그리 문제되지 않는 듯했다. 짧고 검은 털에서 윤이 나기 시작했고, 비틀거렸던 발걸음에 새로운 용수철이 달린 듯했다. 통증을 완화하기 위해 시도한 보조 요법, 좋은 음식, 부드러운 운동, 친구. 이 모든 것이 브랜의 불꽃을 키우는 데 일조했다.

하지만 트라우마는 깊어 보였다. 우리가 만나기 전 몇 년간 녀석이 어떤 일을 겪어 왔는지는 알 수 없었다. 다만 그것이 사랑, 안전, 친절이 아니라는 점은 명확했다. 몇 달간 녀석은 미친 듯이 침실을 서성이고 벽, 천장, 문을 향해 짖고 또 짖었다. 침대 위와 아래를 마구 긁으며 문 밑으로 파고들려 했다. 사랑을 갈구하면서도 정작 사랑받으니 어쩔 바를 몰랐다. 그저 우리가 쏟는 애정에 혼란스러워했다.

브랜은 계속 낑낑거렸다. 기진맥진할 때까지 몇 시간 동안이나 마루에서 숨을 헐떡이고 있었다. 불안과 스트레스로 가득했고 배변 훈련이 되지 않아 바닥은 매일 브랜의 오줌으로 흥건했다. 우리 모두에게 어려웠던 몇 달이었다.

　이해도 되고 용서할 수도 있었지만 녀석의 심한 불안증은 나를 점점 지치게 했다. 냉정을 유지하려고 애썼다. 샤론은 이미 내게 '브랜이 다른 개들과 잘 지내기는 힘들 것'이라고 경고했다. 브랜을 들이며, 애니와 리를 들일 때와 비슷한 상황을 떠안게 됐다. 브랜은 여분의 침실로 격리됐다. 리는 내 침대에서 행복하게 몸을 웅크리고 있었다.

　몇 달이 지나자 브랜은 신체적으로나 정신적으로 여느 때보다도 강해졌다. 시간이 좀 걸렸지만 사랑, 안전, 인내, 시간이 더해지며 우리만의 리듬을 찾았다. 마침내 브랜은 평화를 찾았지만……

　월! 월!

　"그래, 브랜. 자동차야. 침착해."

　브랜은 우아함, 인내심, 소리를 낮추는 능력은 갖추지 못했다. 사람의 나이로 대략 146살 정도 된 녀석은 이제 원하는 것을 얻으려 강력한 무기이자 수단으로 '짖기'를 선택했다. 오전 4시가 되면 거칠게 계속 짖는다. 5초간 기다린 뒤 원하는 결과가 이루어지지 않으면 다시 크게 짖고, 또 5초간 기다리기를 무한 반복한다.

침실에 불빛이 비치면 녀석은 잠에서 깼다. 빛을 받으면 움직인다는 생각이 들 정도였다. 스코틀랜드 북부에 겨울이 오면 휴식 시간이 생기기도 했지만, 봄에서 여름으로 이어지자 길고 긴 낮이 이어졌다. 암막 커튼을 치고, 잠들기 전에 피곤하게도 해 보고, 무시하기도 하고, 낮잠을 일부러 재우지 않아도 보았다. 디퓨저를 쓰고, 카모마일 차를 마시게 하고, 심지어 주문도 외워 봤지만 브랜은 원하는 것을 얻을 때까지 계속해서 짖었다.

월! 월! 월!

"그래, 다 듣고 있어. 침착해, 기다리면 태워 줄게."

오늘도 기다리는 데 진저리가 났는지 얼른 차에 타고 싶어 안달이었다. 기어코 스스로 뛰어 올랐다. 반은 차에 타고 반은 빠져나온 채 나를 돌아보며, 왜 이렇게 굼뜨냐고 면박을 주듯 쳐다보고 있었다.

"아이고. 이게 몇 번째니……."

단번에 올라타려고 시도할 때마다 번번이 실패했으면서, 오늘도 언제나처럼 천연덕스러운 표정을 짓고 있다. 브랜의 엉덩이에 팔을 끼고 들어 올렸다.

월! 월! 월! 월!

브랜은 주변 사람들이 듣도록 즐겁게 짖었다. 글래스고에 있는 거의 모든 사람들이 브랜의 짖는 소리를 다 들을 수 있을 것이다. 시동을 걸고 창문을 열자 뒷좌석을 헤집고 다니며 이불에 숨겨 둔 달콤한 간식을 찾았다.

"다 찾았구나?"

그날은 브랜이 낮잠 자기에 완벽한, 바람 부는 날이었다. 이유는 잘 모르겠지만 녀석은 아무 데도 가지 않을 때조차도 차에 타는 걸 좋아했다.

"잠깐 약속 다녀올 거야. 아쉽지만 너는 같이 못 가."

브랜을 꽉 끌어안았다. 녀석은 계속해서 이불 속에 묻어 둔 달콤한 간식을 먹고 있었다. 마지막 남은 부스러기를 모두 먹어 치우자, 녀석이 만족하며 돌아섰다.

"사랑해, 브랜. 낮잠 자고 있어."

"좋은 아침이야, 김리. 그 풀 맛있니?"

김리가 풀을 입에 가득 물고 올려다보며 '음매에에에에' 하고 대답했다.

베릴과 브랜을 데리고 거의 1년간 함께 있었을 즈음, 린이라는 친구가 전화해 양 한 마리를 보호해 줄 수 없는지 문의해 왔다. 어미가 세 쌍둥이를 품었는데, 이때 한 마리가 짓눌려 척추와 엉덩이가 뒤틀린 상태로 태어났다. 고통스럽지는 않지만 돌아다니기 힘들어, 번식용 숫양으로는 쓸모없기에 버려진 것이라고 했다.

처음 호스피스에 도착했을 때 김리는 겨우 일어설 수 있었으며 나아지리란 희망이 보이지 않았다. 특히 꼬리가 휘어져 몸 깊숙한 곳에 들어가 있었으므로 치료하기도 힘든 상황이었다. 뼛속 깊숙한 곳부터 감염돼 매일 많은 양의 항생제와 진통제가 필요했다. 다행히 김리는 강한 녀석이었다. 결국 치료를 잘 이겨내고 도움 없이 서 있을 수 있게 되었다. 녀석은 날이 갈수록 더욱 강해졌다.

많은 양들과 함께 살아 본 경험도 있었고, 어린 양에게 젖을 먹이는 일을 돕기도 했다. 게다가 앵거스와 며칠을 보낸 소중한 경험도 했다. 하지만 김리를 만난 후 양에 대해 제대로 알지 못했다는 사실을 깨달았다. 녀석은 나에게 완전히 새로운 세계를 열어줬다.

가장 큰 발견 중 하나는 김리가 훌륭한 베개였다는 것이다. 날이 좋으면 함께 풀밭에 누워 있었다. 나는 책을 읽거나 졸면서 녀석의 옆구리를 베고 누웠다. 녀석은 내 다리 위에 턱을 괴는 것을 좋아했다. 우리는 서로의 몸을 감싸고 햇볕 아래서 졸았다. 나는 그렇게 빨리 잠에 빠져드는 누군가를 만난 적이 없었다.

때로 김리가 꿈나라로 빠져들면 눈이 데굴, 코는 씰룩, 그의 발굽은 찰싹찰싹 소리나는 박자를 만들어, 웃음을 참으려 부단히 노력하기도 했다.

김리는 리치 티 비스킷*이라는 신세계를 발견한 뒤 이 과자에 굉장히 집착했다. 내 관심을 끌기 위해 주변 물건들을 흔들었다. 아마도 그것이 과자를 먹는 방법이라고 생각한 듯했다. 녀석은 닭장에 들어가는 것도 좋아해서 종종 곤경에 빠지곤 했다. 한번은 닭장 안에 갇히기도 했다. 어떻게 들어갔는지는 알 수 없었으나, 녀석을 꺼내려고 닭장을 해체해야만 했다.

호스피스의 소문이 돌자, 지역 신문 '스트래시'에서 사진작가와 기자를 보내 브랜과 B에 대한 기사를 작성했다. 호스피스를 이끄는 내 바람, 비전도 기사화되었다. 우리를 다룬 첫 번째 언론 보도였다. 신문에서 브랜과 B의 모습을 보자 무척 기뻤다.

"얘들아, 너희 유명해졌어. 이것 좀 봐!"

호스피스 근처에 살던 브릿은 그 기사를 본 뒤 고맙게도 호스피스 일을 돕겠다고 나섰다. 그녀는 매주 화요일 10시 30분이 되면 브랜과 B를 산책시키러 와 주었다.

개들도 브릿과 함께하는 산책 시간을 고대했다. B가 북극여우를 흉내 내며 그 자리에서 펄쩍펄쩍 뛰고, 인간 청력의 한계에

---

* 비스킷의 한 종류로 영국에서 가장 많이 팔리는 비스킷 중 하나. 주로 차와 커피에 담가 먹는다.

가까운 듯한 소리를 내는 것을 보며 웃기도 했다.

"흥분 가라앉혀, B. 시간이 아직 많이 남았잖아."

브랜과 B는 따로 산책했으며, 브릿은 페이스북 팔로워에게 공유할 사진을 찍었다. 산책이 끝나면 함께 차 한 잔과 술을 즐겼다. 브릿의 친절함, 우정에 항상 감사함을 느꼈다.

매기가 떠난 지 1년 반이라는 시간이 지났다. 이제는 매기를 생각하면 눈물 흘리기보다는 미소 짓게 되었다. 매기는 B, 브랜, 김리를 모른다. 새 친구들은 옛 친구가 내게 남긴 조각들을 통해서만 매기를 만날 수 있다.

내가 과연 동물 호스피스를 운영할 수 있을 능력이 있는지를 두고 몇 달간 고민했다. 그 당시 매기를 잃은 슬픔은 너무나 생소해서, 이 번뇌의 파도에 어떻게 대처해야 할지 몰랐다. 그럼에도 동물 호스피스에 대한 생각은 바뀌지 않았다.

서류 준비를 시작하면서도 확신이 서지 않았다. 그러나 B와 브랜은 준비가 됐든 준비되지 않았든 데려올 수밖에 없었다. 그래서 어쩔 수 없이 동물 호스피스 운영에 뛰어들었고 18개월이 지난 지금, 여기까지 왔다.

부인할 수 없는 사실은 매기가 있어 새로운 친구들을 만날 수 있었다는 것, 그리고 그들은 단지 '온 것'이 아니라 내 옆에서 생생하게 '살아 숨 쉬고 있다는 것'이다. 매기가 우리에게 남겨 준 영혼의 조각들이 늙고 방치되고 죽어 가는 영혼들에게 새 삶을 선물한 것이다.

조지아^{Georgia},
잃어버린 시간

{ 닭 }

"얘들아, 가자!"

혼합 옥수수 사료가 담긴 양동이를 들고 정원으로 올라가면서 콧노래를 불렀다. 내 뒤로 밥 먹을 생각에 신난 암탉들이 줄지어 따라오고 있었다. 시작은 언제인지 모르겠지만, 한때 나는 구조한 암탉들에 둘러싸여 살고 싶다는 목표를 세운 적이 있었다. 그리고 그중 한 마리는 열두 살 때 돌아가신 할머니의 이름을 따 '네시'라고 부르겠다고 생각해 왔다. 할머니는 분명 자신의 이름을 딴 까칠한 암탉이 있다면 좋아하셨을 거다.

네시를 포함, 닭을 키우는 아주머니가 되는 일은 언젠가부터 나의 꿈이 되었다. 닭장 밖에 있는 의자에 앉아 김이 모락모락 나는 차 한 잔을 홀짝이며 책을 읽으면 암탉이 내 주위를 돌며 몸을 긁어 대는 상상도 했다. 가장 친한 암탉은 내 무릎 위에서 졸기도 하고 말이다. 내가 상상하는, 닭과 함께하는 삶은 목가적이었다.

지금의 집으로 이사한 지 얼마 되지 않아 우연히 도살장에서 공포에 떨고 있는 암탉들의 소식을 들었다. 그 당시 몸 상태가 좋지 않았지만, 닭을 돌볼 수 있었고 편안히 살 수 있는 공간도 제공할 수 있었다. 크리스마스 아침에 일어난 아이처럼 신나게 전화를 걸어 닭을 데려오겠다고 했다. 아침에 침대에서 몸을 일으킬 또 다른 이유를 만드는 편이 내게도 좋을 것이라 생각했다.

이틀 뒤, 슈퍼마켓 주차장에서 아이들을 만났다. 네시, 플로라, 새디, 자넷, 마가렛, 메리민, 샤나, 네티, 클레어, 카렌, 조, 킴은 상자 밖으로 조심스럽게 머리를 내밀었다. 처음으로 금속 공장 벽 바깥에 다른 세계가 존재한다는 것을 알게 된 뒤, 조심스레 풀밭에 발을 디디고 탐험을 시작했다. 처음 며칠간은 집 근처에 머물렀다. 아이들은 쉽게 놀랐으며 몸은 앙상하고 털도 거의 없었다. 하지만 신경질적인 점프, 조심스럽던 발걸음은 금세 흥분, 자유, 기쁨의 달리기로 대체되었다.

날이 갈수록 양질의 음식, 바람과 태양을 받아들이며 닭들은 살아났다. 깃털이 피부를 뚫고 자라나기 시작했고 빈혈로 어둡던 피부빛도 분홍빛으로 변해 있었다. 그해 여름은 따뜻하고 건조했다. 나는 닭들과 많은 시간을 보내면서 아이들이 무엇을 좋아하는지 알게 됐다.

샤나는 한쪽 다리로 서서 별일도 아닌 것을 가지고 소리치는 것을 좋아했다. 별 이유는 없었다. 메리민과 카렌은 포옹을 좋아했지만 네시를 포함, 독립적인 아이들이 많았다. 나와 함께하는 것조차 별로 좋아하지 않았다. 숲에서 모험하는 것을 좋아해 퇴비 더미에서 산책을 시키면 벌레가 나오는 모양을 지켜보곤 했다. 햇볕이 잘 드는 날이면 기지개를 켜고 일광욕을 즐겼다. 눈을 감고 날개를 편 채 집단으로 최면에 걸린 듯 꼼짝도 하지 않았다.

처음으로 닭의 일광욕을 보았던 날이 떠올랐다. 에드가에서 일하고 있을 때, 당황해서 농장을 가로질러 팸의 사무실로 뛰어들었다. 모든 닭들이 한꺼번에 죽어 가고 있는 줄 알고 급하게 상황을 설명했다.

"팸, 팸! 닭들이 모두 쓰러졌어. 애들이 모두 뇌졸중으로 쓰러진 것 같아!"

그때 팸이 지었던 표정은 절대 잊지 못할 것이다.

"일광욕하는 중이잖아!"

"마가렛, 정말 날이 좋지 않니? 블루베리 먹을래?"

블루베리 몇 개를 땅에 던졌다.

"하하, 정말 신났구나."

닭들이 너도나도 블루베리를 먹으려 뛰어다니는 통에 난장판이 벌어졌다.

"그렇게 좋니? 나도 블루베리를 너희만큼 좋아했으면 좋았을텐데. 그래, 이번엔 멜론이다!"

나는 멜론 반절을 잘라 잔디밭에 던지고 마구 웃었다.

"무척 신났구나, 너희?"

그동안 그들은 많은 것을 포기했기에, 그렇게 행복한 모습을 보는 게 좋았다. 나무에 기대어 책을 펼쳤다.

"메리민, 한 번만 안아 보자."

아이들 중 가장 순한 메리민을 안아 무릎 위에 올려놓았다.

"차 한 잔 마실 동안만, 응?"

메리민이 그 말에 동의했는지 낮잠 자려는 듯 팔 안쪽을 파고들었다.

녀석들이 처음 왔을 때는 닭에 대해 잘 몰랐다. 닭은 어떻게 돌봐야 하는지, 어떤 간식을 좋아하는지, 어떻게 하면 행복하고 건강하게 살 수 있는지 알아야 했다. 놀랍게도 그들의 영양 공급원 중 하나는 스스로 낳은 달걀이었다. 식인종이라는 말처럼 들렸지만, 달걀 껍데기는 산란할 때마다 소진된 칼슘을 다시 채울 수 있는 식재료라고 했다.

지금까지 끔찍한 삶을 살아 온 아이들이 편안한 여생을 살게 하고 싶었다. 그러려면 배울 것이 너무 많았고, 개선할 방법을 공부해야 할 것 같다는 생각이 들었다.

예상대로 닭을 기르는 것은 완전히 새로운 세계였다. 앞서 겪어 온 그 어떤 세계와도 달랐다. 특히 예상하지 못했던 점은 병에 걸렸을 때 대처하는 방법이었다. 바깥에 놓고 기르는 닭은 약 10살까지 살 수 있다는 점을 알게 되었다. 이 아이들처럼 18개월 된 암탉이 기적적으로 도축장을 피해 살아난 경우라면 그들도 앞으로 몇 년간은 행복하게 살 수 있을 것이라 생각했다.

그러나 예상과는 달리 닭들이 도착한 지 약 3주가 지나고, 닭 장에서 몸을 구부리고 있는 플로라를 발견했다. 플로라가 가장 먼저 아팠다. 뭐가 잘못됐는지 알 수 없어 수의사에게 데려갔지 만 그조차도 치료해 본 경험이 많지 않아 진통제와 항생제 주사 외에 달리 무엇을 해 줘야 할지 막막해했다.

플로라를 집 안으로 데리고 들어가 소파에 두고 담요로 감쌌 다. 주사기로 입에 물을 넣어 주었다. 내가 할 수 있는 일들이 없 을지 검색해 봤지만 빠르게 약해져만 가는 플로라를 위해 할 수 있는 일이라고는 그 모습을 지켜보는 것뿐이었다. 공장을 떠난 지 겨우 3주. 자유를 누릴 시간이 몇 년은 더 있을 줄 알았다. 나 직한 목소리로 플로라에게 말을 걸며 안심시키려고 애썼다. 그 러나 며칠 뒤, 내 옆에 바짝 붙어 있던 플로라의 숨이 멎었다. 무 엇을 잘못했는지, 내 노력이 충분하지 않았던 건지, 무엇을 놓친 건지 알 수 없었다.

공부할수록 내가 얼마나 순진했는지 깨달았다. 공장 안에서 는 상상도 못했던 일들이 벌어지고 있었다. 닭들은 공장에서 1년 동안 약 350개의 알을 낳는다. 이렇게 산란할 수 있는 것은 자연적으로 놓아기르는 닭보다 약 10배 더 많은 알을 낳도록 유 전적으로 조작되어서다. 이 과정에서 닭의 몸은 닳고 병든다.

그들의 몸은 소모품처럼 다루어졌다. 난소암, 복막염, 내부 파열, 난자 결합, 감염이 닭들의 몸속 어딘가에서 잠복하고 있을 터였다. 플로라, 네시, 샤나는 유전적 결함을 안고 태어났다. 공장에서 암탉을 꺼낼 수는 있어도 그들 안에서 유전자를 꺼낼 수는 없는 일이었다.

다음 날, 나는 숲에서 플로라의 무덤을 파고 있었다. 다른 닭들은 주위를 돌며 벌레가 없는지 살피고 있었다. 울면서 플로라에게 미안한 마음을 전했다. 플로라의 위치를 작은 돌무더기로 표시하며 암탉을 기르는 일은 본디 지닌 순진하고 목가적인 환상과는 전혀 다르다는 것을 깨닫게 되었다.

오샤가 떠난 지 1년이 지나고 대마 기름, 식물성 의약품, 건강한 식단의 힘을 빌어 건강을 제법 되찾은 상태였다. 힘든 날도 있었지만 전보다는 훨씬 견딜 만했다. 이제는 내가 하고 싶은 일은 모두 할 수 있을 뿐만 아니라 열정을 쏟아 부을 에너지도 생겼다. 경련이 일고 불편할 때도 있었지만 고비를 넘기면 견딜 만했다.

그 끊임없는 고통을 끝내고 싶다는 유혹에 종종 흔들리기도 했지만, 나는 죽고 싶지 않았다.

지금 이 순간, 스스로 목숨을 끊었다면 놓쳤을 많은 가능성들을 떠올리며 안도의 한숨을 내쉬게 된다. 조지, 앵거스, 오샤, 김리, 브랜, B를 만났고 구조된 닭 열두 마리와 함께 꿈을 이룰 수 있게 되었다. 비록 내가 기대했던 모습과는 달랐지만 말이다.

호스피스는 점점 자리를 잡아 갔고 더 많은 사람들에게 알려졌다. 동물 호스피스 운영을 지속하고 규모를 키우기 위해 돈을 모으고 있었다. 아직 초기 단계였지만 점점 더 성장할 것이었다. 앞으로 호스피스를 어떻게 발전시켜야 할지 고민하기 시작했다. 힘든 시간도 있었지만 그 모든 과정을 경험할 수 있다는 것이 무척 감사했다.

잃어버린 시간을 만회하려, 새로이 얻은 에너지로 더 많은 가능성을 모색하기 시작했다. 지금 보살피는 닭들이 자유로워졌을지라도, 더 많은 닭을 공장 밖으로 나올 수 있게 돕고 그 아이들이 자유를 누릴 수 있기를 바랐다. 그래서 자원해 공장에서 사육되는 암탉을 구조하는 작업을 도왔으며 우리 집에서 보호하다 각 지역의 봉사자들에게 돌려보내는 작업에 뛰어들었다.

그 아이들이 다시 공장에 들어가는 것이 싫었다. 암모니아 냄새, 귀가 찢어질 듯한 소음, 누워 있는 닭의 사체들. 구조 작업 시간은 정말이지 가혹했다. 기침하고 쌕쌕거리며 일하는 동안 햇빛을 쬐고 바람이 통하는 바깥으로 빨리 나가고 싶다는 마음뿐이었다.

조지아가 살고 있던 공장은 특히 열악했다. 한여름, 헛간 금속

벽 안은 매캐한 암모니아 냄새, 열기, 먼지가 목구멍에 걸릴 정도였다. 우리가 기어 다니면서 쫓아다녀 겨우겨우 겁에 질린 천 마리 남짓의 암탉을 상자에 밀어 넣었을 때, 그들 대부분은 죽어 가고 있었다. 아마도 살날이 얼마 남지 않은 것 같았다.

이제 그들이 남은 생을 잘 살다 갈 수 있도록 동물 호스피스로 옮기겠다고 다짐했다. 평화, 고요, 햇빛, 신선한 공기, 신선한 풀과 블루베리 등 그들이 지금까지 알지 못했던 모든 좋은 것들을 알게 해 주겠다고 다짐했다. 죽음이 찾아왔을 때 평화롭고 존엄하게 맞이할 수 있도록 돕겠다고 약속했다. 열 마리의 암탉과 함께 집으로 돌아온 뒤 고군분투했다.

"이리 오렴, 조지아."

담요에 싸인 조지아의 입에 주사기로 영양제를 한 방울씩 떨어뜨려 주었다. 내 마음을 아는지 모르는지 한 방울을 겨우 홀짝였고 눈은 침침해 있었다. 거실 바닥에 대충 깔아 둔 이부자리에서 일어나 앉은 뒤, 벽에 기대어 시간을 확인했다. 새벽 3시가 막 지나고 있었다.

힐러리를 비롯한 암탉들은 바닥에 급히 만들어 둔 보금자리에서 자고 있었다. 그중 정신적 충격을 받은 샤론도 평화롭게 코를 골고 있었다. 녀석의 몸은 치료가 불가능할 정도로 망가졌다.

저를 쪼거나 잡아당기는 다른 암컷들을 피할 곳이 없는 공간에서 1년 동안 지내며, 서열이 가장 낮았던 샤론의 깃털은 거의 남지 않은 상태였다. 그렇게 약해진 몸으로 계속 알을 낳다 보니 탈장되었고, 다른 닭들은 밖으로 나온 장마저도 쪼아 댔다. 그 때문에 악성 대장균에도 감염된 상태였다.

트라우마는 샤론의 뼛속 깊이 파고들어, 혼자 있는 것을 극도로 싫어했다. 항상 누군가와 붙어 있어야 편안해했다. 샤론은 나뿐만 아니라 다른 암컷으로부터도 많은 위로를 받았다. 그중 조지아는 제 날개 밑으로 샤론이 머리를 집어넣고 몸을 밀착시키려 하면, 공간을 기꺼이 비워 주었다. 그들의 우정을 지켜보는 건 사랑스럽고도 가슴 아픈 일이었다.

브랜은 내 옆에 턱을 괴고 앉아 곤히 잠들어 있었다. 심호흡하고 하품하며 눈의 피로를 없애려고 애썼다.

"얘들아, 조금씩이라도 먹어 봐……."

조지아가 뒤로 날개를 쭉 펴고 한쪽 다리로 균형을 잡았다.

"요가 중이니?"

웃으며 풀밭 위에 앉았다. 7월 초순의 날씨는 암탉들이 바깥 세상을 알아가기에 완벽한 조건을 갖추고 있었다.

"좋지, 얘들아?"

한 줌 반도 안 되는 작은 몸집으로 끔찍한 감염에 시달리던 아이들은 다른 닭들보다 더 활달하게 벌레를 쪼기도 하고 울타리를 따라 돌아다녔다. 풀밭 위에 담요를 깔고 누워야만 하는, 샤론처럼 약한 닭들조차도 신선한 공기와 태양 아래서 바깥세상을 구경하고 있었다. 그러다 담요에 싸여 편안하게 낮잠 자는 것에 만족했다.

나는 녀석들이 매일 외출할 수 있도록 노력했다. 모든 아이들을 한 마리씩 데리고 나가 점심을 먹었다. 말린 옥수수, 과일, 스크램블 에그, 삶은 달걀 등 다양한 음식이 담긴 주사기를 내밀었다. 그러나 아이들의 상태가 죽음에 가까워질수록 굳은 의지도 점점 나약해지고 있었다. 마음이 아팠으나, 이러한 흐름을 막을 수 있는 힘이 내게는 없었다. 그들은 살고자 했지만 시간을 되돌릴 수도, 유전자를 바꿔 줄 수도 없었다.

두 암탉은 이미 싸움에서 진 뒤였다. 그들은 차례로 내 옆에 누워서 자유를 즐겼던 며칠을 곱씹으며 살며시 떠났다. 이미 돌이킬 수 없을 정도로 몸과 마음이 망가져 있었기에 내가 할 수 있는 일은 그들을 편안하게 해 주는 것뿐이었다. 나는 두 아이를 플로라가 있는 숲속에 묻어 주었다.

구조한 지 약 2주가 지나자 길고 걱정스러운 밤이 좌절로 흐려지고 있었다. 모든 아이들이 집중적 치료를 요했다. 어떤 아이들은 밤낮으로 몇 시간마다 주사기로 음식을 먹여야 했고, 몇 마리는 약물 치료를 받아야 했다.

하나둘씩 싸움에서 지고 있는 중이었고, 그중 여섯 마리가 죽었다. 어떤 아이들은 정말 평화롭게 떠났다. 아이들에게 무슨 일이 일어날지 알고 있었기에 때로는 평화롭게, 고통스럽지 않게 떠날 수 있도록 수의사에게 안락사를 부탁하기도 했다.

하지만 트레이시는 끔찍하고 비참하게 생을 마감했다. 내가 몰랐던 종양이 내부에서 파열된 것이다. 심하게 경련하더니 숨을 헐떡이고 날개를 퍼덕거렸다. 어떻게 해야 할지 알 수 없었다. 내가 할 수 있는 일이라곤 트레이시를 안고 사랑한다고, 너는 절대 혼자가 아니라고 반복해서 말해주는 것뿐이었다. 트레이시는 내 무릎 위에서 잠들었다. 이때 나는 충격을 받고 울면서 거실 바닥에 주저앉았다.

"어서, 마저 먹자."

조지아가 나를 올려다보았다.

"먹는 달걀보다 얼굴에 묻힌 달걀이 더 많잖아. 이리 와 봐. 사진 한 장 찍자."

조지아의 눈을 보려고 엎드린 채 카메라를 들이댔다. 조지아가 나를 향해 휘청거리며 걸어왔다.

"안 돼, 너무 가까워. 초점이 안 맞잖아."

조지아는 카메라 렌즈로 제 모습을 보는 것을 좋아했다. 머리는 옆으로 기울어져 혼란스러운 표정을 지었고 머리 위에 있는 깃털은 위로 솟아올라 있었다. 마치 만화 속의 닭처럼 보였다. 나는 조지아의 사진을 흐릿한 상태로 몇 장 찍었다. 곧 지루해졌는지 녀석은 세탁기 아래에 무엇이 있는지 알아보려 가 버렸다. 조지아는 세상 모든 것에 관심을 가졌다. 틈이 보이면 그 안에 무엇이 있는지 알아내고 싶어 했다.

"집중해서 먹자고, 꼬마 아가씨!"

조지아는 고개를 갸웃하며 눈썹에 스크램블 에그를 조금 묻힌 채 내게로 걸어왔다. 비틀거리며 다가오는 모습에 나는 미소 지었다. 조지아가 이길 수 없는 싸움을 하고 있다는 것을 알고 있었다. 언젠가 녀석도 다른 친구들이 그랬던 것처럼 죽음과의 싸움에서 지고 말 것이었다. 얼마나 살고 싶어 하건, 그 의지와는 상관없이 녀석이 싸움에서 지는 날이 오면 그저 조지아를 안고 있을 수밖에 없다는 것을 알고 있었다.

조지아를 포함해 모두와 쾌활하게 지내려고 애썼지만, 조지아가 스크램블 에그 한 쪽을 곁들인 잘게 썬 블루베리와 딸기가 담긴 작은 그릇으로 힘없이 걸어가는 모습을 보며 눈물을 참아야만 했다.

"더 먹을 수 있어. 힘을 내."

조지아가 블루베리를 쪼았다.

"그래, 제발 조금만 더 먹어 봐."

부리 밑에 작은 그릇을 들이밀었다.

"조지아, 이리 와! 부탁이야! 그냥 먹으라고!"

조지아가 놀라서 나를 올려다봤다. 어리둥절한 표정이었다. 젠장. 얼굴이 빨개졌다.

"조지아, 정말 미안해."

녀석을 안아 올려 품에 꼭 껴안았다. 그러고는 깃털 속에 얼굴을 파묻고 흐느꼈다.

"정말 미안해. 정말정말 미안해. 겁주려던 건 아니었어."

조지아는 내 품에서 꿈틀거리며 나와 오븐 옆에 뭐가 있는지 보자며 나를 안심시켰다. 죄책감과 좌절감이 뜨거운 눈물과 콧물에 젖어 구겨진 듯했다. 속이 비어 버린 기분이었다. 마지막 눈물 한 방울의 기운으로 일어서, 욕실로 들어가 문을 잠그고 바닥에 엎드려 소리를 질렀다.

죄책감은 모든 순간 나를 괴롭혔다. 브랜은 늘 그랬듯 밤낮없이 짖어 댔지만 닭들을 돌보고 호스피스를 운영하느라 정신이 없었다. 개들을 산책시켜야 한다는 것을 알고 있었지만 정원 산책으로 대체할 수밖에 없었다. 스트레스와 긴장감으로 숨쉬기가 힘들었다.

크론병은 스트레스로 스멀스멀 되살아났고 피로를 제때 풀지 못하자 오른쪽 옆구리를 갉아먹는 듯한 통증이 시작되었다. 입맛이 없어 간식을 먹으며 버텼다. 누군가 필요한 것이 없는지 끊임없이 귀를 기울이느라 선잠만 잤다. 그러던 와중 닭들이 죽어가는 것을 보고만 있어야 했다. 내가 어떤 노력을 기울이든, 그들이 얼마나 살고 싶어하든 결국 아이들은 죽게 될 것이었다.

공장에서 구한 열 마리의 닭 중 두 마리를 제외한 모든 암탉이 생을 마감했다. 그들이 왜 죽었는지, 어떤 끔찍한 질병이 그들을 괴롭혔는지 정확히 알기 위해 사후 검사를 받기로 했다. 나는 닭들에게 무슨 일이 일어났는지 알지 못했다. 만약 내가 모른다면 나와 비슷한 상황에 놓인 다른 사람들도 그럴 것 같았다. 만약 다른 사람들에게 병의 원인을 알려 줄 수 있다면, 적어도 이 아이들의 죽음이 의미 있지 않을까 생각했다.

"힐러리, 페인트 좀 그만 먹어! 밖으로 나가자."

힐러리는 굳건히 자리를 지키며 말썽 부리고 있었다. 나는 이렇게 유머러스한 닭을 만나 본 적이 없다. 힐러리는 다른 닭들과 함께 밖에 있기를 거부해 집 안에서 키웠다. 종종 힐러리가 부엌에서 소동을 피우는 광경을 보았다. 한번은 수프 냄비 안에 서 있었고, 종종 개밥을 훔쳐 먹었다. 이렇게 힐러리가 온갖 장난을 치는 동안 조지아는 점점 죽어 가고 있었다. 정신은 살아 있었지만 건강한 음식, 신선한 공기와 햇빛은 조지아에게 닿지 않는 것처럼 보였다.

"아가씨들, 밖에 나가서 선선한 바람 좀 쐬자."

조지아는 담요에서 나와 내 품으로 파고들었다. 몸을 숙여 조지아의 머리에 키스했다.

"사랑해, 조지아."

조지아는 내 목소리를 들었는지 지친 호박색 눈으로 나를 응시했다. 나는 웃었다. 조지아는 여러 면에서 매우 섬세했다.

"아유, 예뻐."

조지아의 부리에 입을 맞추고 담요로 감싸 주었다.

"우리 담요 덮고 나가자. 어떤 일들이 일어나는지 볼까?"

우리는 함께 정원을 걸었다. 조지아는 담요 속이 아늑한지 몸을 파묻었다. 제비가 우리 주위를 날아다니며 춤을 추고, 걸을 때마다 발아래서 돌이 부딪히는 소리가 들렸다. 여기저기 돌아다니며 다른 닭들이 무얼 하는지 살폈고 브랜이 헉헉거리며 우리 뒤를 따랐다. 조지아의 눈이 감겨 있어 얼마나 주변을 살펴보고 있는지 알 수 없었지만, 그럴수록 더 씩씩하게 말을 걸었다.

"우아, 조지아. 이거 보여? 새 캠핑카야! 가서 보자."

며칠 전까지만 하더라도 조지아는 새로운 장소 구석구석을 돌아다니며 조사했을 것이었다.

"봐, 여기 뭐가 있을까?"

찬장을 열고 조지아가 탐험했을 모든 장소를 보여 줬다. 그러다 눈을 감고 조지아를 꼭 껴안았다. 조지아는 이 모험을 틀림없이 좋아했을 텐데.

"아무래도 오늘은 날이 아닌가 봐."

태양이 하늘 높이 떠 있어 무척 따뜻했다. 우리는 집 앞 잔디밭에 서 있었고, 브랜이 옆에 자리를 잡았다. 뻐꾸기 한 마리가 계곡 건너편에서 울고 있었다.

"조지아, 너무 피곤해 보인다."

조지아의 호흡이 점점 느려지고 있었고, 내가 결코 알지 못할 것들을 보고 있는지 두 눈을 깜박거렸다.

"블루베리 생각나? 너 항상 얼굴에 다 묻히면서 먹었잖아. 문 뒤에 서서 어떻게 나가는지 몰랐던 때도 기억나니?"

함께한 시간 동안, 깃이 붉은 암탉과 맛있는 과일, 따뜻한 태양을 즐기고 집 구석구석을 탐험했다. 짧은 시간이었지만 조지아는 삶을 가치 있게 만드는 방법을 알고 있었다. 조지아가 겪지 못했을지도 모르는 세계. 그걸 알게 해 줄 수 있어서 정말 다행이었다.

나는 조지아의 과거를 바꿀 수는 없다. 혼자였고 두려웠으며 즐겁게 살아 본 적이 없었지만 이제는 안전하고 사랑받으며 자유롭다. 그렇게 내 친구 조지아는 품에 안겨 살그머니 눈을 감았다. 죽음을 막을 수는 없으나, 그 슬픔 안에는 평화와 존엄이 깃들었다.

영화 〈크래녹CRANNOG〉

돼지 냄새가 밴 소파에 쓰러져 누웠다. 기진맥진하고 정신이 혼미했다. 피곤과 눈물이 쓸고 간 자리에 광기 어린 웃음이 자리 잡았다. 어떻게 이렇게까지 피곤할 수 있을까? 네 마리의 돼지가 부엌에서 사는 것은 완벽히 새로운, '피로의 경험'이었다.

크리스마스가 지나고 호그마네˙는 아직 오지 않았다. 오늘이 무슨 요일인지도 확인하지 않았다. 매일 산책하고, 음식 양동이를 채우고, 헛간에서 닭똥을 치우고, 브랜이 짖는 소리에 응답하

● 스코틀랜드어로 올해 마지막 날을 의미하며, 스코틀랜드 방식으로 새해를 축하하는 것과 동의어이다.

는 일상의 반복이었다. 일손은 늘 부족했고 음식, 침구류를 마련하고 진료비를 지불하는 등 지출 비용을 어떻게 부담할지 항상 걱정이 많았다. 점점 많은 동물을 집 안으로 들이면서 관리를 도울 사람도 필요했다. 일은 끝이 없었고 피로와 불안이 뼛속까지 스며들었다.

네 마리의 아기 돼지가 어지럽게 날뛰는 공간 안에서도 나는 최선을 다했다. 하루에 보통 6시간 일해 오던 일정은 일어나자마자 일하기 시작해 자정이 훨씬 지났을 무렵까지 일하는 일정으로 바뀌었다. 악취가 진동하는 소파에 엉망진창인 상태가 되어 쓰러질 때까지 말이다.

11월 중순쯤, 친구 한나가 동네에서 발견한 돼지에 대해 알게 됐다. 주인은 크리스마스에 녀석들을 잡으려 살찌우는 중이라고 했다. 한나는 돕고 싶어도 애버딘 교외에 사는 데다, 돼지를 보호할 공간도 없었다.

그때 나는 이미 뉴질랜드에서 넘어온, 희귀한 쿠네쿠네 품종의 돼지를 키우고 있었다. 샬롯과 에밀리는 연초부터 머물며 매기가 자랑스러워하던 아름다운 정원을 진흙탕으로 만드는 중이었다. 아빠와 나는 두 마리 돼지를 키울 공간을 마련하고 나무 울타리를 쳤지만, 새로 네 마리를 들인다면 진흙은 넉넉했으나 공간은 터무니없이 작았다.

네 마리를 받아 줄 곳을 수소문하던 중 한나가 전화해 왔다. 가장 작고 약한 돼지 한 마리가 탈장 증상 때문에 그날 늦게 도살될 것이라고 말이다. 적당한 가격에 팔려는 것이었다. 생사가 달린 결정의 순간. 돼지들을 구하려면 오래 머물 거처를 찾을 수 있을 때까지 양육하는 것뿐이었다.

어미 없이 돼지들을 내놓기에는 너무 추웠다. 두 개의 작은 헛간은 닭들을 위한 공간이 된 지 오래였다. 그렇다면 선택지는 하나밖에 남지 않았다. 나를 위한 유일한 공간은 부엌뿐이었고 내주기엔 부적절하다는 것을 알면서도, 죽음의 위기에 놓인 돼지를 무시할 수 없었다. 가진 것 중 가장 커다란 나무 상자를 꺼냈다. 돼지 사료 몇 봉지를 주문하고 부엌을 정리했다.

돼지는 대략 생후 7주 정도 되었으며 크기는 잭 러셀 테리어˙ 정도였다. 한나가 부엌에 네 마리를 내려준 날. 그 밤부터 참신하고도 유쾌한 지옥이 시작됐다. 나무 상자 옆에 무릎을 꿇고 탈장 증상으로 고생하던 녀석, '브라이언 베이비'가 잠드는 모습을 지켜보았다.

˙ 영국의 여우 사냥에서 기원한 작은 테리어. 몸집은 보통 25-38cm정도이다.

한 시간 동안은 녀석들이 아름다운 코를 실룩거리며 꿈틀거리는 장면을 지켜보았다. 저들끼리 가까이 붙어 있어 발굽, 구불구불한 꼬리, 주둥이가 각각 누구 것인지 구분할 수 없었다. 한마리가 움직이면 다른 아이들이 낑낑대고 꽥 소리를 냈다. 그러다가도 이윽고 자세를 고쳐 눕고 다시 잠들곤 했다. 희미한 불빛이 비치는 부엌에서 그렇게 사랑에 빠졌다.

돼지가 도착하기 전 부엌에서 키우기 힘들 것임을 각오했으나, 막상 앤디와 칼, 바너비와 브라이언의 터무니없이 강한 주둥이가 내 삶에 불도저처럼 밀려드니 환장할 노릇이었다.

"젠장! 바너비, 냉장고에서 나와!"

바너비는 항상 먼저 침입하고 넘어뜨리고 파괴하는 돼지였다. 형제들에게 여기에 동참하는 방법도 가르칠 정도로 똑똑했다. 녀석은 열리는 부엌 찬장을 처음 발견한 뒤부터 모든 찬장을 열고 내용물을 비우는 데 집중했다. 냉장고 위에 오른손을, 싱크대 아래 찬장에 왼쪽 다리를 최대한 뻗고 찬장을 닫았다. 바너비는 똑똑하고 빨랐다.

"바너비, 안 돼!"

청소 용품이 든 병을 찬장에 다시 넣는데, 녀석은 기회를 잡았는지 냉장고로 향했다. 수행원 세 마리와 함께 바너비는 순식간에 모든 선반들을 쓰러뜨리고 짓밟았다. 그런 뒤 내면의 잭슨 폴록°을 불러와 음료수를 벽과 바닥에 도배하고 있었다.

"안 돼, 앤디······. 지금은 안 되는데, 오, 빌어먹을······."

앤디도 장난의 주동자였다. 점점 더 시끄럽고 빨라졌다. 형제들이 같은 기분이 들 때까지 계속해 선동했다. 아침저녁으로 새로 사 준 장난감을 가지고 두 시간 정도 놀게 했다. 녀석들이 벽에 구멍을 더 파지 않고, 서로를 쫓거나 뒤집어 놓은 서랍 상자를 던지지 않고, 문틀과 진공청소기에 엉덩이를 긁지 않았으면 하는 희망을 품으며. 다른 돼지가 물을 마시면 앤디는 그릇에 거품을 불며 물을 쏟는 장난을 시작했다. 칼은 이제 잭 러셀 테리

어보다 그레이트 데인* 크기에 더 가까웠는데, 무릎 위에 몸을 던져 배를 긁어 달라고 했다.

놀이 시간이 지나면 난장판이 벌어져, 치우는 데만 몇 시간이 걸렸다. 녀석들이 다 놀았다 싶으면 바로 벽과 바닥을 닦고 정돈했다. 돼지들이 잠에서 깨면 모든 것이 반복될 것이었다. 스트레스 받고 지쳤지만 녀석들의 안전이 보장된다면 벽에 난 구멍들 정도는 괜찮다고 생각했다. 아마 많은 봉사자가 이럴 줄 알고 돼지를 맡는 데 선을 그었으리라. 그럼에도 기꺼이 도맡았고 돼지로 가득 찬 집에 살게 되었다.

매일 같은 일정을 소화하다 보니 이제는 깨끗하게 샤워하고 눕고 싶었다. 하지만 더러운 냄새를 유일하게 맡을 수 있는 브랜의 코는 노쇠했고, 이미 난로 앞에서 깊이 잠들어 있었다. 또한 방에서 쉬고 있는 아기 돼지들의 잠을 깨울 수 없었다. 어쩔 수 없다는 핑계로 소파 위에서 이불을 끌어당기다 피곤해서 그대로 잠들고 말았다.

"알렉스! 우리가 해냈어! 뽑혔다고!"

"정말이야, 리사? 우리가 영화에 출연해?"

몇 달 전. 아름다운 8월 아침, 애버딘 외곽에 위치한 들판에서

* 독일에서 유래한 대형견 품종이다. 몸집은 70cm에서 90cm 정도이다.

사보튀르˙ 훈련을 받았다. 함께한 리사는 신경 과학자이자 다큐멘터리 제작자였다. 우리는 일, 삶, 희망에 대해 수다를 떨었다. 그날 나는 오샤, 김리, 브랜, B 외에도 호스피스에 사는 여러 동물들을 주제로 이야기했다. 주말이 끝날 무렵, 번호를 교환하고 계속 연락하기로 했다.

10월 중순쯤 리사가 전화해 스코틀랜드 다큐멘터리 협회 소식을 전했다. 수상작 3편을 15분짜리 단편 영화로 제작하는데, 협회에서 전폭적으로 지원하는 데다가 에든버러 국제 영화제에서 초연될 것이라고 했다. 다큐멘터리 제작자들에게 공개된 그해 주제는 '사랑'이었다.

"완벽한 조건을 갖췄다고, 알렉스. 호스피스에 오가는 사람과 동물 간의 사랑, 그리고 동물들과의 관계를 다루면 되잖아. 특히 김리 말인데…….."

김리가 내 삶에 들어온 뒤, 나는 양에 푹 빠져 버렸다. 김리의 우정과 사랑 덕분이었다. 김리의 이야기를 다른 이들에게 보여줄 생각을 하니 흥분됐다. 양에게는 들판에 서서 풀을 뜯는 것 이상의 매력이 있었다. 물론 수백 개의 출품작이 있을 테고 카메라가 뒤쫓는 영화의 소재가 된다는 점이 겁나기도 했다. 그러나

● 　1963년에 설립된 동물 보호 단체. 방해 공작을 통해 여우 사냥을 막는다.

대중의 관심 밖이었던 양, 그 외의 동물들에 대한 편견을 바꿀 수 있는 기회라 생각하니 놓칠 수 없었다.

오래된 캠코더를 가지고 정원에 앉아 김리의 목을 마사지해 주는 모습을 녹화했다. 내게 머리를 부딪치는 김리의 모습, 그리고 내가 양을 얼마나 사랑하는지 중얼거렸다.

"김리. 양에 대한 시각이 확 바뀌게 될 거야. 이해했지?"

그 외에도 리사가 지원하는 데 필요한 모든 작업을 도맡았고, 며칠 뒤에는 지원서를 제출했다. 일하다 보니 몇 주가 금세 흘렀고 큰 기대를 걸지 않았던지라 영화 생각은 일찌감치 머릿속에서 지워 버렸다. 그래서 리사가 전화해 최종 후보 12인에 올랐다고 했을 때 굉장히 놀랐다.

다음 과정으로 집에서 3분짜리 짧은 영상을 제작해야 했다. 리사가 머물렀던 11월 말은 지독하게 추웠다. 영상을 작업한 뒤 결과를 기다렸다.

그렇게 다시 몇 주가 지난 뒤, 리사가 출품된 모든 경쟁작을 제치고 우리가 선정됐다는 소식을 전했을 땐 믿을 수 없었다.

"정말이야, 리사? 우리가 뽑혔다고?"

"그래, 알렉스! 우리가 영화를 만들게 됐어!"

영화의 한 장면 같았다. 그날은 6주의 유예 기간을 선고받은 날로부터 3년이 지난, 생일 전날이었다. 지난 3년을 돌아봤다.

많은 것이 변했다. 예전의 나는 스스로를 알아보지도 못했는데.

목숨을 걸고 싸웠지만 매기는 곁에 없었다. 그렇게 싸우고, 흔들리고, 넘어졌다. 억지로 스스로를 일으켜 세우고, 성공하고, 때로는 실패했다. 수차례 사랑에 빠졌고, 동물들의 임종을 지켰다. 매기의 이름으로 호스피스를 시작하겠다는 꿈은 현실이 됐고, 호스피스는 주위의 작은 세계로 파장을 일으키기 시작했다. 어쩌면 더 멀리까지 퍼질지도 모를 일이었다.

많은 일들이 일어나고 있었고 어떻게 여기까지 올 수 있었는지, 왜 이렇게까지 하게 됐는지 그 모든 것이 수수께끼 같았다. 흥분되었고 몹시 바라던 바였건만 촬영하려니 자신이 없었다. 너무나 좋은 기회였기에 그만큼 두려움도 컸다.

"엄마, 잘할 수 없을 것 같아요. 어떻게 해야 할지 모르겠어요. 다른 사람들이 내가 양을 얼마나 사랑하는지 궁금해할까요? 바보 같은 짓 아닐까 싶어요. 아무래도 리사한테 못 하겠다고 말해야겠어요."

엄마는 나의 혼란스러운 마음을 금세 알아차렸다.

"궁금하지 않았다면 네 이야기를 뽑지도 않았을 거야."

차분하게 마음을 다잡았다. 엄마가 다시금 나를 달래 주었다.

"안심해, 다 괜찮을 거야."

드디어 돼지들이 밖에서 지낼 수 있을 만큼 자라면서 공간을 옮기려 할 때 문제가 생겼다. 아빠의 도움을 받아 돼지를 키울 작고 평평한 공간을 준비하고 있었는데, 공사를 시작한 지 며칠 만에 도로 진흙탕이 되어 버렸던 것이다.

집 안은 재난 상태에 가까웠다. 부엌 벽에는 구멍이 뚫리고, 지난 두 달간 수 갤런˚의 소독제, 세척제를 들이부어도 냄새는 여전했다. 모든 이가 볼 영상으로 적나라하게 촬영되는 것이 창피하고 부끄러웠다. 아빠의 도움을 받아 리사와 다른 스태프가 도착하기 전에 며칠간 집을 정리했다. 좁은 공간에 너무 많은 동물을 보호하는 중이라 정작 정리할 수 있는 것은 그리 많지 않았지만.

2018년 2월, 춥고 생기도 없는 황량한 공간을 배경으로 촬영을 시작했다. 리사는 사진 감독 아델레이다, 음향 기술자 스콧을 고용했다. 바람둥이 힐러리가 스콧만 쫓아다녀서 일시적으로 촬영을 접기도 했다. 힐러리는 발밑에서 스콧을 사랑스럽게 올려다보며 벽지를 뜯었다. 스콧은 갑자기 생긴 열성팬에 걸려 넘어지지 않도록 주의해야 했다.

촬영이 부끄럽기도 했지만 '사랑'을 영상에 담는 일은 어렵지

● 　아드파운드법에 의한 부피의 단위. 미국에서는 약 3.785리터에 해당한다. (편집자주)

않았다. 리사는 감독 일에 익숙했고 줄거리는 샤말란°의 영화 같
았다. 나도 금세 카메라 앞에 서는 것을 좋아하게 되었다. 푸르
고 두터운 양털을 두르고 내 뒤를 따르던, 나의 그림자 브랜도
마찬가지였다. 브랜은 거의 모든 장면에 나오고 싶어 했다.

"리사, 2018년 최고의 빨래 접기 부문 상이 있다면 내가 수상
할 것 같지 않아?"

"알렉스 아니면 받을 사람은 없고말고."

침상에 앉아 어둑어둑한 램프 불빛 아래서 옷을 개고, 고통으
로 몸을 구부리기를 반복했다. 크론병이 다시 고개를 들며 심하
게 손상된 장에 문제가 나타나기 시작했다. 염증은 더욱 심해졌
고 경련, 메스꺼움, 구토, 탈진과 같은 초기 증상이 나타났다. 끊
임없는 피로는 매일의 일정 때문만은 아니었다. 몸이 다시 무너
지는 것을 알고 있었지만 할 일이 워낙 많아 멈출 수는 없었다.
과거로 돌아가고 싶지도 않았다. 예전보다 잃을 것이 더 많았다.
다큐멘터리에 출연하여 질병이 나에게 미치는 영향을 보여 주
고도 싶었다. 고통을 느낄 때마다 몸을 구부리며 빨래를 접는 일
상을 보여 주는 것만큼 생생한 영상은 없을 테니까.

● 인도 태생의 미국의 영화 감독, 각본가, 배우. 현대의 초자연적인 줄거리와 트위스트 엔딩
으로 독창적인 영화를 만든다.

며칠 전, 불쌍한 양을 데려가 달라는 전화를 받았다. 몇 주간 헛간에서 방치되다 간신히 걷게 되었으며, 병으로 고통받고 있다고 했다. 종말기 치료가 필요했다. 그리고 이 양의 이야기는 사랑이라는 주제와 함께, 살아가는 데 부딪히는 장애물을 극복해 가는 영상으로 기록될 것이었다.

대면하니 양의 건강 상태는 생각보다 좋지 않았다. 양털이 반쯤 벗겨지고 피부는 딱지로 덮여 있었다. 한쪽 눈은 옆으로 누울 때 건초에 찔려 심하게 손상된 것 같았다. 6주간 하루 한 번 주어지는 사료로 연명했을 뿐, 스코틀랜드 북부의 혹한 속에서 콘크리트 위에 겨우 누워 홀로 버틴 것이다. 이 어린 소녀가 지난 몇 주간 어떤 것들을 견뎌 냈는지 상상조차 할 수 없었다. 그러나 어떻게든 살아남으려는 의지가 보였다.

토요일. 최악의 상황을 예상하며 아직 출근도 하지 않은 수의사를 재촉했다. 아델레이다는 조수석에 앉아 우리의 여정을 촬영했다. 상한 사일리지*에 번식한 리스테리아균이 뇌로 들어가 염증과 농양을 일으키는 리스테리아증이 의심되었다. 그건 몇 주간 박테리아가 뇌를 갉아 먹는 중이라는 뜻이기도 했다.

"알렉스, 결과가 불투명해요. 3일 정도 다량의 항생제를 주사

● 건초 등을 건조 및 발효시켜 만든 가축 사료. 생초가 없는 겨울에 주로 쓰인다.

할 수는 있겠어요. 통증은 조금이나마 완화될 거예요. 하지만 양이 버틸 수 있을지……."

수의사는 한 가닥의 희망이라도 보태려 노력했지만, 본능은 이미 양이 죽으리라 말하고 있었다. 유일하게 할 수 있는 일은 평화롭게 죽음을 맞이할 수 있도록 돕는 것이었다. 길어야 며칠. 이 짧은 시간 동안 이 녀석이 그간 견뎌 왔을 외로움, 고통, 절망감을 사랑, 평화, 희망으로 바꾸어 주고 싶었다. 살고자 하는 양을 보며 죽음을 떠올리는, 마음속을 갉아먹는 그 깊은 절망감. 나는 이 감정을 결코 잊지 못할 것이다.

리사가 지휘하고 아델레이다, 스콧이 자리를 잡는 동안 양을 돌볼 만한 공간을 준비했다. 몸을 따뜻하게 하도록 짚과 보따리로 주변을 둘렀다. 당근과 브로콜리를 잘라 주고, 물을 따라 준 뒤, 항생제 주사를 준비했다.

"마야, 봐. 아늑하고 따뜻한 공간이지? 어서 이 안으로 들어와서 자리 잡자."

리사는 그새 양에게 마야라는 이름을 지어 줬다.

"아름다운 아가씨에게 잘 어울리는 이름이죠?"

마야는 간신히 걸음을 뗐다. 도움을 받아 일어섰고 불안정했지만 혼자서도 몇 발을 뗄 수 있었다. 지켜보는 일은 쉽지 않았지만 계속 움직이게 해야 했다. 살아날 가능성이 조금이라도 있다면 계속해서 제 근육을 사용하도록 도와야 했다.

호기심 넘치는 김리는 울타리 반대편에서 무슨 일이 벌어지는지 알아보려고 애쓰고 있었다. 마야는 일어나려 하면서도 자꾸 넘어졌고, 그때마다 답답해했다. 격려하는 와중에도 마음은 찢어질 듯 아팠다. 나는 거짓말로 그녀를 배신하고 있는 것처럼 느껴지기도 했다.

며칠간 리사, 아델레이다, 스콧이 촬영하는 동안 창고에 앉아 책을 읽으며 마야가 가장 좋아하는 당근, 브로콜리, 사과를 먹는 일을 도왔다. 아이는 상냥했고 항상 품에 안길 준비가 되어 있었으며, 옆에 친구들이 있으면 좋아했다. 마야가 일어서려 하면 녀석을 도와 소변을 보게 하고 근육을 조금이라도 쓰도록 격려했다. 조금씩 맑아지는 마야의 정신을 느낄 때마다 눈물을 감추려고 애썼다.

월요일 저녁. 함께 신선한 공기를 마시며 불빛 아래서 촬영하고 있었다. 마야의 결단, 그리고 나의 희망과 두려움을 영상에 담고 싶었다. 마야는 걸으려 애쓰면서 지난 며칠간 조금씩 강해졌다.

"마야⋯⋯. 자, 나와 봐."

헛간 밖에 서서 마야를 불렀다.

"할 수 있어!"

마야는 비틀거리면서도 있는 힘을 다해 몸을 일으켜 헛간에서 뛰어나왔다. 눈을 밟으며 잔디밭을 가로질러 어둠 속으로 사라졌다. 우리 모두 멈춰 서서 서로를 바라보며 돌아올 '음매에에' 소리를 기다렸다. 몇 초 후, 마야가 정원 반대편에 나타났다. 집을 한 바퀴 다 돌고 난 후였다.

"마야, 장하다, 드디어 걷게 됐구나!"

녀석은 걷고 있는 제 모습이 만족스러운 듯했다. 멈추지 않고 해냈다. 넘어지지 않으며 걷고자 했던 마야가 결국 해냈다. 흐느끼는 동시에 웃으면서 마야를 불렀다.

"마야! 해냈어! 정말 장하다!"

음매에에에에! 마야가 기뻐하며 대꾸했다.

마야는 살고 싶어 했다. 1살도 채 안 되었지만 생의 기회를 위해 열심히 싸웠다. 하지만 마야를 응원하는 것 외에 내가 도울 수 있는 일은 없었다. 그녀와 만난 순간 이미 시작된 운명을 바꿀 수 없다는 걸 알면서도, 나는 슬펐고 허탈했다. "꼬마 아가씨. 이 정도면 충분해! 이제 침대로 들어가자."

모두가 떠나고 조용해진, 깊은 저녁. 우리는 서로를 꼭 껴안았다. 녀석은 껴안기를 좋아했다.

"해냈어, 마야! 한 바퀴나 돌았다고! 정말 대단해!"

간식을 준 뒤, 마야가 비스킷을 먹는 동안 함께 앉아 있었다.

"이제 잘 시간이야. 오늘 정말 힘들었지? 네가 정말 자랑스러워. 사랑한다, 마야. 잘 자렴."

마야의 이마에 입을 맞추고 헛간의 불을 끄고 나왔다. 그게 마야와의 마지막 인사가 될 줄은 몰랐다. 몇 시간 뒤 마야의 뇌 손상이 심각해져, 엄청난 발작이 일어난 것이다.

우리의 영화 <크래녹>은 2018년 6월 21일 에든버러 국제 영화제에서 초연됐다. 온라인에서 맺은 인연을 포함, 몇 명의 친구들이 우리와 함께 영화를 보러 갈 예정이었다. 나는 극장과 가까운, '씨즈 포 더 소울'이라는 비건 카페에 식사 자리를 마련했다. 브랜을 응원하는 페이스북 페이지, '브랜 더 맨'의 팬들을 만날 수 있는 좋은 기회라고 생각했다. 몰랐던 팬 미팅에 브랜도 어리둥절했다.

지하 주차장에 차를 대고 브랜을 차에 대기하게 한 뒤, 밖에서 부모님과 만났다. 우리는 신나게 수다를 떨면서 붐비는 거리를 지나 극장으로 향했다. 관객들이 내 모습에 실망하진 않을까 걱정되고 긴장도 되었다. 낯익은 얼굴들이 모여들고 있었다. 그 모든 사람이 한 마리의 양을 얼마나 사랑했는지를 다룬, 나의 이야기를 관람하러 모인다는 것이 비현실적으로 느껴졌다.

"어머나, 베벌리! 미리암! 미셸! 헤더! 제인! 아네트! 케이트!"

한편으로 굉장히 기쁘면서도 한편으로 사기꾼 증후군*이 어떤 느낌일지도 어렴풋이 알 수 있었다.

"와 줘서 정말 고마워요. 잘 지냈어요?"

우리는 껴안고 수다를 떨었다. 나는 몹시 흥분했다.

"안으로 들어갈 시간이야."

정신이 다른 곳에 팔려 있는 나를 말리며 아빠가 시계를 가리켰다.

부모님은 내 뒤에 앉았다. 뒤를 돌아보니 엄마는 금방이라도 울음을 터뜨릴 기세였다. 리사와 나는 함께 앉아, 초조한 마음으로 손을 잡고 우리의 영화를 지켜보았다.

우리 모두에게 특별한 순간이었다. 장내가 어두워지자, 리사와 꼭 껴안았다.

●   자신의 성공이 노력의 결과가 아니라 순전히 운으로 이루어진 것이라고 생각하거나, 지금껏 주변 사람들을 속여 왔다고 여기며 불안해하는 심리.

<크래녹>

1. **감독**: 리사 라오
2. **러닝 타임**: 15분
3. **줄거리**: <크래녹>은 알렉시스 플레밍이 방치된 양 '마야'를 포기하지 않고 간호하는 순간을 따라간다. 이 영화는 '죽음 앞에서의 친절'을 담담히 성찰하는 동시에 다른 생명을 돌보려 자신의 삶을 바치는 데 따라오는 연약함, 강인함을 면밀히 탐구한다.

음매에에에에에!

커다란 화면에서 털복숭이 김리가 크게 소리쳤다. 긴장은 웃음과 함께 날아갔다. 상영되는 중인데도 믿기지 않았다.

마야가 죽은 지 몇 달이 지났지만 반가움과 힘듦이 마음속에 뒤섞였다. 엔딩 크레딧이 올라가자마자 흐느끼며 화장실로 달려갔다. 거울에 비친 내 모습을 보며 마음을 가다듬고 있는데 누군가가 내 옆에 섰다.

"영화, 정말 감동적이었어요. 마야가 죽었을 때 정말 슬펐어요. 양에게 그렇게 다양한 면모가 있는지 처음 알았고요."

또다시 눈물이 났다. 꿈꾸던 일이 실현된 것이다. 마야를 알리고, 얼마나 더 많은 양이 살 수 있는지를 세상에 보여 주는 순간이었다. 마야는 제 운명을 거스르며 열심히 싸웠다. 이제 녀석은 이 극장에 온 관객들의 가슴 안에 살게 됐다. 한 번도 만난 적 없는 이들의 마음속에서 말이다.

"사랑하는 마야, 우리가 해냈어."

그 여름밤. 예약해 둔 카페에서 친구들에게 둘러싸여 먹고, 웃고, 울었다. 마야와 다른 양들을 위해 축배를 들기도 했다. 불가능해 보였지만 결국 해냈다. 나는 리사, 그리고 다른 팀원들과 함께 마야 이야기를 했다. 세상 사람들에게 '사랑이 마야에게 일으킨 기적'을 보여 준 것이다.

브랜이 카페에 등장했을 때 사람들은 환호했다. 녀석은 카페의 모든 소란과 감탄사를 온몸으로 즐겼다. 감격스러운 순간이었다. 이 도시에서 외로이 떠돌던 노견이 사람들의 관심 안으로 다시 돌아온 것이다. 브랜은 때론 흔들리기도 했지만 건강했으며 사랑을 할 줄도, 받을 줄도 아는 존재가 되어 있었다.

팬들 사이를 누비고 사랑을 만끽하며 환하게 웃는 브랜을 보았다. 아직 갈 길이 멀었고 중대한 결정과 변화가 필요한 시점임을 알고 있었다. 하나씩 해결하다 보니 제대로 된 길로 가고 있다는 확신이 들기 시작했다.

링 리그 게이트,
새로운 보금자리

불과 몇 년 만에 호스피스 규모는 훨씬 커졌다. 그새 닭 아가씨 셋은 다른 친구들을 맞이했다. 임시 거처에 머물고 있었지만 돼지들도 여전했고 김리도 함께였다. 어느덧 양도 한 마리에서 일곱 마리까지 늘었다. 그 덕에 외부 공간은 늘 북적였다. 브랜, B, 리와 함께 지내느라 집 안도 비좁았다.

변화가 필요한 시기였다. 동물들을 더 받지 않거나 돼지, 닭, 양과 지낼 새로운 공간을 찾거나, 둘 중 하나였다. 이사하고 싶었으나 모든 면에서 적합한 곳을 찾아야 한다는, 그리고 이 모든 동물을 이사한 곳으로 옮겨야 한다는 생각만으로도 지쳐 버리곤 했다.

앞서 여러 사이트를 전전하며 노하우가 생겼기에, 부동산 중개업자를 찾아보았다. 새집을 찾을 만한 사이트는 모두 들어갔다. 무일푼인 내 상황을 알고 부모님은 유산을 일찍 물려주겠다고 말씀하셨다. 살고 있는 집을 팔고 보태 주신 돈을 합치니 대략 25만 파운드의 예산이 생겼다. 예전에는 감히 바라지도 못할 액수였다.

하지만 먼 지역으로 이사하는 것까지 고려했는데도 이 가격대에는 마음에 드는 집을 구할 수 없었다. 우리가 원하는 곳은 대부분 예산을 훨씬 초과하거나 허허벌판이거나 아예 존재하지조차 않는 것 같았다.

양을 생각하면 좋은 목초지가, 돼지를 생각하면 단단하고 바위가 많은 장소가, 닭을 생각하면 널찍하면서도 동시에 사람이 거주할 수 있는 공간이 필요했다. 무엇보다 집과 분리된, 세계 최초 동물 호스피스 전용 건물을 짓고 싶었다.

브랜은 저만의 공간을 가져 본 적이 없었기에 녀석에게 꼭 그런 공간을 선물하고 싶었다. 내 꿈은 따뜻하고 아늑한 공간을 만들어 브랜, B 외에도 이후 찾아올 동물들이 편안히 여생을 보낼 수 있게 돕는 것이었다. 하지만 사정이 녹록지 않았다.

매일 별다른 성과는 없었다. 차로 3시간 거리 떨어진 캠프벨

타운의 집, 반도 끝자락에 위치했는데도 '서해안 선로까지 차로 5분'이라 설명한 농장도 가 보았다. 반도 끝자락에 위치 했지만 런던행 기차가 무척 가까이 지나가며 연기를 내뿜었다. 그만큼 절박해 여러 번 타협하고 양보해야만 했다. 그래서 시간제한을 두기로 했다. 만약 6개월 안에 마땅한 곳을 찾지 못한다면 마음에 들지 않더라도 어떤 집이든 받아들이기로.

5개월하고도 절반쯤 흘렀을 때 엄마의 친구들이 스코틀랜드 남서부에서 적합한 장소를 발견했다. 면적 4.5에이커의 오래된 농가였다. '링 리그 게이트'는 가격부터 우리가 찾던 모든 조건에 부합했다. 큰 기대는 없었다. 여러 번 실망하다 보니 냉소적으로 변해 있었다. 부모님이 나 대신 그곳을 방문하기로 했다.

"찾았어!"

수화기 너머에서 엄마가 소리쳤다.

"바로 이곳이야!"

엄마와 나는 집을 볼 때 선호하는 부분, 그렇지 않은 부분이 일치하는 편이었다. 집을 보는 취향이 비슷했기에 엄마를 믿고 싶었지만 직접 살펴보고 싶었다. 엄마와 주말에 링 리그 게이트에 한 번 더 가기로 했다.

눈 내리는 2월, 길을 헤매 예상보다 한참 늦게 도착했다. 직접 살펴보니 엄마의 말이 옳았다. 마치 내 집에 온 것 같았다. 오래된 집은 오랫동안 방치되어 있었다. 축축한 냄새, 낡고 오래된 보일러와 전기 제품, 페인트가 벗겨지고 무너져 내리는 벽. 부엌은 말할 것도 없었다. 동물들이 살 수 있을 만큼 다지려면 땅에도 공을 많이 들여야 할 것 같았다.

이곳에 온기를 불어 넣으려면 많은 노력이 필요할 테지만, 마침내 우리의 새로운 집을 찾았다. 2018년 4월 30일, 그날이 링 리그 게이트와의 첫 만남이었다. 새로운 삶을 여는 열쇠를 만난 것이다.

남서부 끝으로 내려가려니 준비할 것이 많았다. 우선 호스피스를 지을 돈을 모아야 했다. 유일한 방법은 아빠가 집을 담보로 대출을 받아 링 리그 게이트를 사는 것이었다. 계약을 마친 뒤 업체와 계약해 인부들이 울타리 작업을 하는 동안, 필요한 자금을 모으는 데 집중했다.

땅은 닭들이 머물 정도로 안전해야 했다. 이 부분을 염두에 두고 4.5에이커 전체에 '포식자 방지 울타리'를 두르기로 했다. 울타리 높이는 6피트˚였으며 땅에 묻을 2피트를 더 팠다. 여우와

●　　1야드의 3분의 1, 1인치의 열두 배로 약 30.48cm에 해당한다. (편집자주)

밍크˚가 땅을 파고 울타리 밑으로 침범하는 것을 막아야 했다. 여름 동안 닭들이 풀밭에서 편안히 잠들면 나도 걱정 없이 푹 잘 수 있을 듯했다. 울타리 제작비로만 2만 5천 파운드가 들었다. 울타리 제작 목적으로 기부해 달라는 설득은 쉽지 않았다. 중요 했지만 사람들을 매료할 만큼은 아니었다.

게다가 의뢰한 대로 건축을 시작하기 전, 호스피스 시설을 설치할 토대를 파내고 채우며 평평하게 다져야 했다. 수세대에 걸쳐 그 지역의 땅을 일궈 온 농부가 그 일을 맡겠다고 제안했다. 딕은 몇 시간 만에 굴착기를 가져와 공사에 착수했다.

이 시설이 지역 사회에 어떻게 받아들여질지 걱정되기도 했다. 다행히도 공동체 일원이 되고자 했던 꿈은 생각보다 빠르게 이루어졌다. 감사하게도 지역 주민들은 나와 동물들을 따뜻하게 환영해 주었다. 스튜어트와 농부 딕을 포함, 옆집에 사는 맨디와 샘이 친절을 베풀었다.

링 리그 게이트 공사가 진행되자 집 안은 혼란에 빠졌다. 부엌은 뜯겨 나가고 거실은 벽과 바닥 모습 그대로 헐벗었다. 거실에는 낡은 작업대가 있었는데, 그 위에 설치한 토스터, 주전자, 작은 오븐이 제때 식사를 제공하는 데 유용하게 쓰이고 있었다. 뜨

●   미국밍크. 족제빗과의 하나. 광택이 있는 갈색 또는 어두운 갈색이고 꼬리 끝은 거무스름하다. (편집자주)

거운 물도 나오지 않고 세탁기도 없었으며 욕실에서 설거지해야 했다.

캠핑카에서 지내는 동안 덥고 비좁고 냄새도 났지만 좋은 점도 있었다. 동물들과 대부분의 시간을 밖에서 함께 보내며 한층 가까워졌다. 그중 김리를 포함, 일곱 마리의 양들은 캠핑카 창문을 '마법의 창'으로 여겼다. 열려 있는 창문으로 리치 티 비스킷을 건네곤 했으니까. 이사 준비로 머리를 쥐어뜯고 있으면 양들이 창가에 나타나곤 했다. 아이들은 리치 티 비스킷에 중독된 눈과 뛰어난 코를 장착하고 창문으로 돌진했다.

"안녕, 김리."

음매에에에에에에에에!

"미안해. 비스킷이 없어."

음매에에에에에에에에에에에에에에!

"하지만 김리, 비스킷이 하나도 없는⋯⋯."

음매에에에에에에에에에에에에에에에에에!

"알겠어, 찾아볼게."

건축, 모금, 이사 준비는 계속됐다. 함께하는 동물들을 보살피고 구조하는 호스피스 운영도 정상적으로 돌아가고 있었다.

하루는 엘긴에서 공사 재료와 사료를 산 뒤, 수의사에게 브랜,

엘리사라는 양 한 마리, 리 주니어라는 암탉 한 마리를 서둘러 맡겼다. 검진이 끝나고 동물 병원 밖에서 엘리사를 차에 싣고 있는데 녀석이 불안한지 큰 소리로 울었다.

음매에에에!

엘리사를 붙잡고 트렁크 문을 닫자마자, 지나가던 커플이 가던 걸음을 멈추고 돌아보았다.

"방금 이 소리, 양이에요?"

남자는 이 신기한 털북숭이가 개일까 양일까 궁금해했다.

"양 맞아요. 이름은 엘리사고요."

웃으며 트렁크 문을 열어 주자 커플이 안을 들여다보았다. 엘리사도 낯선 이의 얼굴을 조사하듯 뜯어보기 시작했다. 뒷좌석에 앉아 있던 브랜은 왜 자기가 아닌 다른 동물한테만 주목하는지 의아한 것 같았다.

"뒷좌석은……?"

"이름은 브랜이고, 사람 나이로 146세 정도 되는 노견이에요."

꼬끼오! 이번엔 리 주니어가 소리쳤다.

"닭도 있어요?"

이쯤 되니 내가 이 남자를 신기하게 하는지, 혼란스럽게 하는지 분간이 안 되었다.

"이 차엔 싱크대 빼고 다 있네요, 하하."

그 말을 듣자마자 뒷문을 열어 보여 주었다. 공교롭게도 몇 시간 전 싱크대를 설치했다.

"헉, 농담이었는데요!"

그해 여름의 기억은 선명하지가 않다. 몹시 고생한지라 스스로를 보호하게 위해서 다시 그 경험을 하고 싶지 않은 것도 있겠지만, 고질병인 브레인포그˙ 증상 때문이기도 하다. 하지만 선명히 기억하는 시간들도 있다. 친구인 질과 짐의 도움을 받아 아빠의 트레일러에서 양털을 깎으며 땀을 흘리던 기억. 짐을 정리하다 발견한 웨딩드레스를 입어 보며 옛 생각에 잠긴 기억.

그러나 여름 내내 좌절하고 걱정하고 중압감에 시달렸다. 이러다 잘못되어 죽는 건 아닐까 싶은 순간도 있었다.

7월의 어느 날. 더위에 정신이 혼미해져 침대 위로 쓰러졌다. 근육은 끊임없이 솟구치는 고통으로 꽉 막혀 있었고 뼈 마디마디가 아팠다. 누군가 내 혈관을 열어 피와 에너지를 한 방울도 남기지 않고 빼내는 듯한 고통이 느껴졌다. 그렇게 꼼짝 않고 누워 있었다. 배에서 시작된 쥐어짜는 듯한 통증이 오른쪽 엉덩이 바로 위까지 퍼졌다. 얼마나 누워 있었는지도 모른 채 시간이 흘

˙ 머리에 안개가 낀 것처럼 멍한 느낌이 지속돼 생각과 표현을 분명하게 하지 못하는 상태를 일컫는다.

렀다. 그날 저녁 어떻게 아이들을 돌보았는지도 기억나지 않는다.

내 몸이 모든 일을 수행할 수 있을 상태인지 알 수 없었다. 완공하고 수십 마리의 동물을 돌보려면 아직 수만 파운드를 모아야 했다. 하지만 브레인포그 증상이 점점 심해져 더듬거리며 문장을 완성할 수 있었고, 관절과 뼈는 고통으로 거세게 물결치고 있었다. 걷기는커녕 간신히 일어설 수 있었으며 내장이 몸속에서 분해되는 느낌이 들었다.

병원에 간 며칠 동안의 기억도 흐릿하다. 병의 원인은 아마 과로와 스트레스였을 것이다. 아빠가 나를 대신해 모든 동물을 돌보는 동안 입원해 있었다. 병원에서는 염증이 한층 가라앉을 때까지 스테로이드를 주사했고, 이사가 끝나면 몇 주 안으로 덤프리스 로얄에서 심층 검사를 받으라고 권했다.

집으로 돌아가니 곧 쓰러질 것 같은 느낌은 한결 나아졌다. 동물들과 떨어진 상황이 너무나도 싫었는데 다시 집으로 돌아가니 무척 기뻤다. 입원한 일주일 내내 김리와 재회하는 장면을 상상해 왔다. 우리는 기쁨에 겨워 서로의 품에 안길 것이었다.

도착하자마자 나는 황홀해져 녀석을 향해 달려갔다.

"김리!"

목에 팔을 두르고 얼굴과 코, 눈과 귀 사이 부드러운 부분에 입을 맞췄다.

"보고 싶었어, 아가."

안도의 미소를 지으며 인사했지만 기대만큼 반겨 주지도 않고 냉담했다. 여느 때처럼 사랑스러운 모습이 아니었다.

"무슨 일 있었어? 아빠, 얘 왜 이래요?"

아빠는 김리가 평소보다 조용하게 변했다고 했다. 옆에 웅크리고 앉는데, 다리를 당기는 힘이 느껴졌다. 김리가 제 앞다리를 허벅지에 걸치고 나를 최대한 가까이 끌어당겼다.

"김리, 뭐하는 거야?"

균형을 잡으려고 애쓰며 웃었다. 그제야 녀석이 내게 무슨 말을 하고 있는지 와닿았다.

'대체 어디 갔다 온 거야? 여기 있었어야지! 바보 같으니라고.'

작은 생명은 없다

이사하기까지 6주밖에 남지 않아, 호스피스 건설 자금을 마저 모아야 했다. 래플 복권* 구매를 독려하는 편지를 무작위로 보냈다. 후원자 모집 운동, 페이스북을 통한 온라인 캠페인, 지역 신문을 통한 간청의 글 등 다양한 홍보 활동으로 7월 말까지 8만 파운드 이상을 모을 수 있었다. 믿을 수 없었다. 감사함, 안도감을 느끼면서도 긴장이 풀려 완전히 기진맥진했다.

울타리가 완성되자 닭장, 돼지 방목장 준비도 끝났다. 아직 호스피스 안은 텅 비어 있었다. 이 공간을 어떻게 활용할지 이미 머릿속으로는 계획이 끝났다. 브랜과 B, 그리고 곧 호스피스를 찾을 동물들이 편안하고 따뜻하고 안전하게 지낼 집. 그리고 환영받는 집. 차갑거나 의학적인 분위기를 풍기지 않는 집. 침실, 테라스, 거실, 부엌, 욕실 겸 화장실, 빈둥거릴 수 있는 여러 공간이 아늑하게 자리한 집.

하지만 시간이 촉박했다. 모금 운동으로 힘들게 모았지만 작업비는 빠듯했다. 우선 브랜과 B의 침실을 준비하는 것을 최우선으로 했다.

드디어 이사하는 날. 가장 두려워했던 날이기도 했다. 모든 동

●   특정 프로젝트 기관의 기금 모금을 위한 복권.

물을 이 나라의 반대편으로, 대략 482킬로미터*나 이동시켜야 한다는 스트레스가 나를 괴롭혔다. 그러던 중 온라인에서 만난 친구 앨런의 소식을 들었다. 큰 동물을 옮길 방법을 고안하다, 최근 트럭을 구입한 것이다. 트럭은 동물 보호소에서 가장 원하던 장비이기도 했다. 앨런이 적기에 트럭을 구매한 덕에, 나는 그 트럭의 첫 번째 이용객이 되었다.

이동 증명서를 포함, 모든 서류 준비를 마치자 앨런이 트럭을 몰고 왔다. 첫째 날에는 돼지를, 둘째 날에는 양, 닭, 칠면조, 개 등 다른 모든 동물들을 옮기기로 했다. 여름 내내 덥고 건조했던 날씨는 언제 그랬냐는 듯 온화했고 시원한 바람은 반가웠다. 긴 여정 동안 동물들이 어떻게 더위를 이겨 낼지 우려되었기에, 우리의 마음도 한층 가벼워졌다. 그러나 집중 호우가 시작되면서 선선했던 공기가 눅눅해졌고 흙바닥도 질펀하게 변했다. 트럭이 진흙에 빠져 움직이지 않았다.

트럭을 빼낼 트랙터 기사를 찾느라고 엄청나게 애먹었다. 트럭이 빠져나오는 데에도 한 시간이 걸렸다. 결국 계획보다 두어 시간 늦게 출발했다. 에밀리, 샬롯, 바너비, 브라이언, 칼, 앤디 등 돼지들이 새로운 보금자리로 출발했다.

● 원문에서는 300마일로 표기. (편집자주)

다음 날은 조금 더 순조로웠다. 두세 마리의 탈주범을 제외하고는 나머지 동물들이 얌전히 트럭에 올랐다. 닭과 칠면조를 실은 상자는 트럭에 단단히 고정했다. 양은 돼지보다 훨씬 더 협조적이었고, 다른 동물을 위협할 가능성도 현저히 낮다. 그래서 양을 트럭에 태우는 일은 돼지보다 한층 스트레스가 덜했다. 그럼에도 꼭 누군가는 말썽이기 마련. 트럭에 걸쳐 둔 경사로로 양을 유인하는데 헤이즐이 보이지 않았다. 이 먹보가 맨 앞줄에 없다면 분명히 뭔가 잘못된 것이다.

"잠깐만, 헤이즐 어디 있어요?"

당황해서 녀석을 찾았다. 헤이즐이 정원 한구석에 누워 쓸쓸해하고 있었다. 아이에게 곧장 달려갔다.

"왜 그래?"

고개를 떨군 녀석에게 비스킷 한 조각을 내밀었는데 꿈쩍도 안 했다. 가슴이 철렁 내려앉았다. 앨런에게 양해를 구하고 동물들을 맡긴 뒤, 헤이즐을 곧장 동물 병원으로 데려갔다.

동물 병원에서 애타게 기다리며 손톱을 깨물었다. 차분하려 했지만 걱정스러웠다. 무슨 일이라도 생기면 어떡하지? 녀석은 겨우 한 살이었다. 어려서 건강할 것이라 여겼던 건 자만이었다. 문이 열리고 수의사가 장갑을 벗으며 나왔다.

"헤이즐은 어때요?"

입가에 띤 미소가 보였다.

"얘 엄살꾸러기네요. 여우 주연상이라도 줘야겠는데요, 하하."

"아픈 데는 전혀 없나요?"

"무릎만 살짝 긁혔어요, 괜찮을 겁니다."

앨런과 함께 출발하기로 하고 마지막 짐을 캠핑카에 실었다. 브랜과 여우 주연상감 헤이즐을 데리고 남쪽으로 이동했다. 아빠는 B와 리, 둘을 데리고 마지막 짐 정리를 하겠다고 했다. 아침에 그 난리를 치느라 여러 아이들이 묻힌 숲속 묘지를 찾아갈 시간도, 매기의 무덤에 가서 인사할 시간도 없었다. 매기의 무덤은 생전 가장 좋아했던 정원 한구석에 자리 잡고 있었다.

이제 나는 매기와 함께한 추억의 장소를 떠난다. 매기가 살아 있었다면 링 리그 게이트 구석구석을 얼마나 즐겁게 탐험했을지 상상하니 가슴이 무너져 내렸다. 앨런이 트럭을 몰고 출발하기 시작하자, 심호흡하고 힘을 내 운전을 시작했다. 매기를 뒤로 두고 가는 이 순간이 너무나 아팠지만, 삶은 '가만히 멈춰 있을 수 없다'고 외치고 있었다.

매기는 항상 나와 함께할 것이다. 매기가 남겨 준 이 호스피스가 계속되도록 노력하겠다고 다짐했다.

날이 저물어 목적지에 도착했다. 여름비가 옆으로 세차게 내리고 있었다. 기분은 여전히 우울했고 며칠간의 걱정, 장시간 운전으로 완전히 지쳐 버렸다. 억수같이 내리는 빗속에서 엄마, 앨런 그리고 나는 횃불에 의지해 트럭에서 모든 동물을 내렸다. 진흙 속을 비틀거리며 양들을 구슬려 밭으로 들어가게 하는 동안, 엄마와 앨런은 닭을 실은 상자들을 헛간에 내려놓았다. 진흙 때문에 다리에 쥐가 나고 고통스러웠다. 허기가 지고 심한 경련이 일었다.

드디어 모든 동물이 제자리를 찾았고, 몹시 고생한 앨런도 집으로 향했다. 엄마와 나는 부엌에서 몸을 떨며 불 위에 주전자를 올렸다. 이제야 휴식을 취할 수 있다. 그런데…….

"어떡해, 이제야 생각났어!"

당혹감에 눈을 크게 뜬 채 엄마 쪽을 바라보았다.

"내일 아침 11시에 덤프리스에서 생방송 라디오 인터뷰가 있어요."

걱정과 달리 인터뷰는 잘 진행됐다. 며칠 뒤 조앤이라는 기자가 호스피스를 주제로 이야기 나누고 싶다며 연락해 왔다. 라디오 인터뷰를 들었고 흥미를 느껴 우리의 이야기를 전국 신문사에 알리고 싶다는 것이었다. 그다음 주, 김리와 나는 어느 산비탈에서 가디언*에 실릴 사진을 촬영하게 됐다.

닭, 칠면조, 돼지, 양은 새집에 잘 적응했다. 브랜은 새 침실을 아직 낯설어했고 끊임없이 짖었다. 동물들의 새 보금자리를 보고 싶어 하는 방문객들의 발걸음도 이어졌다. 처음 몇 주간 자원봉사자 몇 명이 머물기도 했다. 호스피스 운영에 고군분투하는 동안 그들은 큰 도움이 됐다.

그리고 9월 말, 가디언에 기사가 올라왔다. 몇 주간 끊임없이 연락이 왔고 무척 바빴다. 그때 자원봉사자 세라가 아니었다면 하루 종일 계속되는 전화, 이메일을 소화할 수는 없었을 것이었다. 영국의 대표 공영 방송 BBC, 영국의 최대 민영 방송 ITV를 비롯해 지역 신문사, 전국 신문사 곳곳에서 연락이 왔다. 심지어 중국, 그리스, 오하이오 등 해외로부터도 문의가 들어왔다. 어떻게 일이 진행되는지 파악되지 않아 당황스러웠다.

하지만 일들이 순탄히 진행되는 동안 내 몸은 점차 쇠약해졌다. 음식을 먹고 잠을 자고 변을 보는 모든 행위가 조절되지 않았고, 근육과 내장 여기저기에 경련이 일었다. 일하는 속도를 줄여야 한다는 것을 알고는 있었지만 시간이 없었다. 스케줄을 멈

●　영국의 정론지 중 구독자가 가장 많은 신문 중 하나로 대표적인 진보주의 성향 언론이다.

　작은 생명은 없다

출 수는 없었다.

10월 중순, 어느 흐린 날 아침. 동물들을 살펴보러 가는 길이었다. 진흙 위를 터벅터벅 걷는데 이전에는 전혀 느껴 보지 못한 심한 고통이 찾아왔다. 그 자리에서 몸을 구부린 채 고통에 신음했다.

PART 3

죽음의 위기를 거쳐

삶과 죽음의 경계

"좋아요, 다시 주사할게요."

간호사가 정맥을 찾으려고 주사기를 갖다 대며 말했다.

"아아아악! 제발 그만해요……."

또 다른 고통이 몸에 파문을 일으켰다. 신음과 함께 간호사의 손을 붙잡았다.

"이제 다 됐어요. 진통제만 주사하면 끝나요."

내 혈관들은 협조적이지 않았다. 피를 뽑거나 혈관에 무언가를 주입하기도 쉽지 않았다. 15년간 고통이라면 잘 알고 있다고 생각했는데, 이런 고통은 처음이었다. 몇 초마다 경련이 일었고 고통은 염증이 생긴 조직을 통해 고스란히 전달됐다.

경련의 강도는 점점 세져서, 갈수록 고통스럽게 느껴졌다. 경련이 내장을 움켜쥐고 비틀 때마다, 몸을 구부리고 이 고통을 멈춰 달라고 애원했다. 1분간 최고점에 도달했던 고통은 마치 누군가가 스위치를 끈 것처럼 갑자기 멈췄다. 긴장을 풀고 숨을 가쁘게 쉬었다. 그러고는 얼어붙은 채 다시 시작될 고통을 기다리고 있다 보면 경련이 재발했다.

영화 〈에이리언〉에서는 케인으로 분한 '존 허트'의 배를 에이리언이 뚫고 나오는 장면을 볼 수 있다. 시나리오 작가 댄 오배넌 역시 크론병을 앓고 있었다. 그는 직접 겪었던 크론병의 고통이 마치 외계인이 내장을 찢고 밖으로 나가려고 하는 느낌과 같아, 그런 장면을 연출할 수 있었다고 밝히기도 했다. 그가 말한 대로다.

"진통제 투여하겠습니다."

차가운 액체가 혈관을 타기 시작했다.

"고맙습니다……."

진통제를 맞고 나서야 비로소 안도했다. 그제야 고통을 없애주는 마법의 바늘을 가진, 간호사 니키를 꼭 안아 줄 수 있었다. 우리는 페이스북 친구이기도 했다.

그 후 몇 시간은 아무런 기억도 나지 않는다. 침대에서 눈을 뜨면 어두워져 있었고, 이곳이 어디인지 알아차리기까지 몇 초 걸렸다. 진통제의 효과는 점점 약해져, 또다시 통증이 밀려오기 시작했다. 통증이 오는 부위를 가볍게 눌렀다. 젠장, 몹시 아팠다. 잘은 모르지만 어느 부위가 막혔거나 파열된 것이라는 의심이 들었다. 어느 쪽이든 상황은 좋지 않았다.

침대에서 천천히 일어나 화장실로 걸어갔다. 가방에서 칫솔과 치약을 꺼내 양치질한 다음 다시 침대로 기어들었다. 새벽 3시를 막 지난 시간이었고, 다시 쉽게 잠들지 못할 것 같았다. 노트북을 켜 호스피스 페이지를 살펴보았다. 그리운 얼굴들이 보였다.

'다들 잘 지내고 있을까? 아마 모두들 저녁을 먹었을 텐데. 잠자리에는 잘 들었겠지?'

아빠가 호스피스에서 일하고 있지만 내가 그곳에 없다는 사실이 싫었다. 입원하기 전에 혹시나 하는 마음에 절뚝거리며 모두와 인사하고 왔다. B, 엘리사, 헤이즐, 김리, 힐러리, 칠면조 아가씨들, 돼지들, 브랜, 리⋯⋯. 노트북을 닫고 안경을 벗었다. 그래, 나는 가족을 다시 만나야 한다. 나아질 거라고 굳게 믿고 집에 가야만 한다. 다른 선택지는 없다.

부모님이 문병을 오셨다. 약봉지에는 진통제와 염증약이 가득했다. 언젠가부터 침대 옆에 약봉지가 놓여 있었다. 아빠는 걱정스러운 표정을 짓고, 엄마는 울면서 내 손을 잡고는 다 나으면 일주일간 브라이턴으로 놀러 가자고 속삭였다.

다행히 쓰러지기 며칠 전, 엘긴에 있는 병원에서 MRI를 찍어 뒀다. 많이 먹지 못하고 있었기에 저체중, 빈혈 상태였고 철분을 보충하려 수혈도 받았다. 당시 의사는 내게 수술을 받을 준비가 됐는지 물었다. 나도 모르는 새 수술 준비는 빠르게 진행됐다. 수술은 불가피해 보였다.

외과의가 찾아와 MRI 결과가 좋지 않다고 이야기했다. 앞서 심하게 손상된 장 일부, 즉 3년 전에 내 생명을 위협했던 조직의 경과가 좋지 않다는 설명이었다. 특히 신장, 요도, 복벽에 조직이 달라붙기 시작했다고 했다. 서둘러 제거해야 했다.

"수술은 반드시 받아야 합니다."

의사가 이어 말했다.

"하지만 신장, 복부와도 연관되어 있어 생각보다 훨씬 더 복잡하고 위험한 수술입니다."

젊은 의사는 환자의 입장을 생각해 주었다. 본능적으로 그를 믿어야겠다는 생각이 들었다. 비뇨기과 전문의를 비롯한 다른 의사에게도 내 상황을 설명하겠다고 했다. 즉 수술을 받는 동안 신장, 요도를 비롯해 다양한 장기를 살펴 줄 전문의가 필요한 것이었다.

"솔직히 제대로 수술하지 못할 가능성도 있습니다만, 최선을
다하겠습니다."

염증이 가라앉고 진통제 처방이 약해지자 덜 어지러웠다. 간
호사들은 유난히 친절했고 매 시간 누군가가 찾아와 필요한 것
이 있는지 물어봤다. 새로 지은 덤프리스 로얄 병원은 전부 1인
실이었다. 병실에 누워 퍼즐을 맞추고 음악을 듣고 책을 읽고 온
라인으로 사람들과 수다를 떠는 것 외에는 할 일이 없었다. 나를
기다리고 있을 동물들, 가족 말고는 아무것도 바랄 것이 없었다.

그날 밤, 간호사는 수술 도중 대변 주머니를 설치할 경우를 대
비해 병실에 찾아왔다. 가운을 들고 서니 형광펜으로 내 몸에 동
그라미 표시를 해 두었다. 이런 수술을 받는 환자 중 약 85%는
대변 주머니가 필요하다는 설명이 이어졌다. 대변 주머니를 평
생 달고 사는 데 불편함은 거의 없을 것이라고 했다. 사용하기
쉬우며 흔하다고도 했다.

응급실에 도착한 지 이틀 뒤, 목요일 정오였다. 외과의가 다시
찾아왔다. 내 수술을 어떻게 진행할지 회의했다는 설명이 이어
졌다.

"제 소견과 비뇨기과 전문의 의견을 토대로 한다면 수술할 수

있습니다. 길고 복잡하겠지만, 만약 동의하신다면 수술을 진행하고자 합니다."

약간 불안해 보였지만 의사를 믿었다.

"아셔야 할 점은 위험한 수술이 분명하다는 것, 그래서 수술 도중 사망할 가능성이 있다는 점입니다."

"네, 선생님."

더는 할 말이 없었다.

"수술은 오늘 또는 다음 주 월요일에 받을 수 있습니다. 원하신다면 오후에 잡힌 수술을 취소한 뒤 진행할 것이고, 생각할 시간이 필요하다면 다음 주 월요일까지 기다릴 수 있습니다."

의사가 마지막으로 덧붙였다.

"하지만 그 이상의 시간은 드릴 수 없습니다."

"네……."

"천천히 생각하세요. 받아들이기 힘들 것이라는 점, 이해합니다."

그가 창턱에 앉았다. 그 뒤로 갤러웨이 언덕이 멀리까지 뻗어 있었다.

"수술을 받지 않으면 다음 주에 죽게 될 수 있는 건가요?"

고개를 끄덕이는 의사를 보며 바로 대답했다.

"바로 수술 받을게요."

의사가 살짝 미소 지었다.

"좋아요. 한 시간 뒤 아래층에서 뵙겠습니다."

노트북 가방에서 삐져나온 일기장 모서리가 보였다. 할 일이 많았다. 언론 인터뷰를 진행하고 새집으로 이사하느라 바빴기에 기부 감사 메일, 메시지 답장, 파운즈 포 파운디즈 운영, 크리스마스 상품 구입 등 수많은 일들을 챙기지 못했다.

그새 여러 영화 제작진이 호스피스를 주제로 촬영한 단편 영화가 곧 상영될 예정이었다. 그 전에 웹 사이트를 업데이트해 두고 싶었다. 몇 분밖에 걸리지 않는 일이니 수술실에 들어가기 전 끝낼 수 있었다. 노트북에 손을 뻗는데 문득 헛웃음이 났다.

'내 인생이 한 시간 남았을지도 모르는데 일하겠다고?'

젠장. 노트북을 가방에 다시 넣고 엄마에게 전화를 걸었다. 부모님을 걱정시키는 게 싫어 모든 내용을 설명하지는 않았다. 우리는 항상 병마와 함께 마주했고, 두 분이 어떤 상황이든 내 결정을 지지하리라는 것을 알고 있었다. 이번 수술도 짧게 설명하고 끝냈다. 부모님은 이미 넘치게 걱정하고 계셨다.

"알렉스, 우리 내일 보자."

엄마가 훌쩍였다.

"기억해, 수술 끝나고 회복되면 브라이턴에 놀러 가기로 한

거! 가서 맛있는 것 실컷 먹자."

"당연하죠! 이제 준비하고 들어가 볼게요. 수술 끝나면 전화가 갈 거예요. 걱정하지 마세요, 내일 봬요!"

"사랑해, 내 딸."

엄마가 겨우 대답했다.

심호흡하고 침대 가장자리에 걸터앉았다. 창문 밖으로 건너편에 있는 언덕을 바라보며 집에 있는 모든 동물을 떠올렸다. 시계를 보니 12시 30분이었다. 지금쯤이면 호스피스 회진 후 밥을 주고 청소하며 즐겁게 하루를 보낼 시간이었다.

아빠에게 전화해 간단하게 설명했다. 닭들이 시끄럽게 울부짖는 소리가 들렸다. 브랜은 정원에서 쉬고 있고, 아빠와 B는 언덕 꼭대기까지 산책을 다녀왔다고 했다. 모두 행복해 보였고 잘 지내는 듯했다.

"김리는 어때요?"

"잘 지내긴 하는데 화가 잔뜩 났지 뭐냐. 또 너를 욕하는 중인 것 같아."

곧 수술실에 들어갈 텐데, 완전한 평온함을 느꼈다. 죽음과 싸워 봐야 소용없을 것 같았다. 모두를 다시 보고 싶었지만 만약 죽음이 찾아온대도 받아들일 생각이었다. 그동안 많은 아이들의 임종을 지켜봐 왔고, 세상을 떠날 때 서로 눈을 마주쳤다. 동물들은 너무나 침착하게 죽음을 받아들였다. 싸워 봤자 소용없다는 것을 알고 있는지도 몰랐다. 나 역시 할 수 있는 일은 아무것도 없었다. 두렵지도 않았다. 죽음이 얼마나 평화로울 수 있는지 보았기 때문에.

1시가 막 지나자 간호사가 찾아왔다. 커튼을 친 침대로 옮기며 행운을 빌어 주었다. 분주하게 수술을 준비하는 사람들 사이, 태풍의 눈 한가운데에 놓인 것 같았다. 수술실까지의 풍경은 빠르게 스쳐 갔다. 연두색, 짙은 녹색 수세미와 초록색 가운, 금속제 칼, 일회용 앞치마와 장갑. 모든 기구가 나를 위한 준비임을 알고 있었고, 동시에 수술할 기회를 얻게 된 것만으로도 운이 좋다고 생각했다. 얼른 나아 집으로 돌아가겠다고 다짐했다. 커튼이 열리고 간호사가 몇 가지를 질문하기 시작했다. 이름, 주소, 생년월일…….

"좋아요, 마취과 의사를 만나러 가죠."
그녀는 미소를 지으며 나를 안심시킨 뒤 다른 칸막이로 나를 데려갔다.
유쾌한 마취과 의사들과 논의한 후, 나는 통증을 줄여 주는 경막외 마취*로 결정했다. 몸서리칠 정도로 무서웠지만 선택의 여지는 없었다. 허리에 칼집을 낸 뒤 다시 스테이플러로 고정하는 과정이 얼마나 아픈지 이미 경험으로 알고 있었다. 의료진은 칸막이 커튼을 친 뒤 준비물을 챙기러 갔다.

경막외액을 주입하는 순간을 다시는 떠올리고 싶지 않다. 간호사는 나를 친절하게 수술대 위로 올려 주었다. 빛에 반사되어 모든 것이 반짝이자 마치 <스타 트렉>**촬영장에 온 듯했다. 내 주위로 마취과 전문의의 주사기가 보였지만, 외과의의 모습은 보이지 않았다.

"이제 준비됐습니다."

간호사가 몸을 숙여 상냥한 미소를 짓고는 얼굴에서 안경을 살며시 뺐다. 예고도 없이 공황의 물결이 밀려 왔다. 젠장, 젠장.

"괜찮겠지요?"

"그럼요, 알렉스."

간호사가 미소 지으며 내 손을 꼭 쥐었다.

"10부터 거꾸로 세는 거에요. 시작."

●　　무통 마취라고도 불리며 척수를 감싸는 경막 외강에 약물을 투여하여 통증을 완화시키는 방법.

●●　1960년대 미국 NBC에서 방영한 과학 시리즈. 거대 우주선 '엔터프라이즈'가 우주를 탐험하는 내용.

"10······. 9······. 엘리사, 헤이즐, 찰스, 조지아, 8······. 엄마, 아빠, 앵거스, 리, 7······. 애니, B, 김리, 6······. 매기······. 5······. 브랜······."

"으······."

"알렉스, 일어났군요. 수술은 잘 끝났어요, 가만히 계세요."

뭔가가 얼굴에 붙어 있어 손을 들어 올리려고 했다.

"잠시 쉬세요."

간호사가 부드럽게 내 손을 쥐었고, 피부를 통해 내 차가운 손가락에 온기가 스몄다.

"주무시면 괜찮은지 확인해 드릴게요."

이후 며칠간 수많은 튜브와 바늘이 내 몸에 들어오고 찔려지기를 반복했다. 메스꺼움을 멈추게 하려고 튜브를 목구멍에 넣었는데, 침을 삼킬 때마다 재갈을 물린 듯했다. 유일하게 먹을 수 있는 것은 물 몇 모금뿐이었다. 다행히 통증은 조절되고 있었다. 달리 할 수 있는 일이 없어 그저 누워 잠들며 하루를 견뎠다. 이 상황이 지나면 집에 갈 수 있다고 계속 되뇌었다.

대변 주머니를 차고 살아갈 가능성에도 대비하고 있었다. 불편함, 당혹감, 품위 상실을 동반해야 하더라도 하루에 30번씩 화장실로 달려가느니 몇 번씩 주머니를 비우는 편이 나을 것이라고 각오했다. 하지만 눈을 뜨니 대변 주머니는 없었다.

의사들은 개복한 뒤 썩은 조직을 꺼내고, 창자를 따라 막혀 있는 부위를 몇 군데 발견했다. 그래서 증상을 유발하는 흉터를 얇게 자른 뒤 뒤집어서 다시 꿰맸다. 창자 상태가 생각보다 괜찮은 듯했다. 활동성 질병의 징후는 없었으며 수년간 병들어 있던 조직은 건강하게 나아 분홍빛으로 생기를 되찾았다. 다행히 대변 주머니도 피할 수 있었다.

내 마음은 언제나 그랬듯이, 호스피스와 내가 해야 할 모든 일에 머물렀다. 수술을 받은 다음 날 새벽 2시부터 침대에 앉아 끙끙대며 호스피스 웹 사이트 문제를 해결했다. 그날 아침 단편 영화가 방영되기 직전 아슬아슬하게.

부모님은 시간이 날 때마다 병문안을 오셨고, 덕분에 호스피스 소식도 자세히 들을 수 있었다. 김리의 분노는 날이 갈수록 거세졌고 브랜도 나의 행방을 궁금해했다. 아빠가 브랜을 돌보고 있었지만 만족스럽지 않은 듯했다. 집에 돌아가면 화해할 동물들이 많았다.

그 주, 킬마닉에서 친구 카렌이 어머니와 함께 나를 보러 와주기도 했다. 카렌의 어머니, 베르다도 건강 문제로 최근 들어 휠체어를 타고 있다고 했다. 자세히 기억나지 않지만 두 사람과 웃음꽃을 피우며 오후 시간을 보냈다. 카렌 덕분에 나는 배가 당기도록 웃었다.

병원에 입원하기 몇 주 전, 나는 데일리 레코드에서 '위대한 스코틀랜드인 커뮤니티 챔피언 상' 후보에 올랐다는 전화를 받았다. 그 소식을 홈페이지에 공유해, 호스피스에 투표해 달라고 요청했다. 만약 상을 받는다면 호스피스 운영에도 큰 도움이 될 터였다. 하지만 스코틀랜드 지역 사회에 이바지하는 두 사람과 경쟁하고 있어, 결과를 예측할 수 없었다. 수술 받은 일자를 기준으로 9일이 지나면 시상식이 열리며, 본 행사는 글래스고에 있는 호텔에서 진행될 것이었다. 결과 발표일까지 기다리고 지켜보는 것 외에는 달리 방법이 없었다.

발표되기 며칠 전, 시상식을 주관하는 관계자로부터 전화가 왔다. 내가 병원 침대에서라도 시상식에 참석할 수 있도록 온라인으로 진행하기 위해 최선을 다한다는 소식이었다. 게다가 좋은 소식을 하나 더 전해 왔다.

"알렉스, 이러면 안 되지만……. 아무한테도 말하지 않겠다고 약속해 줘요. 개표 결과 알렉스가 수상하게 됐어요. 2018년 커뮤니티 챔피언은 알렉스예요."

"세상에! 정말이에요?"

기쁜 소식에 절로 미소가 지어졌다.

"그래요. 시상식에 직접 참여할 수도 있으니 미리 말씀드린 거예요. 지금부터라도 방법을 찾아보면 좋을 것 같아서요."

"갈게요! 어떻게 해서든!"

시상식에 가려면 의료진을 설득해야 했다. 담당의에게 빨리 퇴원할 수 있는 방법이 있는지 애원하고 설득했다. 한계에 다다를 만큼 열심히 물리 치료를 받았다. 매일 힘을 기르려고 노력한 결과 꽤 오랫동안 두 발로 서 있게 되었다.

튜브와 바늘도 모두 뺐다. 허리 부위는 스테이플러 심으로 고정되었고 진통제를 복용했으며 장이 차츰 회복되기 시작했다. 모든 상황을 고려했을 때, 꽤 잘 해내고 있었다. 이렇게 하나둘씩 집에 갈 준비를 마쳐 갔다.

새벽 3시, 화장실에서 토하고 울면서 도움을 요청하면 달려오는 사람들. 나를 구해 주고 아껴 주고 응원해 주는 사람들. 모두에게 어떻게 고마움을 표시해야 할지 알 수 없었다. 더는 바랄게 없었고 그저 생이 끝날 때까지 감사하며 살기로 했다.

시상식 전날, 아빠에게 기대어 비틀거리며 병원 현관문에서 나왔다. 선선한 공기 속으로 들어가 심호흡하고, 아빠 쪽으로 돌아서서 미소를 지었다. 난 살아 있었고, 가야 할 파티가 있었다!

"우리 딸, 아빠 좀 볼래?"

아빠가 나비넥타이를 만지며 계단을 내려오는 모습에 웃음이 터졌다. 턱시도 입은 모습은 처음 보았다. 오늘 아빠는 나의 파트너 겸 운전사, 약 조제사 겸 간병인이었다.

준비를 마친 뒤 엄마는 카울 넥*과 등이 깊게 파인 볼 드레스를 꺼냈다. 스무 살 때 입고 꺼낸 적이 없었지만, 지금도 아주 잘 어울렸다. 한 벌뿐인 고급 드레스였다. 부모님의 이웃이자 미용사인 클레어가 나를 꾸미러 와 주었다. 엄마는 드레스에 맞춰 발톱을 칠해 줬다. 토스트를 조금씩 먹다가 갑자기 배가 아프기도 했지만, 병원에서 나와 익숙한 곳으로 돌아오니 안심이 됐다.

머리를 손질하고 손발톱을 칠하고 화장한 뒤 10cm 굽의 스틸레토 힐을 신고 털 장식을 어깨에 둘렀다. 시상식에 늦게 도착하는 바람에 주최 측에서는 출입문으로 몰래 들어갈 수 있도록 배려해 주었다. 예정대로 '위대한 스코틀랜드인 커뮤니티 챔피언상' 수상자가 발표되기 직전 빈 좌석에 앉을 수 있었다. 곧이어 한 여성이 우리를 맞이하러 왔다.

"알렉스, 정말 자랑스럽겠어요."

미소를 띤 안내인이 우리를 천천히 이끌며 대리석 바닥을 가로질렀다.

"아버님, 알렉스는 이 상을 받을 자격이 충분해요. 수술 받고 회복하는 전 과정을 겪었으니 더욱 그렇죠."

●   여성용 스웨터에서, 여러 겹 늘어지듯 접히게 되어 있는 칼라.

아빠가 멈춰 섰다.

"알렉스, 상을 타게 됐다고? 이미 알고 있었어?"

기쁨과 배신감에 동시에 사로잡힌 목소리였다.

"담당자에게 아무한테도 말하지 않겠다고 약속했거든요."

웃으며 아빠와 팔짱을 끼고 무대에 올랐다. 분명히 환한 불빛을 본 기억, 연설한 기억은 있지만 도대체 내가 무슨 말을 했는지는 지금도 전혀 기억나지 않는다. 청중은 내가 큰 수술을 받았다는 말을 전해 들었다. 호스피스를 지지하는 이들이 나의 시도를 지켜보듯, 청중 역시 나의 연설을 지켜봐 주길 바라는 수밖에 없었다.

무대 뒤에서 상을 들고 사진 촬영을 마친 뒤 사람들과 악수하

며 이야기를 나눴다. 다들 굉장히 친절하게 대해 줬던 것이 기억난다. 마지막으로 사진 찍는데 배에서 꼬르륵 소리가 났다. 얼굴을 찡그리며 미소 지었다.

수상하게 되어 기뻤고 살아 숨 쉬는 것 같았다. 퇴원한 뒤 이렇게 멋진 드레스를 입고 있다는 사실도 감격스러웠다. 하지만 방귀를 잘 뀔 수만 있다면 그 대가로 상을 반납할 수도 있었다. 차 안으로 돌아온 뒤 편한 옷으로 갈아입었다. 아빠가 웃으면서 내 어깨에 털 장식을 감아 주셨다.

"네가 수상한다는 걸 미리 알고 있었다, 그 말이지?"

아빠는 못 말리겠다는 듯 고개를 절레절레 내둘렀다.

"집에 갈 준비는 됐니?"

낡은 벽지, 익숙한 집 냄새, 소리, 낡은 침실 모두가 그리웠다. 잠잘 준비도 되어 있었다.

배에서 꼬르륵 소리가 났다. 제대로 된 고형식을 먹은 지도 몇 주나 지났다. 이제는 무언가를 먹을 때였고, 먹고도 싶었다.

"집에 갈 준비는 진즉 마쳤죠. 그런데 아빠, 그 전에 우리 감자칩 좀 살까요?"

작은 생명은 없다

비밥^{B-Bop},
존엄과 독립심

{ 콜리와 독일 세퍼드 혼종 }

세면대 가장자리를 부여잡았다.

'빌어먹을……'

지난 며칠간 링 리그 게이트에 머물렀다. 아직 계단을 오를 수 없기에 가족, 친구 모두가 나와 동물들을 돌보기 위해 모였다. 나에게는 위층에만 머물라는 엄격한 지시가 떨어졌다. 이곳으로 돌아오기까지 힘든 과정을 겪었기에 이곳에 머무는 것만으로도 기뻤다.

면역력이 굉장히 낮아져 다치거나 감염될 가능성이 높았다. 밖에 나가서 동물들을 볼 수 없으니 화장실 창문으로라도 호스피스를 내다보았다. 하루에 몇 분간, 창턱에 기대어 동물들이 가을 햇빛 아래 어슬렁거리는 모습을 보았다. 산비탈에서 조용히 우적우적 풀을 뜯는 양떼, 매일 방영되는 닭 드라마, 건물 뒤편 바위투성이 밭에 올라서서 땅 파며 돌아다니는 돼지들. 브랜이 어디에 있는지는 내려다볼 필요도 없었다. 창문을 닫아도 침실까지 녀석의 목소리가 들려왔기 때문이었다.

반쯤 완공된 호스피스 건물을 바라보며 아직 해야 할 일이 얼마나 많이 남았는지 생각해 보았다. 몇 달 전까지만 해도 이 모든 것이 그저 꿈이었을 뿐인데, 실제로 공사되는 모습을 보니 정말 멋있었다. 그러나 아직 문제는 남아 있었다. 수돗물이 나오지 않는 데다가 전기를 공급하려면 연장 케이블을 사용해야 했다.

상상한 그대로는 아니었지만 브랜과 B, 두 녀석에게 따뜻하고 안전한 침실과, 산책할 수 있는 공간도 생겼다. 아직 완성되지는 않았지만, 완성되면 어떻게 녀석들이 공간을 즐길지 그 모습도 기대되었다.

다시 잠자리에 들 시간이 됐다. 통증이 찾아왔다. 이렇듯 침대에 누워 지루해하고 안절부절못하는 상황이 싫었다. 할 일이 너무 많았을 때는 잠자리에 드는 일이 간절했는데, 자라는 지시만 받고 보니 할 일이 너무 없어 눈물이 날 지경이었다.

나는 여전히 진통제를 복용하고 있었다. 처방전 없이도 살 수

작은 생명은 없다

있는 약들이었다. 이제 아프지않은 곳은 찾아볼 수 없었다. 꿰맨 자국 주변으로 상처가 아물면서 가렵고 아팠다. 낫는 동안에도 여전히 온몸에 경련이 일었다. 다시 꿰맨 창자 사이로 통증이 뿜어져 나왔다. 더 나아지고 싶었고 매일 조금씩 더 나아지려고 노력했다. 마치 깨진 유리가 지나가듯, 음식물이 흉터를 쓸고 지나갈 것을 알면서도 억지로 먹었다.

근육을 쓰지 않게 되면서 몸을 움직인다기보다 질질 끌려 다니는 느낌이 들었다. 그래서 매일 추가적인 물리 치료를 받고 일어나서 계속 움직이려고 노력했다. 화장실에서 이를 악물고 핵심 근육들이 서로 뭉치도록 노력하며 필라테스를 했다. 바람직한 회복 방법이 아니라는 것도, 원 상태로 회복되지 않을 것이라는 것을 알면서도 말이다. 진정제를 복용하는 것 외에 6주간 침대에서 내가 할 수 있는 일은 없었지만, 가만히 기다리고 싶지 않았다.

최대한 빠르게 침대에서 내려와 뒤뚱거리며 화장실에 가는 일로 대부분의 시간을 보냈다. 천천히 침대로 돌아와 통증을 참을 때 도움이 되는 자세를 취했다. 노트북을 열고 이메일을 확인하려는데 아빠에게 전화가 왔다. 브랜과 B가 저녁 식사할 시간이었다.

"알렉스, B가 쓰러졌어."

아빠의 목소리에서 당황스러움이 묻어 나왔다. 가슴이 철렁 내려앉으며 몸이 휘청거렸다.

"네? 제가 갈게요."

마음을 가다듬고 일어섰다. 고통도 느끼지 못한 채 아래층으로 내려가 뒷문으로 나섰다. 울타리를 붙잡고 몸을 지탱해 가며 비틀비틀 호스피스로 향했다.

어둠을 뚫고 B의 침실에서 새어 나오는 불빛 사이로, 아빠가 녀석의 옆구리에 손을 얹고 웅크린 모습이 보였다. 녀석이 숨을 헐떡이며 옆으로 누운 채, 겨우 의식을 한 가닥 붙잡고 있었다.

며칠 전, 내가 퇴원한 지 5일째 되던 날 B는 작은 유선 종양을 제거하는 수술을 받았다. 수의사는 B의 병력을 고려할 때 종양을 최대한 빨리 제거하는 것이 최선이라고 했다. 노견이었지만 심장과 폐가 튼튼했고 혈액 검사 결과에서도 간, 신장 등에서 걱정할 만한 요소는 발견되지 않았다. 그랬기에 종양 제거는 상당히 간단한 절차로 이루어졌다. B가 예전에 겪었던 수술과 비교했을 때에 비하면 말이다.

B가 침실에서 회복하고 있었지만 아빠는 녀석의 상태가 좋지 않다고 보았다. 마취 때문인지 녹초가 된 것 같았다. 아빠가 녀석을 문까지 데려오는데, 자세히 살펴본 B가 왠지 평소 같지 않

았다. 밝고 예리했던 B의 눈에 피로가 슬금슬금 스며들었다.

　몸속에서 통증이 느껴져, 움찔하며 물었다.

　"어떻게 된 거예요?"

　"모르겠어."

　아빠가 더듬거렸다. 얼굴은 창백했고 공포에 떨고 있었다.

　"들어오니 이 상태야. 저녁 먹으러 다녀왔는데……."

　"얼마나 오랫동안 이러고 있었을까요?"

　젠장, 하필이면 휴대폰 챙기는 걸 잊어버렸다.

　"몇 시간 전에 봤을 때는 조금 지쳐 보였지만 괜찮았어. 확실히 이렇지 않았거든."

　"동물 병원으로 데려가야겠어요, 아빠. 수의사에게 보여야 할 것 같아요."

　"윽……."

　내장의 모든 돌기들이 충격을 일으켜 신음을 내뱉었다.

　적어도 6주간 침대에서 일어나서도, 12주간 동물들과 함께해서도 안 됐다. 하지만 동물 병원으로 가는 차 뒷좌석에 앉아, 내 무릎에 B를 뉘여 놓았다. 방에서 머문 시간은 고작 6일이었다.

　어두운 시골길을 따라 나아가며 내 옷에 비친 B의 실루엣을 보았다. 빠르고 얕은 녀석의 숨소리가 느껴졌고 코와 귀도 열이 나서 뜨거웠다. 의식이 들락날락하는 듯 보였고 종종 숨죽여 신음을 냈다. 좀처럼 알 수 없는 녀석이었다. 냉담하면서도 독립적이고 쾌활해, 우리 중 유일하게 칠면조인 찰스 녀석에게 존경 받는 동물이기도 한 B. 공격적이지만 한 달에 한 번 정도는 내 손에 가볍게 키스를 해 주기도 했던 아이였다.

이럴 줄은 몰랐다. 무슨 일이 일어나고 있는지 이해되지는 않지만, 직감적으로 비밥을 다시 볼 수 없으리라는 사실을 인지하고 있었다. 비밥*이란 B를 부르던, 우스꽝스럽지만 애정 섞인 별명이었다. 나는 아이와 마지막으로 인사해야 했다.

아빠는 최대한 부드럽게 내 무릎에서 B를 들어 올려 동물 병원으로 들어갔다. 아빠를 뒤따라 수술실로 가는 계단을 올랐다. 상담실 구석 플라스틱 의자에 몸을 숙일 즈음, B는 진찰실에 누웠다. 수의사는 걱정스러운 표정으로 녀석의 심장 소리를 듣고 있었다.

"심장 소리가 점점 약해져요."

수의사는 청진기를 벗으며 설명을 이어 갔다.

"수액과 진통제, 감염에 대비해 항생제를 투여하겠습니다. 원

---

* B-Bop-A-Loo-Bop-A-Woppa-Bamma-Boom-B. 1955년 발매된 투티 프루티(Tutti Frutti)의 오프닝 가사. 리틀 리처드의 첫 주요 히트 음반이 됐다. 상상했던 드럼 패턴을 구두로 표현한 오프닝은 그 자체가 상징이 됐다.

인을 정확히 알 수는 없지만 최대한 빨리 체온을 낮춰야 합니다."

테이블 위에 누워 있는 비밥을 내려다보았다. 아이는 의식이 거의 없었고, 점점 상태는 나빠지고 있었다. 반쯤 일어서서 의자를 앞으로 끌었다. 녀석의 황갈색 앞발을 잡으려 손을 뻗었다.

"왜 이런 걸까요?"

이어 물었다.

"앞서 받았던 수술 때문인가요?"

아이에게는 힘든 수술이었는지도 모른다. 무슨 일이 일어나고 있는지 알아내고 싶었다.

"아니면 암인가요?"

"아직은 모릅니다. 감염일 수도, 암이 퍼졌을 수도 있는데 아침이면 정확히 알 수 있을 거예요."

B 곁을 떠나고 싶지 않았지만, 녀석은 병원에 있어야 한다.

"오늘 밤 여기서 링거로 진통제를 맞아야 해요. 통증 때문에 열이 날 수도 있어요."

"비밥……."

B의 앞발을 쥐었다.

"씩씩하게 있어. 우리 곧 보자, 알았지?"

이불을 펴고 몸을 뒤척였다. B가 옆에서 내 동작을 따라하더니 숨을 내쉬고 턱을 앞발에 괴었다. 책을 집어 들고 팔을 쭉 뻗어 등에 손을 얹었다.

하룻밤 사이에 심박과 호흡이 정상으로 돌아왔고, 아침이 되자 녀석이 깨어났다. 동물 병원에서는 B가 암이라고 했다. 림프계의 정상적인 흐름을 막아 녀석의 뒷다리 중 하나가 부푼 것이라는 설명이었다.

수의사는 내게 B를 집으로 데려가 편안하게 보살피라고 조언했다. 만약 48시간 안에 붓기가 빠지지 않는다면 낫지 못할 것이라고도 했다. 그 경우, B가 어떤 선택을 원할지 잘 알고 있었다.

나는 간신히 일어서서 이불 몇 개와 담요를 모아 거실 바닥에 침대를 만들었다. B는 이 공간을 좋아했다. 이 순간만큼은 나란히 누웠다. 우리 둘 다 연약하지만, 같은 마음으로 누워 있다.

"으음……."

그르렁.

신음을 내자 B가 몸을 구르며 더 큰 신음으로 대답했다. 그래, 우린 서로가 어떤 일을 겪고 있는지 정확히 이해하고 있었다.

B는 링 리그 게이트를 사랑했다. 우리는 함께 언덕을 올랐다가 침실에 차려진 아침 식사를 기대하며 함께 달려갔다. 시간은 많지 않았다. 길게 산책할 힘은 없었지만 우리는 며칠간 지역 해변가를 돌아다니며 모든 냄새를 맡았다.

예전에 살았던 곳은 다른 동물들이 그랬듯 B에게 스트레스를 줬다. 그래서 선택권이 주어지면 B는 항상 밖으로 나가 제가 좋아하는 일을 했다. 몇 번 무단 외출해 언덕과 숲을 차례로 지나 강으로 향했던 것이다. 하루는 녀석이 길을 헤매다 수탉 한 마리를 집으로 데려온 적도 있다.

자유롭지 못한 생활에 좌절감을 느끼던 녀석은 이제 두 눈을 반짝이며 링 리그 게이트, 그리고 그 주변 새롭고 신비로운 세계를 탐험하고 있었다.

"비밥, 기분 좋니?"

몸을 뒤척였다. 날이 저물었고 B는 가만히 누워 있었다. 어두웠던 탓에 녀석이 자고 있는지 알 수 없었다.

"비밥. 스크램블 에그 먹자, 얼른. 응?"

몸을 돌려 램프를 켜니 B는 까맣게 그을린 눈썹을 실룩거리고 있었다. 녀석은 항상 식욕이 왕성했고 지금도 달걀에 관심을 보이고 있었다.

"준비부터 해야 해. 먼저 거실로 나갈래?"

거실에 이불과 담요를 깔고 B가 자리 잡는 것을 도왔다. 이제 녀석 혼자서는 움직이기 힘들다는 것을 깨달았다. 다리의 붓기도 심해서 무척 아파 보였다. 생강 기름으로 다리를 마사지해 주면서 붓기가 조금이라도 가라앉기를 바랐지만 나아지기는커녕 점점 더 나빠지고 있었다.

내 몸 역시 수술의 충격으로 휘청거렸고 아직도 머릿속은 먼지가 가라앉은 것처럼 멍했다. 완전히 회복되기까지는 몇 달이 걸리겠지만, 점점 몸에 에너지가 차오르는 것이 느껴졌다. 하지만 B는 나와 다른 길로 가고 있었다. 넓적다리를 타고 엉덩이까지 점점 붓고 있었다. 독립적인 B는 간호를 받거나 누군가가 씻겨 주고 있다는 데 수치심과 당혹감을 느끼는 듯했다. 무언가를 해 주면 어쩔 줄 몰라 했다. 이렇듯 B가 매일매일 약해지는 모습이 보였다.

하지만 암이라는 증상에도, 아이는 예상한 것보다 더 길게 버텨 주었다. 2년 6개월간 말이다. B는 죽어 가고 있었고 회생하기 어려웠다. 그러나 살고 싶어 했다. 동시에 존엄성과 독립심을 잃고 싶어 하지도 않았다.

B를 집으로 데려온 지 48시간이 다 되어 갔다. 심호흡한 다음,

휴대폰을 들고 동물 병원에 전화했다. 편안하게 마음먹으려고 노력했다. 겨우 몇 시간 남았다. B는 나만큼이나 지금의 상황이 지친다는 듯 나를 지켜보고 있었다. B의 등에 손을 얹었다.

"네 마음 다 알아."

녀석에게 미소 지었다. B는 눈을 들어 나를 잠시 바라보다가 다시 시선을 바닥으로 떨구었다.

몸을 숙여 녀석의 머리에 입을 맞췄다.

"그곳에서는 아프지 마, 비밥."

브랜^{Bran}, 약속의 시간

"그래, 거기서 기다려. 뛰어내리지 말고!"

트렁크가 끽끽거리는 소리를 내며 천천히 열리고, 나는 하키 골대를 방어하듯 팔을 활짝 벌리고 있었다. 브랜은 또 막무가내로 차에서 뛰어내렸다. 내가 조금만 더 날쌨다면 공중에서 잡아챌 수 있었을 텐데.

"브랜 플레밍! 잠깐 기다려. 나 코트 가져올 때까지만."

그날은 밸런타인데이였다. 눅눅하고 추운 날이었지만 브랜과 해변가에서 밸런타인데이 데이트를 하기로 했다. 커쿠부리라는 도시에 도착해 작은 슈퍼마켓 밖에 주차하고 아이스크림과 꽃

다발을 샀다. 해변으로 향하기 전, 거리를 돌아다니며 산책을 즐길 수 있을 터였다.

"혹시…… 브랜?"

깜짝 놀라 주위를 둘러보니 쇼핑백을 든 여성이 차 안에서 우리를 지켜보고 있었다.

"갑자기 놀라셨죠? 저는 트레이시예요."

말을 더듬으며 트레이시가 제 소개를 이어 갔다.

"당신 페이스북을 팔로우하고 있어요. 실제로 브랜을 만나다니 믿을 수가 없네요."

웃으며 브랜에게 말을 걸었다.

"우아, 브랜! 너 유명 인사구나."

"간식을 좀 줘도 되나요? 항상 가지고 다니거든요."

싱긋 웃으며 간식을 꺼내자 브랜이 냄새 맡기 시작했다. 잘 보이지도, 들리지도 않지만 코는 아직 건강하다. 녀석의 신경이 온통 호주머니에 쏠려 있었다.

"역시 좋아할 줄 알았어. 어머, 먹는 모습이 꼭 상어 같은데!"

브랜을 차 안에 잠시 남겨둔 채 해변 꼭대기에서 풀이 무성하게 자란 피크닉 장소를 발견했다. 바자회에서 산 예쁜 식탁보를 펼치고 모퉁이마다 고정할 돌을 이리저리 찾아다녔다. 여기는 우리가 가장 좋아하는 장소 중 하나로, '브랜 해변'이라고 부르는 곳이다. 만조 때는 바닷물이 높이 올라오지만 썰물 때는 모래사장이 등대 너머 섬까지 뻗어 있다. 오늘은 바닷물도 거의 보이지 않았다. 몹시 추워 해변으로 피크닉 갈 날씨는 아니었지만, 우리는 스코틀랜드 날씨에 익숙하고 밸런타인데이를 다시 함께 보내리란 보장이 없기에 강행했다. 먹을 것을 꺼내는 동안 브랜은 차츰 인내심을 잃기 시작했다.

월! 월! 얼른 먹을래! 월! 월!

"브랜, 조금만 기다려!"

녀석이 기다림에 진저리가 나는지 발밑을 서성거렸다.

"자, 이제 먹자."

브랜이 내 품으로 뛰어들었다.

"천천히 먹어!"

브랜은 제 나이가 사람으로 치면 약 146세라는 사실에 대해 위기감이 없다. 십 대 소년처럼 씩 웃으며 식탁보에 앉아 간식을 먹는다. 사진도 찍는다. 브랜을 응원하는 사람들에게 공유할 것이다. 나 한 입, 브랜 네 입……

"브랜, 이제 내 손가락까지 먹으려고?"

월! 월! 월! 더 먹자! 월!

하늘을 향해 짖는 녀석을 가까이 끌어당겨 안았다.

"같이 바다 좀 보자. 풍경이 아이스크림보다 훨씬 좋지 않아?"

"방 정리 시간!"

개어 놓은 빨래를 들고 브랜의 침실로 향했다. 항상 다리를 약간 떨었는데 지난 몇 주간 상태가 더욱 심각해졌다. 온몸의 뼈들이 삐걱대고 축 처진 뒷다리도 눈에 띄게 약해졌다. 물론 그런 상황에도 브랜의 의지는 조금도 꺾이지 않았지만 점점 녀석이 느려지고 있다는 데 의심의 여지는 없었다. 먼 곳으로 산책 가려 차에 올라타야 했던 적이 몇 번 있었는데, 얼마 전까지만 해도 브랜에게 차에 오르내리는 건 대수롭지 않은 일이었다.

브랜이 다치지 않도록 두꺼운 이불과 담요, 방수 보호대 더미를 깔아 바닥 전체를 커다란 침대로 만들었다. 어르신인 브랜은 방 전체가 푹신한 침대로 바뀌어 만족하는 눈치였다. 바닥 구석구석이 다 덮이도록 매일 밤 침대를 정돈해 준 뒤, 브랜이 좋아하는 모습을 하염없이 바라보곤 했다. 아침이 되면 밤새 곳곳에 널브러진 똥을 치워 줘야 했지만 말이다.

"오늘 정말 재미있었어, 그렇지? 소풍에 간식, 아이스크림까지. 정말 좋았겠다, 브랜."

침대에 자리 잡은 브랜 옆에 무릎을 꿇고 앉아 정수리에 입을 맞췄다.

"이제 잘 시간이야. 잠깐 쉬하러 나갔다 올까?"

브랜이 천천히 돌아다니며 긴장을 푸는 모습을 보았다. 녀석의 관절 움직임을 살피다 움찔하며 옆구리에 손을 얹기도 했다. 브랜은 혼자서 들판을 배회하는 것을 좋아했고, 나는 혹시나 하는 마음에 눈을 떼지 않았다. 녀석이 코를 킁킁거리며 냄새 맡을 때면 문에 기대어 하품하고 눈을 깜박였다.

브랜은 나이 들면서 점점 더 많은 시간과 보살핌이 필요했고 참을성도 없어졌다. 이해하지만 돌보는 일이 쉽지는 않았다. 녀석을 돌보는 것 외에도 일은 많았고 나는 완전히 지쳐 있었다.

"어서 자자."

브랜은 산책에 만족하며 호스피스로 돌아갔다. 몸은 느려졌어도 정신, 식욕은 그대로였다. 오늘의 마지막 간식을 맛볼 시간이 찾아왔다.

"오늘도 기분이 좋군요, 어르신?"

브랜이 잠들기 전 이리저리 돌아다니며 이불을 뒤집어 놓으면, 나는 그릇을 가지러 부엌으로 갔다. 가끔 자기 전 캐치볼하며 놀기도 했지만 그날 하루는 충분히 잘 놀았다고 생각했다. 게다가 굉장히 피곤했고 자고 싶었다.

월! 월! 간식! 월! 월!

"그래, 여기."

건조해진 콘택트렌즈 너머로 브랜을 바라보았다. 녀석의 신경은 온통 내가 들고 있는 달콤한 간식을 향해 있었다.

"그렇게 좋아?"

녀석이 얼굴을 들이밀고 간식을 찾아 헤매니 웃음이 절로 나왔다.

"어휴. 상어가 따로 없네. 진정해!"

빈 그릇을 치우자 브랜은 곧 침대 위에 몸을 뉘였다.

밤이 눈에 띄게 짧아지고 초록이 우거지기 시작할 때쯤, 우리 모두는 겨울에 진저리가 난 상태였다. 밖에서 해야 할 일도 많이 남아 있었다. 자금이 모이면 주차장, 오솔길을 만들고 진흙을 완전히 덮어 버릴 생각이었다. 상하수도 설비도 미처 정비되지 않아서 청소하려 물통을 채우는 일도 번거롭기 그지없었다. 브랜의 방만 해도 집에서 호스피스까지 5리터들이 물통을 두 번이나 날라야 했다.

"오늘 아침은 맛있는 스크램블 에그 어떠니, 브랜?"

브랜은 러그 위에서 나를 지켜보고 있었다. 두 눈이 더러워진 침실을 치우려고 움직일 때마다 따라다녔다. 호스피스에서 가장 중요한 사항은 동물이 호스피스를 항상 집처럼 편안하게 느껴야 한다는 것이었다.

내가 알기로 브랜은 아직까지 제대로 된 집을 가져 보지 못했다. 생의 대부분을 혼자 캔넬에서 보냈을 것이다. 그래서 처음 만난 날, 녀석에게 언젠가 저만의 집을 갖게 해 주겠다고 약속했다. 그 약속을 지키지 못할 것 같던 시기도 있었지만, 브랜이 새 가구가 비치된 집 한가운데에 앉았을 땐 모든 미안함, 스트레스가 사라지는 듯했다. 둥근 회색 러그 위에 주저앉아 우주의 주인이 된 것 같았을 브랜. 녀석은 평생을 기다려 만난 제 집을 사랑했다.

기운을 북돋울 것 같은 미풍에서 온기가 묻어 나오고 있었다. 우리는 겨울 내내 날이 따뜻해지면 함께 할 산책, 자동차 여행, 일광욕을 학수고대했다. 태양 아래서 브랜과 함께 보내는 시간이 좋았다.

"오늘 날씨 참 좋다! 차 안에서 낮잠 잘까? 어떻게 생각해?"

월! 월! 차! 드라이브! 월! 월! 월!

"그래, 너도 좋아할 줄 알았어."

따뜻하고 햇볕이 잘 드는 곳에 돗자리를 펴고 앉았다. 브랜의 옆에 무릎 꿇고 녀석의 얼굴을 만지며 목 아래, 코에 입을 맞췄다. 브랜은 눈을 감고 햇빛을 쬐며 관심을 즐겼다.

"기분 좋구나."

녀석이 행복한 미소를 지으며 돗자리 속에 거의 녹아들었다.

작은 생명은 없다

좋았는지 신음까지 내는 모습을 보며 웃음이 터졌다.

"브랜 할아버지. 어디서 술에 취한 츄바카˚ 소리가 들리는데……."

브랜과 저녁 늦게 집에 도착한 날이었다. 평소처럼 브랜이 차에서 내리기를 기다리는데 뭔가 느낌이 이상했다. 녀석이 옆으로 비틀거리며 왼쪽으로 넘어지려 했다.

"왜 그래?"

●   스타워즈 시리즈의 등장인물이다. 우키족으로 키가 크고 털로 뒤덮여 있다.

공포가 엄습했다. 재빨리 녀석을 들어 올려 땅바닥에 내려놓았다. 술 취한 듯 비틀거리고 있었다. 젠장, 젠장, 젠장. 일요일, 그것도 늦은 시간이라 수의사를 방해하고 싶지 않았지만 도저히 기다릴 수 없었다. 주머니에서 휴대폰을 꺼내는데 가슴이 두방망이질했다.

"괜찮아, 괜찮을 거야."

지금 내뱉는 말이 사실이 아닐지도 모른다고 생각하니 눈앞이 핑글핑글 돌았다. 안정을 찾느라 브랜이 내 품으로 머리를 파묻었다. 녀석을 팔로 감싸니 두려워하는 마음이 느껴졌다.

수의사 지젤은 언덕 바로 위 농장에서 살고 있었기에 몇 분 뒤 도착했다. 잠시 횃불을 비춰 가며 브랜이 여기저기 다니는 모습을 지켜보았다. 고개를 숙이고 왼쪽으로 비틀거리는 모습을 보더니 지젤이 입을 뗐다. 내게 무슨 말을 하려는 걸까. 두려웠다. 제발, 제발, 아직은 아니기를…….

"가벼운 뇌졸중을 앓고 있는 것 같아요."

지젤이 청진기를 빼며 일어섰다.

"브랜은 괜찮은 거예요?"

브랜 옆에 쭈그리고 앉아 물어보았다.

"네, 보기보다는 상태가 좋아요. 이런 증상은 노견에게 흔히 나타나는 증상이에요. 장기간 복용하면 도움이 되는 약이 있어요. 지금은 푹 자는 것이 좋겠어요. 아침에 다시 진찰할게요."

지젤이 약을 처방하고 주사를 몇 대 놓아 주었다. 브랜을 안아 차에 뉘였다. 달리는 기차 옆, 선로에 굴러 죽음의 위기를 벗어난 기분으로 안도의 한숨을 내쉬었다. 지젤에게 고맙다고 인사했다.

우리는 차에 나란히 앉아 방금 일어난 일을 받아들였다. 가벼운 산들바람이 불자 나뭇가지에 달라붙은 마른 잎이 흔들렸다. 저 멀리 황갈색 올빼미 두 마리가 대화를 나누고 있었다. 깊은 곳에서부터 감정이 북받쳐 흐느꼈다.

"이리 와, 브랜."

녀석의 목에 팔을 감았다. 브랜은 피곤한지 나에게 기대 있었다. 약이 듣고 있는지 브랜의 상태가 좋지 않았다. 약이 녀석을 지치게 해, 앉은 채로 잠들고 있었다. 충격이 가시자 눈물이 고였다. 짧은 순간, 브랜을 아주 잃어버리는 줄 알았다. 준비되지는 않았지만 그동안 용기 내지 못했던 일을 시작해야겠다는 생각이 들었다.

"브랜."

희미한 불빛에 비친 녀석의 얼굴을 바라보았다.

"약속할게. 네가 때가 됐다고 하면 따를게."

늙어버린 잿빛 얼굴에 손을 대며, 녀석의 차갑고 벨벳 같은 입술에 입을 맞췄다. 다시 슬픔이 북받쳤다.

"대신 꼭 말해 주기야. 알겠지?"

브랜이 없는 삶을 마주하고 싶지도, 생각하고 싶지도 않았다. 하지만 방금 전의 일은 나를 뼛속까지 흔들어 놓았고, 내가 얼마나 마음의 준비가 되어 있지 않은지도 깨닫게 됐다. 녀석은 이제 곧 스무 살이고 노쇠의 물결을 막을 수는 없다. 원하든, 원하지 않든 피할 수 없는 순간은 찾아올 것이었다. 생각만 해도 가슴이 찢어졌다. 하지만 준비해야 했고 브랜을 위해 결정할 힘을 갖춰야 했다. 당황하고 두려워만 하느라 아이의 끝을 피해 버리기는 싫었다. 피할 수도 받아들일 수도 없는 고뇌 속에서 나는 단단히 약속했다.

봄이 지나고 브랜과 내가 만난 지 3년이 되었다. 녀석의 의지와 삶에 대한 사랑은 놀라웠다.

"3년 동안 우리 잘 지냈다, 그렇지?"

녀석은 크고 어설픈 발로 지탱하며 고개를 들었다.

"파티하자, 어때?"

축하가 필요했다. 브랜을 응원하고 좋아하는 친구들이 온라인에 많았지만 대부분 만난 적이 없었다. 브랜의 페이스북 페이지에 매일 브랜의 이야기를 올리고 이야기를 나누지만, 정작 브

작은 생명은 없다

랜은 응원하는 사람들이 존재하는지도 몰랐다. 얼마나 많은 사람들이 녀석을 사랑하는지 녀석에게 충분히, 자주 말해 줬지만 직접 느끼는 것과는 같지 않다. 몸도 점점 약해지고 있었기에 축하하기로 마음먹었다면 더 늦어지면 안 되었다.

파티 날짜는 2017년, 브랜이 호스피스에 도착한 날과 가장 가까운 주말로 골랐다. 계획하는 데 몇 분이 채 걸리지 않았다. 2019년 6월 2일 일요일은 '브랜의 날'이 될 예정이었다.

곧바로 페이스북에 초대장을 올렸다. 2주밖에 남지 않았지만 가능한 한 많은 사람들이 올 수 있기를 바랐다. 많은 팬들이 거리는 멀어도 파티에 참석하겠다는 의사를 밝혔다. 그 후로 며칠간 소포와 메시지가 전 세계에서 쇄도하기 시작했다. 브랜을 부르는 많은 별명°으로 부친, 이 애정 어린 선물들에 웃음이 났고 내 마음도 부풀었다.

호스피스의 오랜 후원자 니콜라는 브랜의 팬들에게 선물할 브랜의 날 티셔츠를 디자인해 주겠다고 했다. 또 다른 후원자는 브랜에게 케이크를 만들어 주겠다고 제안해 왔다. 땅콩버터 맛 케이크는 뼈 모양에 크고 굵은 글씨로 장식되어 있었다.

° 페랄 조비 트렘플러(Feral Jobby Trampler), 시터 맥티터(Shitter McDitter), 슈글리 맥두글리(Shoogly McDoogly), 브랜 더 맨(Bran the Man), 슈퍼브랜(SuperBran), 브래니건 세네니건(Brannigan Shenanigan).

호스피스에는 아직 남은 일이 많았다. 세 개의 침실은 반쯤 완성되어 페인트를 칠하고 장식을 달아야 했으며, 남은 침실에는 타일을 깔아야 했다.

화장실과 부엌도 완공되지 않았다. 다행히 방이 습했지만 날씨가 따뜻해 진흙이 잘 말랐다. 파티하기에도 충분히 따뜻하고 건조한 날씨였다. 스무 명 남짓한 사람들이 함께 어울리고 즐기기에는 충분했다. 사람들이 기부한 케이크와 간식을 즐길 공간, 바비큐 파티를 열 공간도 마련했다.

안개가 자욱한 일요일 아침, 사진작가 토비가 도와주러 왔다. 밖에서 닭, 칠면조, 양, 돼지들을 촬영하는 동안 나는 두 명의 자원봉사자와 호스피스 앞 잔디밭에 서둘러 표지판을 만들었다. 흥분되고 떨리는 마음으로 아침을 조금씩 먹고, 손님들이 도착하기 전에 오전 회진을 하러 나갔다.

"좋은 아침이야, 브랜!"

브랜의 침실 문을 열자 녀석이 멍한 눈으로 쳐다보았다. 막 깨어난 얼굴에 여전히 잠이 묻어 있고, 윗입술은 이빨 위로 말려 있었다.

"일어나야 돼. 오늘은 중요한 날이거든!"

브랜은 형형색색의 장난감 자동차 무늬 이불 커버 위에 누워 있었다. 녀석에게 근사한 옷을 입히고 나비넥타이를 매 주었다.

이 모든 것은 전 세계 팬들이 준 선물이다. 잠시 멈춰 서서 녀석을 바라보았다.

나이든 몸이 닳고 병들기 시작하자 녀석은 길거리에 버려졌다. 누군가 자신을 보살펴 주기를 얼마나 바랐을까? 어떻게 그렇듯 고통 받았으면서도, 사랑받지 못한 마음과 외로운 영혼으로 그 세월을 계속 버텨 왔을까?

파티가 본격적으로 시작되기 몇 분 전. 녀석의 머리에 입을 맞추고 꽉 끌어안았다. 소매로 눈물을 훔쳤다.

"다들 널 보러 여기로 오고 있어."

파티 시간이 가까워지자 하늘이 맑아졌고 이윽고 손님들이 속속 도착했다. 부모님은 최근 입양한 개, 킬로를 데려왔는데 쾌활한 불독 청년으로 다리에 수술 불가능한 거대한 종양을 가지고 있었다. 부모님은 다른 손님들과 함께 이야기를 나누며 잔디밭에서 케이크와 간식 뷔페를 즐기고 있었다.

그러는 동안 브랜과 나는 흥분을 억누르려고 애썼다. 차에 앉아서 오늘의 주인공이 멋지게 등장할 수 있도록 아빠의 에스코트를 기다렸다.

"정말 많은 분들이 왔어요, 아빠. 이 사람들이 전부 브랜을 보러 왔다니……."

"이렇게까지 와 주실 줄 몰랐어. 우리 딸, 지금 흘리는 건 행복한 눈물인 거지?"

아빠가 꼭 안아 주셨다.

"그럼요."

나는 코를 훌쩍거렸다.

"그냥……. 브랜은 정말 특별한 존재예요."

"오늘은 행복한 날이잖니."

호주머니에 있던 휴지를 건네며 아빠가 말을 이었다.

"많은 사람이 브랜을 사랑하고, 녀석도 그 사실을 알고 있어."

흥분해서 숨을 헐떡이면서도 입이 귀까지 걸려 환하게 웃는 브랜을 내려다보았다. 아빠의 말이 옳았다. 오늘 녀석은 세상의 왕이 된 것처럼 느낄 터였다. 몸은 약했지만 녀석의 결심은 대단했다. 브랜을 품에 안고 호스피스에서 기다리고 있을 손님들에게 향했다.

아빠와 함께 문을 열었을 때 나와 브랜의 눈이 마주쳤다. 녀석도 내가 흘리는 기쁨의 눈물을 보았다. 브랜이 웃으면서 고개를 저었다.

"이리 와, 귀염둥이."

창유리로 호스피스에서 우리를 기다리는 간절한 얼굴들이 빼곡히 들어찬 것을 볼 수 있었다. 브랜도 초조해 내 품에서 안절

부절못했다.

"자, 들어가자……."

긴장되고 흥분되었지만, 마음을 다잡고 아빠가 열어 준 문으로 들어섰다.

"생일 축하합니다! 생일 축하합니다! 사랑하는 브랜, 생일 축하합니다!"

호스피스는 박수와 웃음으로 가득 찼다. 브랜은 내 품에 안겨 사람들과 나를 번갈아 바라보았다. 녀석은 사랑을 만끽하고 있었다. 혹여나 부담될까 걱정했지만 기우에 불과했다.

브랜을 바닥에 눕히자 녀석은 잠시 동안 이불 위에 꼼짝도 하지 않고 천천히 이 사람 저 사람을 살펴보았다. 브랜을 위해 모두 그곳에 있었다.

월! 월! 월!

"오, 브랜. 기쁘구나?"

브랜 옆에 무릎을 꿇고 안도감에 젖어 꼭 끌어안았다.

"자, 모두에게 인사해 볼까?"

팬들에게 다가가게 하자, 녀석은 말이 떨어지기 무섭게 한 사람씩 다가가서 핥아 주며 감사의 인사를 전했다.

"브랜 표정 좀 봐요. 정말 행복한가 봐요."

파란만장했던 지난 해, 트럭으로 이사를 도왔던 앨런은 몹시 감격한 것 같았다.

"선물이에요."

앨런이 커다란 직사각형 꾸러미를 내게 건넸다. 직접 그린 브랜의 그림이었다.

"정말 좋아요! 앨런, 고맙습니다."

앨런을 꼭 껴안았고 누가 먼저라고 할 것 없이 눈물이 흘렀다. 녀석의 선물이 놓인 테이블 앞, 빨간 담요 위에 브랜을 앉혔다.

"다 네게 주는 선물이야!"

브랜은 나이 지긋한 두 눈을 반짝이며 나를 보고 씩 웃었다.

우리는 선물을 몇 개 열었다. 모두가 기뻐하며 그 모습을 지켜봤다. 포장지를 찢을 때마다 브랜은 한 소포에서 다른 소포로 코를 들이밀며 이 상황이 믿기지 않는다는 듯 지켜보았다. 누군가 자신을 알아채기를 오랫동안 기다렸던 노견 브랜. 이 순간만큼은 그 누구보다 관심을 즐기고 있었다. 그러나 피곤해 보였다.

"피곤하니? 그래, 이 정도면 충분한 것 같아. 얼른 쉬자."

파티가 끝난 뒤 온라인으로 사진을 공유했다. 뉴질랜드의 레오니, 남아프리카의 주디, 미국의 헨드리카, 루이스, 팸, 애너벨,

네덜란드의 보, 그 외에도 많은 사람이 보낸 메시지들을 봤다.

브랜을 향한 사랑은 전 세계에 흩어진 사람들을 한데 모이게 했다. '브랜의 날'은 브랜을 향한 사랑의 표현으로 온라인에 퍼지며 현실 세계에서 되살아났다. 오랫동안 녀석은 사랑받기를 기다렸고, 이제 자신이 사랑받고 있다는 것을 확실히 깨닫게 되었다.

고요한 여름 저녁, 브랜의 어깨에 담요를 둘러 주었다.

"네 옆에 누워 자고 싶다."

하품하면서 브랜의 머리에 입을 맞추고 어깨를 주물렀다. 녀석은 완전히 녹초가 되어 금방이라도 깊은 잠에 빠질 것 같았다.

"넌 세상에서 가장 사랑받는 할아버지일 거야, 브랜 플레밍. 잘 자."

녀석에게 다시 입을 맞춘 뒤 불을 껐다. 뿌듯한 마음을 안고 집으로 돌아왔다.

월! 월! 월! 월!

"그래, 브랜. 가고 있어."

회진이 거의 끝나갈 즈음, 차에서 낮잠 자던 브랜이 일어났다. 내가 어디에 있는지 궁금한 듯했다. 지난 몇 주간 녀석은 더욱 의존적으로 변했고 단 1초도 혼자 있고 싶어 하지 않았다.

브랜의 뒷다리도 날이 갈수록 약해지고 있었다. 약 기운이 브랜을 버티게 했지만 녀석이 도움의 손길을 요청하는 빈도수는 높아져만 갔다.

한 번만 더 여름을 함께 보냈으면 했던 바람은 이루어졌다. 우리는 풀밭에 돗자리를 깔고 태양의 열기를 아픈 몸 사이사이에 받아들이며 시간을 보냈다. 브랜은 태양을 사랑했다. 우리는 나란히 서서 웃고, 함께 있는 것 외에는 아무것도 하지 않은 채 몇 시간을 보냈다.

다만 충분히 자지 못하는 데다 호스피스 일과 브랜의 요구가 넘칠 때면 내 인내심도 때로는 한계에 다다랐다.

월! 월! 월! 월!

걱정과 좌절에 휩싸였다. 차를 마시며 앉아 있다 완전히 지쳐 버린 나는 곧장 브랜의 방으로 달려갔다.

"자꾸 왜 짖어? 왜 그러냐고! 해줄 수 있는 건 아무것도 없으니까 제발 그만 좀 해!"

소리치자마자 죄책감이 나를 뭉개 버렸다. 나를 올려다보는, 혼란스러운 브랜의 눈동자가 내 심장과 영혼에 영원히 달라붙어 버렸다. 녀석이 의지할 수 있는 유일한 보호자는 나였다. 그런 아이를 내가 놀라게 했다. 완전히 지쳤다는 말은 변명이 될 수 없다. 녀석 옆에 엎드려 흐느꼈다. 브랜을 안심시키고 사과했다. 다시는 화내지 않겠다고 약속도 했다. 내 눈물이 녀석의 털 위로 떨어졌고 브랜이 내 코에 입을 맞췄다.

괜찮아, 월! 괜찮아.

브랜은 걷기 힘들어하면서도 여전히 산책하고 싶어 했다. 그래서 여름 동안 길게 드라이브하기로 했다. 앞자리에 이불을 깔고 안전벨트를 매 주었다. 기쁨에 잠긴 우리는 시골길을 따라 음악을 크게 틀고 창문을 내린 채 운전했다. 브랜은 근래에 보던 중 가장 행복한 미소를 지었다.

"넌 내 마음속의 노래야! 넌 내 머릿속의 노래야……."

형편없는 실력으로 목청껏 노래했다.

"바로 너야, 친구!"

브랜의 목을 간질이며 웃었다.

8월. 이제는 현실을 받아들여야 했다. 내 침실을 호스피스 바닥으로, 녀석의 침대 전체를 거실로 옮겼다. 그래야 옆에서 잘 수 있었다. 브랜은 여전히 달콤한 간식을 좋아했고 나는 스무 살이 넘은 개가 어떻게 술래잡기 게임을 이토록 혈기왕성하게 할 수 있는지 궁금했다. 녀석은 점점 음식에 까다로워졌다. 스크램블 에그와 캔에 든 간식으로 녀석을 유혹해야 했다. 이게 브랜이 먹는 유일한 음식이었다.

조만간 어떤 일이 일어날지 나도, 브랜도 알고 있었다. 녀석이 나에게 때가 되었다고 말할 날을 대비하고 있었다. 짙은 먹구름으로 매일 뒤덮여 있었다. 고통과 슬픔의 급류를 탄 듯했다.

"오늘 저녁 안 먹는다고? 그럼 사탕은 어때?"

음식을 권하는데도 브랜은 코를 훌쩍이며 발길을 돌렸다. 음식을 거절할 때마다 내 마음은 슬픔에 휩싸였다.

"사랑해, 브랜. 정말, 정말 사랑해……."

녀석의 털 위로 눈물을 쏟았다.

8월의 맑은 날이 끝나갈 무렵. 우리는 호스피스 바닥에 깔아둔, 두꺼운 이불 더미에 함께 누워 있었다. 브랜의 늙고 허약한 몸을 꼭 껴안았다. 몇 달 전 했던 약속을 떠올리자 두려워졌다. 녀석은 곧 내게 그 이야기를 할 것이다. 그건 세상에서 가장 듣고 싶지 않은 말이었지만 시간은 계속 문을 두드리고, 나는 숨을 곳이 없었다.

시침과 분침이 아침 7시를 막 지나고 있었다. 밝은 아침 햇살이 땅을 가르며 우리를 깨웠다. 진통제가 브랜의 고통을 억제하려 고군분투했지만 지난 밤 녀석은 몹시 힘들어했다. 밤새도록 서성거리고 헐떡거리는 녀석을 마주보았을 때 느낌이 왔다. 지친 녀석이 고개를 들었고 눈길이 마주쳤다.

월! 알렉스, 이제 때가 됐어.

고개를 떨어뜨리며 눈을 감았다. 힘을 내야 했다. 마음 깊은 곳에서 용솟음치는 슬픔을 느끼며 깊게 숨을 들이마셨다. 생사의 갈림길에서 길을 잃었다. 하지만 약속했다. 녀석은 나를 신뢰하고 있다. 브랜을 두 팔로 감싸 안으며 안심시켰다.

"괜찮아, 브랜. 괜찮아, 우린 괜찮아. 괜찮아……."

브랜의 머리에 입을 맞추고 녀석의 어깨를 이불로 감싸 주었다. 천천히 일어나 브랜의 아침 식사를 준비하러 부엌으로 갔다. 스크램블 에그라도 먹게 할 요량이었다. 녀석이 배고픈 채로 떠나는 것은 싫었다. 역시 스크램블 에그는 딱 좋은 메뉴였다. 열심히 먹어 치우고는 더 없냐는 눈빛을 보냈다.

"정말 너답다, 브랜 플레밍! 기다려. 좀 더 만들어 올게."

안도의 미소를 지으며 검은 털 사이로 손을 비볐다. 과격히 음식을 먹는 데 비하면 정말 잘생긴 외모를 유지하고 있었다.

수의사에게 전화하기 전, 오전 회진을 돌아야 했다. 선택의 여지는 없었다. 어떤 일이 일어나든 항상 해야 할 일이 있다. 생각에 잠긴 채 사료를 나누어 주고 물그릇을 채웠다. 햇빛은 내 얼굴을 따스하게 비췄지만 차가운 공포는 뼛속까지 스며들었다. 시간이 가고 있었다. 주머니에서 휴대폰을 꺼냈다. 8시 31분. 지금쯤이면 동물 병원도 열었을 것이다. 감당할 책임, 지켜야 할 약속이 있으니 지금은 겁낼 때가 아니다. 망설이지 않고 전화를 걸었다.

"안녕하세요, 수의사님. 알렉스입니다. 브랜을……."

목소리를 가다듬었다.

"떠나보낼 시간이 된 것 같아요……."

안락사를 몇 시간 남긴 상황이었지만, 마지막을 지난 몇 년만큼 행복하게 만들어 주고 싶었다. 우리의 마지막 시간이었다. 나는 브랜을 조심스럽게 차로 데려갔다.

"해변 데이트 어때? 우리가 제일 좋아하는 곳으로 가는 거야."

월! 월! 월! 월!

"아직 목청 좋네!"

브랜이 가장 좋아하는 간식을 몇 개 챙겨 운전석에 올랐다.

"좋아, 가자! 마지막으로!"

음악을 크게 틀었다. 우리의 특별한 장소로 가는 마지막 드라이브였다. 순수한 행복, 엄청난 슬픔에 눈물을 쏟으며 누구라도 들을 수 있을 만큼 큰 소리로 노래를 불렀다.

"넌 내 마음속의 노래야! 넌 내 머릿속의 노래야……."

2019년 8월 10일 토요일, 오전 10시 30분 경. 브랜은 영원히 잠들었다. 안도감이 찾아왔다. 브랜은 아름답게 생을 마감했고, 그 순간을 누구도 빼앗아갈 수는 없다. 걱정도 두려움도 고통도 없이, 배웅 받으며 떠났다는 사실은 영원히 변하지 않을 테니까. 녀석은 머리와 코에 입 맞추는 것, 내가 자신을 얼마나 사랑하는지 듣는 것 외에는 아무 것도 느끼지 못했으리라.

나는 브랜을 배웅하며 삶과 죽음 사이의 평화를 배우게 됐다. 녀석은 나에게 말했고 나는 귀를 기울였다. 미지의 상황에 직면하여 받게 된 마지막 선물이었다. 술병을 열어 진*을 유리잔에 조금 따랐다.

"너를 위해 건배할게, 브랜."

마음을 차분히 한 뒤, 옷을 입고 닭장을 정리하러 나갔다.

●   증류주의 한 종류. 알코올 도수는 대개 40도 이상이며 주로 칵테일을 제조하는 데 많이 쓰인다.

만족스러운 일상

브랜이 떠났다고 슬퍼할 수만은 없었다. 초침은 계속 돌고 삶은 계속되어야 했다. 나의 손길을 필요로 하는 다른 동물들이 있었다.

브랜이 우리를 떠나기 몇 주 전, 호스피스에 K가 왔다. 녀석은 보호자가 사망한 뒤 유기견 보호소로 옮겨졌고 입양 과정을 몇 번 거쳤으나 성사되지 않았다. 수의사는 뒷다리를 절뚝이는 K를 보고 암이라고 판단, 2주 정도 남았을 것이라고 했다. 보호소 생활은 녀석에게 큰 스트레스였다. 자원봉사자들은 K를 정말 좋아했기에 호스피스에서 한 마리를 더 보호할 수 있는지 문의했다. 그렇게 K는 호스피스에서 마지막 몇 주를 보내게 되었다.

며칠 뒤 K가 도착했다. 타고난 스태피의 활력은 끝을 모르고 올라갔다. 나는 녀석을 돌보는 내내 몇 분만이라도 진정하도록 안심시켜야 했다. 뭔가 앞뒤가 맞지 않았다. 말기 암을 앓고 있는데 이렇게 에너지를 발산하다니? 고통스러워 보이지도 않았고, 생의 마지막 단계에 있는 아이처럼 보이지도 않았다.

의사 소견이 필요해 동물 병원으로 K를 데려갔다. 엑스레이를 찍은 뒤 암에 걸리지 않았다는 사실을 알게 되었다. 그저 선천적인 결함으로 고관절이 변형되면서 한쪽 다리가 약간 짧은 것뿐이었다. 수의사는 짧은 다리가 반대쪽 다리보다 약하긴 하지만, 평소에 많이 걷거나 뛰지 않는다면 크게 신경 쓰지 않아도 된다는 의견을 보탰다.

몇 달이 지나고 서로를 사랑하고 믿게 되면서 K의 마음도 가라앉기 시작했고, 마침내 녀석이 놓치며 살고 있던 평화가 찾아오기 시작했다. 떠나보내지 않아도 되어서 기뻤지만 동시에 어려운 결정에 직면했다. 호스피스는 불치병을 앓고 있는 동물들을 위한 공간이다. 그런데 K는 불치병에 걸리지도, 전혀 아프지도 않았다.

다만 K는 브랜이 떠나고 절망하던 내 마음속에 다시 꽃을 피워 주었다. 끝없는 스태피 특유의 사랑으로 나를 채웠다. 녀석의 밝고 환한 미소, 부드럽고 만족스러운 눈이 내 영혼을 치유했다. 이 아이는 보호자가 필요했고 나도 친구가 필요했다. 그래서 K를 호스피스에 머무르게 해야겠다고 결정했다.

K는 내가 긴장하면 재미있어 했다.

"산책 시간이야. 겉옷 가져올 테니 그때까지 여기에 가만히 앉아 있어야 돼?"

겉옷과 목줄을 챙기자마자 녀석이 밖으로 뛰쳐나가 난리를 쳤다.

워어어어어어얼! 워어어어어어얼!

K는 모든 상황마다 소리를 냈는데, 그중 어느 것도 개가 내는 소리처럼은 안 들렸다. 겨우 옷을 입히고 목줄을 채운 뒤 문을 열었다. 산책은 쉬웠다. 가능한 한 빨리, 일직선으로 달리기만 하면 되었다. 가장 빠른 경로로 단숨에 목적지에 도착만 한다면 어디로 가는지는 녀석에게 중요하지 않았다. 세상에서 가장 강한 개라는 것을 증명하려던 녀석은 내 왼쪽 발목을 가격하기에 이르렀다. 결국 발목 인대가 늘어나 며칠간 절뚝거렸다.

산책이 끝나고 따뜻한 호스피스로 돌아오면 청소를 시작했다. K는 이번에는 뭘 가지고 놀지 고민하며 장난감을 뒤졌다.

"장난감 어딨어, K? 갖고 놀아!"

K가 나를 보고 씩 웃으며 가장 가까이 있던 장난감을 자랑스레 물었다. 청소를 마친 뒤, 재충전 삼아 십자말풀이를 하며 차를 한 잔 마시기로 했다. 소파에 주저앉았다.

"이리 온, K. 안아 줘."

흥분해 헐떡거리던 K가 옆으로 뛰어올랐고, 가까스로 찻잔이 엎어지는 상황은 막았다.

"K, 조심해야지! 배 만져 줄게."

배를 긁어 주자 녀석이 얼굴과 손을 핥았다. 배를 보인 채 누워서 뒷다리를 공중으로 걷어차기도 했다. 차를 다 마시고 부엌으로 가, 녀석에게 땅콩버터가 가득 채워진 콩을 건넸다.

"이제 잘 시간이야."

녀석이 침실로 가기 싫은지 올려다보았다.

"자, 맛있게 먹어."

녀석은 침대로 뛰어들어 장난감에 온 정신을 집중했다.

"내일 보자, 사랑해!"

K는 먹는 데 집중하느라 잘 자라며 입 맞추는 것도 알아채지 못했다.

몇 주가 지나고 K에게는 새로운 룸메이트가 생겼다. 호스피스에 오기 전 '빌리'라고 불리던 베긴스는 힘들게 살아남은 그레이트 데인이었다. 전 주인이 감옥에 가는 바람에 버려진 녀석은 주인의 여자 친구 집 뒤뜰에서 우연히 발견됐다. 굶주린 데다 대장균에 감염되어 죽어 가고 있었는데, 합판 한 장을 지붕 삼아 그 아래 머물렀다고 했다. 녀석은 적어도 2년 동안 방치되었으며 서서히 죽어 가던 중이었다.

카즈는 베긴스를 발견한 최초의 목격자였다. 녀석을 처음 보았을 때 한 손으로 허리를 잡을 수 있을 정도였다고 했다. 베긴스를 벼랑 끝에서 구해내는 데는 장장 10개월이 걸렸다. 아이를 천천히 일으켜 세웠고, 상처를 치료했으며, 감염되고 쇠약해진 몸을 돌보았다. 거기다 계속되는 설사를 치우는 데 수개월을 보냈다.

비가 내리고 안개가 낀 밤. 베긴스는 카즈의 도움을 받아 호스피스로 왔다. 카즈와 나는 '파운즈 포 파운디즈'를 통해 인연을 맺었다. 카즈는 베긴스를 마음 깊이 사랑했지만, 녀석이 여생을 호스피스에서 보내는 게 더 행복하리라는 점을 깨달았다. 그렇게 베긴스는 도시와 멀리 떨어진, 평화로운 이곳에서 지내게 됐다. 2019년 9월 말의 일이었다.

아직 갈 길은 멀었다. 카즈의 헌신에도 여전히 베긴스의 검은 털은 건조했고 몸에는 비듬이 가득했다. 스스로 품고 있을 치유력도 아직 밖으로 드러나지 않았다. 시간이 지나며 내면의 불꽃은 서서히 돌아왔고 베긴스의 나이 든 눈에도 생기가 돌았다.

과거의 이력 때문인지, 베긴스는 퇴행성 골수증 진단을 받았다. 퇴행성 골수증은 다발 경화증을 앓고 있는 상태와 비슷해, 녀석은 뒷다리를 서서히 사용하지 않고 있었다. 가급적 제 힘으로 움직일 수 있도록 물리 치료와 식물성 의약품 사용을 병행했지만 결국 물리적인 도움을 통해 움직이도록 하는 것이 가장 좋은 치료법이었다.

휠체어는 녀석의 몸 가운데를 고정한 뒤 바퀴 세트로 움직이는 형태였다. 베긴스가 불쾌해하지 않고 며칠 만에 휠체어에 적응했다. 휠체어 덕분에 번개처럼 빠른 속도로 움직일 수 있었다.

"베긴스, 오늘 네가 물고 도망친 물건들 좀 볼까? 목록을 만드니 이래. 사과 한 봉지, 사탕 한 봉지, 갈색 종이 가방, 고양이 간식 한 상자, 허브티 한 봉지, 접은 골판지, 강아지 코트, 딸기 한 포대, 커피 한 캔……. 혹시 더 있니?"

월! 장난감 한 개! 월!

자물쇠로 잠가 둔 정문을 열며 산비탈을 훑어보았다. 집에서 나온 지 겨우 몇 분밖에 안 됐는데 벌써 손이 얼어 버렸다. 아침을 맞을 때마다 늘 긴장했다. 모든 동물을 안전하게 보살피려 노력했지만, 회진 중 누군가 아프거나 다친 모습을 발견하기에 마

음을 단단히 먹어야 했다. 무언가를 놓치거나, 잊어버리거나, 무
책임하게 행동하거나, 미처 예기치 못한 일이 일어나서일 수도
있었다.

죽음은 문턱을 넘어서기 전에 노크하지 않는다. 부모님이 흔
히들 하는 끊임없는 걱정은 이런 마음에서 비롯된 것이리라.

양과 수탉 몇 마리가 마침 노란 꽃 사이로 어슬렁거리고 있었
다. 혈기가 왕성한 녀석들은 언덕 꼭대기에 걸린 커다란 하늘을
배경으로, 그림자가 드리운 꽃 사이를 은신처 삼아 회의하고 있
었다. 재빨리 양을 헤아렸다. 일곱 마리. 수가 맞아 다행이었다.
얼굴에 장난기가 그득한 암염소가 덤불에 기대어 즐거워하고
있었다. 녀석의 검은 얼굴 옆에 난 뿔은 꼭 양 갈래로 머리를 땋
은 것처럼 보였다.

메에에.

피기가 산비탈에 있는 은신처에서 소리쳤다.

"좋은 아침이야, 피기."

메에에.

녀석은 날씨에 민감한 양으로, 앙증맞은 하얀 발에 진흙이 묻
어나는 것을 싫어했고 바람과 비에 진저리를 쳤다.

"곧 식사 시간이야!"

큰 소리로 외쳤다. 11월이라 추운 데다 비바람이 불어 며칠간 음울했는데, 오늘도 마찬가지일 것 같았다. 아마도 지금까지를 통틀어 가장 추운 아침이었을 것이다. 주변이 어두울 때 침대에서 빠져나오는 데에는 큰 결심이 필요했다. 이불 속에서 따듯한 리의 배 밑으로 발을 집어넣고, 창가에 부딪히는 빗줄기를 보면 편안하고 아늑했다.

저 멀리 작은 새들이 날씨에 놀란 듯 울부짖으며 이리저리 날아다녔고, 갈까마귀는 시원하게 바람을 쐬고 있었다. 옆 농장에서는 동트기 전부터 분주하게 트랙터를 운전하는 사람들이 보였다. 흰 수탉 한 마리가 밖에서 나를 기다리고 있었다.

"아담 존스! 오늘 기분은 어때?"

김리와 엘리사가 있는 양 목장으로 가는 길목에서 아담 존스를 껴안고 인사했다.

"오늘도 진흙이 말썽이네."

토지 정비 작업은 여전히 진행 중이었다. 아빠의 프로젝트, 일명 '이것이 은퇴인가? 수리 서비스'가 시행되면서 자동 물탱크, 창고 등의 정리가 착착 진행되고 있었다. 올해 초 새로 정비한 도로와 주차장도 한몫했다. 김리가 머물고 있는 밭으로 올라가려면 굉장히 미끄러워 꼭 훈련하는 것처럼 느껴졌기 때문이다. 농부인 딕이 돌을 기부한 덕분에 적지 않은 돈을 절약할 수 있었다. 일상적인 업무는 이런 부분들이 보완되며 한결 수월해졌다.

메에에에에에에에!

김리가 들판을 가로지르며 소리쳤다. 몸집이 큰 양치고 유난히 목소리가 크다.

"좋은 아침이야, 김리."

김리에게 점점 더 마음이 쓰였다. 시간이 지나며 뒤틀린 척추와 고관절 장애가 점점 더 심각해졌기 때문이다. 비록 아무렇지 않은 척했지만 지금이라도 조치를 취하지 않는다면 결국 육체적, 정신적으로 힘들어질 것을 알고 있었다. 녀석이 자유롭게 돌아다닐 수 있기를 진심으로 바랐다. 자원봉사자가 김리를 위해 휠체어를 만들어 줬지만 움직임이 불안정해 결국 사용하지 못했다. 결국 방목장에 미국에서 수입한 슬링*과 지프와이어를 설치하려는 계획을 구상했다. 고 에이프**를 만드는 이번 시도가 김리에게 도움이 되기를 간절히 바랐다. 녀석이 최고의 삶을 살 수만 있다면 할 수 있는 모든 시도를 해 보자고 결심했다.

메에에에에에에!

● 　무거운 것을 들어 올리는 장치.
●● 　트리 탑 어드벤처, 지프 트레킹 등의 이름으로 영국과 미국 전역에 있는 야외 모험 회사.

김리는 참을성이 없다.

"김리. 잠시만 참아 줘!"

언덕 위 모든 동물이 잘 지내고 있다는 안도감에, 호스피스 문을 열고 작업복을 정돈했다.

"좋은 아침이야, K! 베긴스!"

아이들이 침실에서 움직이는 소리가 들렸다. 호스피스 거실은 가장 최근에 온 배저와 디거가 차지하고 있다.

2020년 9월 초, 도착한 아이들은 둘. 같은 주인에게서 자란 형제로 열일곱 살이라고 했다. 배저는 검정색, 흰색이 섞인 쾌활한 성격의 잭 러셀 테리어였다. 뺨은 거의 복숭아빛으로 붉게 물들었고 얼굴은 회색이었다.

디거는 귀가 잘 들리지 않고 눈도 잘 보이지 않는, 비만 체구의 케언 테리어*였다. 주인이었던 노인이 지난 여름 사망했는데, 유가족은 아이들을 좋아했지만 이미 다른 개들을 키우고 있어 더 입양할 상황이 아니었다. 두 아이에게 호스피스는 완벽한 장소였다.

다만 초반 몇 주간은 우리 모두에게 정말 힘든 시간이었다. 녀

---

* 스코틀랜드 스카이섬 원산의 다리가 짧은 테리어.

석들은 혼란스러웠지만 인내심을 가지고 규율과 사랑으로 천천히 교육에 적응하고 있었다.

"좋은 아침이야. 윽, 어디서 똥 냄새가 나는데······."

작은 침대에 웅크린 배저가 깜짝 놀라 눈을 깜박거렸다. 디거는 추웠는지 히터 앞 두꺼운 메모리 폼 매트리스에 누워 있었다. 배저가 비틀거리며 내게 다가왔다. 그러고는 내가 작업복을 벗을 동안 스트레칭을 했다.

"그래, 몸을 쭉 펴니 기분이 좋지?"

내 쪽으로 발을 뻗고 장난스레 내 손을 물길래, 반짝이는 단추 모양 코를 살짝 튕겼다.

"이리 와, 좀 안아 보자!"

배저를 안아 올린 뒤 얼굴 전체에 키스를 퍼부었다. 배저는 나보다 채소밭에서 꿩이 뒹굴고 있는 창밖 풍경에 더 관심을 보였다.

"디거, 너도 얼른 일어나."

옆에 무릎을 꿇고, 깨어나기 시작하는 디거의 얼굴을 쓸어내렸다.

"오구, 얼굴이 더러워졌구나?"

디거의 코에 입을 맞추고 녀석을 감싸 안았다.

"사랑해."

녀석을 꼭 껴안고 간지럼을 태우며 노래를 불렀다. 녀석이 완전히 흥분해 침대에서 벌떡 일어나 문쪽으로 걸어갔다. 배저는 문이 조금이라도 움직이면 곧 열릴 것이라 생각하는 경향이 있었고, 디거는 일단 짖기부터 했다.

"오늘은 너무 추워서 외투를 안 입고는 산책할 수 없어."

녀석들에게 겨울옷을 입혔다.

"이제 나가자!"

문을 열자 두 노견이 뛰쳐나와 하루를 시작했다. 녀석들이 아침 냄새를 맡는 동안 정리를 시작했다. 밤새 오줌을 얼마나 많이 쌌는지 확인하고 아침 식사를 준비했다. 녀석들이 돌아왔을 때 달콤한 보물을 찾을 수 있도록 침대 주변에 간식을 몇 개 뿌려두었다.

"좋아, 이제 아침 먹자."

배저가 계단을 뛰어올라 거실로 들어갔다.

"배저, 네 표정 좀 봐! 엄청 신났구나?"

디거는 방에서 나는 맛있는 냄새를 찾아 숨겨진 간식을 먹기 시작했다. 옷을 벗긴 뒤 밥그릇을 들고 옆에 앉았다. 디거에게 아침을 먹일 때는 이렇게 챙겨 줘야 하지만, 달콤한 간식만은 알아서 잘 먹었다.

그렇게 녀석들의 산책, 아침 식사, 보물찾기가 모두 끝났다.

이제 낮잠 시간이다. 지루하거나 조용한 순간이란 없다. 바로 칠면조, 닭 우리를 청소하고 돼지와 양에게 사료를 줘야 한다. 끊임없는 일정이지만 동물 한 마리 한 마리와 교감하는 순간들이 좋았다. 양, 고양이, 닭을 포함해 각각의 동물은 저마다 성격이 다르다.

이제는 칠면조 차례. 아침마다 일어나기 싫어하는 안젤라, 앰버, 찰스. 녀석들은 내 하루를 분노 가득하게 만들려는 목적으로만 사는지도 모른다. 오늘도 찰스는 둥지로 놓아 둔 상자 사이에 끼어 있었다.

"또 이러고 있구나."

뿌뿌.

어떻게 찰스가 이렇듯 귀엽고 작은 소리를 낼 수 있는지, 놀라

작은 생명은 없다

울 때가 있다.

"도와줄게. 요 멍청한 녀석."

다른 동물을 찰스처럼 생각한 적은 없다. 다만 모든 가정에는 저마다 이런 귀여운 사고뭉치 하나쯤은 필요하지 모른다.

"힐러리, 거기서 나와!"

식료품 창고에 놓아 둔 해바라기 씨에 열중했는지 엉덩이가 튀어나와 있었다. 이곳에서 가장 나이 많은 어르신 중 하나지만, 나이가 들어도 건방진 태도는 조금도 누그러지지 않았다. 녀석은 매일 가장 먼저 문을 나서서 식료품 창고로 달려갔다. 다른 암탉들은 힐러리의 화를 돋우지 않으려고 애썼다.

최근 호스피스를 확장하면서 고양이 방도 생겼다. 첫 손님 아치와 조쉬가 침대에서 웅크리고 있었다. 몇 달 전까지만 해도 두 녀석은 쓰레기 매립지에서 살았다. 엄마가 몇 주간 그곳에 살고 있던 고양이들을 거뒀는데, 그중 두 녀석이 포함되어 있었다. 엄마는 모두에게 중성화 수술을 시켰고 대부분은 입양되었지만 조쉬는 병을 앓고 있어 입양이 쉽지 않았다. 엄마와 나는 힘을 합쳐 밭에다 녀석이 살 수 있도록 널찍한 공간을 마련해 주었다. 아치는 건강했지만 조쉬의 동생이기에 함께하기로 했다. 녀석

들은 밤에 위험을 무릅쓰고 산책 나갔다 돌아오곤 했지만 잘 적
응하고 있었다.

　몇 달 전, 늦은 봄. 아기 갈까마귀를 들이기도 했다. 웨인은 동
네 시장에 버려져 갈 곳이 없었기에 호스피스에서 돌보기로 했
다. 웨인은 두 시간마다 일어나서 먹이를 달라고 소리 지르며 커
다랗고 노란 부리를 벌렸다. 특히 고양이 사료, 블루베리, 밀웜
을 좋아했다. 다 자랄 때까지 먹기만 하면 잠들곤 했으며, 날기
전까지는 내게 매우 의존적이었다. 웨인은 내 어깨에 앉아 세상
을 보고 배웠다.

　어느 순간 훌쩍 자란 녀석은 독립하고 싶어 했다. 예전에는 갈
까마귀의 특성을 전혀 이해하지 못했기에, 녀석을 만난 것은 좋
은 경험이 되었다. 웨인은 내 아들이었고 나는 웨인의 엄마였다.
긴 여름날이 끝나갈 즈음, 잠자리에 들기 전 같은 장소에 앉아
나를 기다리고 있었다. 내 손 위로 뛰어올라 30분간 잡담을 나누
고, 머리를 부비고, 부리로 내 머리카락을 빗어 주었다.

　언젠가 웨인의 본능이 깨어나면 보내 줘야 한다는 사실을 알
면서도 그 순간이 오는 것이 두려웠다. 몇 주 전, 여느 때처럼 평
범한 일요일. 아침에 내 어깨에 앉아 간식을 먹고 날아갔던 웨인
은 어디론가 가고 없었다. 웨인은 지금까지의 이별과는 다른 종

류의 가슴앓이를 남겼다. 녀석과의 추억은 마음에 깊게 남았다.

웨인이 저 위에서 마치 세상의 왕인 듯 날고 있으면 좋겠다는 생각이 들었다. 하늘을 향해 소리 질렀다. 언젠가 녀석이 친구들과 잠시만 떨어져 날 보러 와 주었으면 하면서. 물론 웨인은 잘 지내고 있을 것이다. 그때, 갈까마귀 한 마리가 날아갔다.

"웨인?"

살며시 미소 지었다.

'아니었구나.'

아침 식사를 마친 김리가 건초 선반으로 향했다.

"김리. 네가 세상에서 가장 잘생긴 양이라고 내가 말했던 적 있니?"

커다란 엉덩이를 곧추세운 녀석이 나를 쳐다보았다. 라마인가, 캥거루인가? 갑자기 김리가 그 동물들처럼 보였다.

한쪽 겨드랑이에는 건초, 두 손에는 양동이를 들고 다른 양들에게도 사료를 주러 언덕을 올랐다.

세 마리 닭이 내 뒤를 따랐다. 아이들의 이름은 아담 존스, 앨런 와츠, 플래시하트다.

"얘, 오늘은 뭘 가져왔니?"

앨런 와츠는 나에게 작은 꽃, 나뭇가지, 양의 배설물 등을 자주 선물로 가져다주었다.

"잎이구나. 정말 멋지다, 고마워."

엄마에게 모았던 솔방울을 평생 간직하라며 선물했던 어릴 적 기억이 떠올라, 나는 조심스레 잎을 뒤에 놓아두었다.

피기의 여동생이자 음식에 집착하는 양, 헤이즐이 아침 식사를 기대하며 입술을 핥았다. 사료 통으로 다가가는 것을 보며 양 떼를 헤치고 양동이를 비웠다. 양들이 다른 데 정신이 팔린 동안 재빨리 돼지 사료 통을 언덕 위로 가져갔다. 기절하기 직전의 상태였다. 목에는 찬바람이 들어오고 아침 식사인 죽으로 비축해둔 에너지가 소진되면서 다리에도 무리가 가기 시작했다. 팔꿈치는 욱신거리고 콧물이 흘렀다. 몇 주 전에 K가 밟았던 발목도 여전히 경련을 일으키고 있었다.

"돼지들, 아침 먹을 시간이다!"

"브라이언, 아침 먹자."

브라이언은 아직 비몽사몽 중이었다. 매우 졸린 얼굴이었다.

"그래, 졸리지. 그래도 얼른 와서 아침 먹어. 배추랑 배를 가져왔어."

나는 브라이언을 포함, 돼지들의 아침을 사료 통에 뿌려 놓고 몇 시간 동안 먹도록 내버려 뒀다.

아침을 먹는 동물들을 보는 순간이 가장 즐거웠다. 아침 식사를 주는 일이 끝나면 적어도 다음 몇 시간 동안은 더 이상 아무 일도 하지 않아도 된다는 사실이 기뻤다. 저 멀리 딕의 밭에서 트랙터 소리가 들려왔다. 찌르레기들이 전선에 줄지어 앉아 떠들고 있었다.

어디선가 산책하러 휠체어를 타고 나간 베긴스의 짖는 소리가 들려왔다. 호스피스 어딘가에 바퀴가 끼었거나 정반대의 일이다. 예를 들면 메추라기를 괴롭힌다던지 하는 일이다. 어느 쪽이든 녀석이 처한 상황을 해결해 주러 가야 한다.

베긴스를 배기관에서 빼낸 뒤, 함께 녀석의 침실로 향했다.

"좋아, 베긴스. 집에 다 왔다. 휠체어에서 꺼내 줄게."

베긴스가 자리를 잡자 호스로 휠체어에 물을 뿌렸다. 더러워진 작업복과 일회용 장갑을 벗고 하루를 보내고 있는 모든 동물을 둘러보았다. 닭장에서 나는 소음으로 미루어 볼 때, 또 저들끼리 드라마를 찍고 있는 게 분명했다.

내 역할은 먹이고 청소하고 간호하는 것이다. 누군가 눈을 잃거나 부상을 입지 않는 한, 인간 사회의 규칙을 닭 사회에도 적용한다. 바로 '아무런 관여도 하지 않는 것'이다.

아침마다 내 열정의 정도는 달라진다. 때로는 무릎이나 팔꿈치가 아프고 기분이 언짢은 날도 있다. 하지만 매일 아침 침대에서 일어날 수 있기에 스스로 운이 좋은 사람이라 생각한다.

아프거나 피곤하거나 열정적이지 않은 상태로 하루를 시작하더라도, 일단 호스피스가 정리되고 모든 동물이 행복하고 만족스러운 하루를 보내면 항상 마지막에 느끼는 감정은 똑같다. 좋은 날이나 나쁜 날 모두, '만족'이 찾아온다. 단순하지만 한 번이라도 만족스럽지 않은 날이 없다.

"베긴스. 따뜻하고 좋지? 우리 이제 쉴까?"

검은 고양이

"아빠? 여기서 뭐하고 계세요?"

헤드폰을 벗고 재빨리 손을 말렸다. 아빠가 호스피스 문간에
서서 걱정스러운 표정을 짓고 계셨다. 내 상태가 걱정되신 것이
다. 그 예상은 맞아떨어졌다. 나는 고군분투하고 있었다. 과로는
일상적인 일들마저도 대처하기 어려운 상황으로 나를 몰아갔
다. 심지어 기본적인 일조차 힘들게 느껴졌다. 다른 사람들처럼
푹 자고 영양가 있는 식사를 했어야 하는데, 저녁밥은 과자로 때
우고 새벽 세 시까지 깨어 있는 날이 다반사였다.

감정적으로도 몇 주간 힘들었다. 동물 몇 마리가 죽었기 때문

이었다.

암탉 브리는 난소암으로 서서히 죽어 갔다. 집으로 데려와 간호하며 녀석이 따뜻한지, 아프지는 않은지 확인하며 영양제를 준비했다. 조지아가 그랬듯, 브리를 떠나보내는 건 시간문제였다. 늦은 저녁, 옆 침대에 몸을 뉘인 브리의 호흡이 점점 느려지다 심장이 멎었다. 잠결에 아주 평화롭게 떠난 것이다. 다음 날 항상 돌아다니던 들판에 브리를 묻어 주었다.

그렇게 브리에게 마지막 작별 인사를 고한 지 몇 시간 지났을까, 생후 2일부터 보살핀 수탉 댄이 갑자기 죽었다. 녀석이 급성 심부전을 일으키기 시작할 때 다행히 나는 댄의 곁에 있었다. 평상시라면 다른 곳에 있었을 텐데 그날따라 저녁 식사 순서를 바꾼 덕이었다. 댄이 숨을 헐떡이며 몸부림칠 때 젖은 땅바닥에 꿇어앉아 어찌할 바를 몰랐다. 그저 안아 주고 사랑해 주는 것 외에는 아무것도 할 수 없었다. 작은 병아리였을 때 녀석을 돌보았던 것처럼.

생을 마감하는 순간은 고통스러웠지만 다행히 빠르게 끝났다. 경험? 아니면 수용? 둘 모두였는지도 모르겠지만 그간 충격적인 상황에서도 나는 꽤 침착했다. 하지만 댄의 죽음은 큰 충격으로 다가왔다. 마음의 준비도 없이 아이들의 삶이 끝나는 일을 쉽게 받아들일 수 없었다.

댄의 몸이 식기 시작할 때까지 안고 있었다. 그것이 내가 녀석의 삶과 내면의 불꽃을 느낄 수 있는 마지막 순간이라는 것을 알았기에 그랬다. 댄은 내가 바라던 모습으로 편안하게 생을 마감하진 못했지만, 이제는 내가 결정할 수 없는 순간들이 있음을 안다. 동물들을 안전하게 지키기 위해 최선을 다하지만 통제할 수 없는 요인이 많았다. 항상 배워야 할 것, 변화에 따라야 할 것이 있었다. 죽음을 막을 수는 없었다.

밤새도록 앉아서 생각에 잠길 수만은 없다. 아직 할 일이 남았다. 눈물을 닦고 회진을 계속했다.

브리와 댄의 죽음을 겪은 뒤 마음이 공허했다. 사랑하는 동물들이 사라져 가는 모습을 보는 건 참 어려운 일이다. 두 마리의 죽음은 매우 다르지만 저마다의 죽음이 내게 입히는 타격은 익숙해지지 않았다. 위로가 필요했다.

아빠와 함께 베긴스를 데리고 밖으로 나왔다. 은행과 우체국에 들러 여러 가지 업무를 보고 공원에 내려갔다. 베긴스가 공원을 한 바퀴 돌자 기러기 한 무리가 머리 위로 소리를 냈다.

"케언곰 산맥에서 기러기 발견했던 거 기억나세요, 아빠?"

"아, 맞아. 그때 길을 잃었지! 엄청 웃었는데."

수십 년이 지난 지금도 여전히 우리를 미소 짓게 만드는 기억이었다.

아빠와 나는 머리 위를 빙빙 돌면서 길을 잃고 소리치는 기러기들을 발견한 적이 있다. 기러기들이 '이쪽으로 비켜, 내가 이끌게!', 또는 '우리가 지금 어디를 지나는지 아는 녀석?'이라는 뉘앙스로 웅성대며 남쪽으로 향하고 있었다. 당시 케언곰 산맥에 철도 건설이 시작되고 지형이 바뀌면서, 기러기들이 혼란스러웠을 것이란 생각이 들었다.

"저 녀석들 참 안됐어요. 지금 생각해 보면 정말 힘들지 않았을까 싶고요."

"그래, 무척 힘들었을 거야."

아빠와 함께 언덕에서 보낸 날들은 버팀목이 되어 주었다. 언덕을 오르는 동안 다리가 아프거나 머리가 아파도, 때로는 춥고 피곤하다고 아무리 불평해도 아빠는 항상 계속 가도록 격려하며 동기를 부여해 주곤 하셨다.

"아빠, 저 못 걷겠어요."

하지만 아빠와 함께라면 어느새 기적적으로 언덕 꼭대기에 도착해 있었다.

'계속 올라가렴. 그러다 보면, 바삭바삭한 롤빵이 기다리고 있을 거야.'

훌륭한 교훈이었다.

절실했던 위로뿐만 아니라 아빠의 프로젝트, 일명 '이것이 은퇴인가? 수리 서비스'는 식료품 창고를 보수하는 데 큰 힘이 됐다. 짚단을 보충하면서 몇 가지를 고치고 또 고쳤다. 햇빛이 옅어지기 시작할 때 아빠와 작별 인사를 했다. 포옹하고 나니 기분이 좋아졌다. 목욕하고 진을 마신 뒤 푹 자고 일어나면 내일은 훨씬 더 밝아지리라는 생각이 들었다. 하지만 그 전에 닭들을 헛간으로 들여보내야 한다.

"열하나, 열둘, 열셋! 앰버, 조 캠벨은 내버려 둬. 펌킨! 이제 충분하잖니!"

나는 어두운 곳을 그다지 좋아하지 않는다. 겨울은 진흙, 추위, 바람, 비, 서리를 동반해 특히 싫다. 하지만 좋은 점도 있다. 닭들이 4시 30분, 개들은 7시면 잠들기 시작한다. 그럼 내게도 저녁 식사를 챙길 기회가 생긴다. 여름은 장점이 많지만 잠자리에 들기를 거부하는 120명의 아이들과 함께 사는 일이기도 하다. 동물들이 할 일이라고는 잠자리에 드는 것뿐인데, 이 일은 결코 호락호락하지 않다. 일과를 마치고 빨리 쉬고 싶은데 여름에는 유독 애를 먹는다.

오늘도 김리, 엘리사를 먹일 사료 통을 들고 있었다. 아이들은 과일, 야채를 먹은 뒤 리치 티를 마셨다.

"김리, 오늘 밤은 브로콜리야. 엘리사는? 그거 사과 조각이야? 좋아, 너희 둘, 그 정도면 충분해. 다른 동물들도 먹어야 하니까 조금만 남겨 두자."

다른 양, 돼지를 먹일 저녁 간식 양동이를 모은 뒤 아이들에게 코를 대고 꼭 안아 주었다.

"잘 자렴, 아담 존스. 잘 자, 왓치클. 플래시하트도! 사랑해."

동물들에게 입을 맞추고 언덕을 올랐다.

옆집 딕은 농장 회진을 마치고 집으로 가고 있었다. 내가 든 횃불이 언덕을 타고 오르는 것을 보며, 그가 울타리 저편에서 잘 자라며 손짓했다. 나는 그동안 많은 곳에서 살았지만, 링 리그 게이트에서 처음으로 나도 공동체 일원이라는 느낌이 들었다. 오가며 나눈 친근한 인사, 어둠 속에서 빛나는 이웃집, 필요할 때 달려와 준 사람들…….

돼지들은 즐겁게 콜리플라워와 양배추를 먹고 있었고, 그 외 다른 돼지들은 모두 잠자리에 들었다. 나는 달빛을 받으며 다시 언덕 아래로 향했다. 밝고 맑은 밤, 잔디가 바삭바삭 소리를 냈다. 대문을 닫으려다 잠시 걸음을 멈췄다. 희미해진 푸른빛을 배경으로, 언덕 꼭대기에 있는 나무의 실루엣이 드러났다. 구름 사이로 별들이 작은 점 모양으로 빛났다. 가장 기분 좋은 순간이었다. 모든 동물은 안전하고 따뜻하며 만족스럽게 잠들었다. 나는 반짝이는 별빛을 올려다보며 잠시 생각에 잠겼다.

덤불 뒤에서 갑자기 하얀 형체가 나타나 뒤뚱거리며 다가왔다. 매일 밤 취침 시간이 되면, 피기와 나는 특별한 순간을 함께했다. 오직 피기만이 내 주머니 속에 비스킷이 숨겨져 있다는 사실을 알고 있다.

메에에.

피기가 앙증맞은 하얀 다리와 커다란 몸을 빠르게 움직였다.

메에에! 피기는 알아! 피기는 다 알아!

녀석이 울타리 사이로 코를 들이밀면, 우리는 비밀리에 비스킷을 교환했다.

피기는 안다구. 메에에!

피기가 허리를 굽혔다. 녀석의 털에 코를 찔리면 미소 짓게 된다. 이야기를 나누는 몇 분간 녀석의 이마와 하얀 털 뭉치에 입을 맞추고, 두꺼운 털 안으로 손가락을 넣었다.

"피기, 나 얼어 죽겠어. 잘 자고 우리 내일 보자."

다시 피기의 이마에 입을 맞추고 두 손을 주머니에 집어넣었다. 그러고는 호스피스에서 나를 기다리는 두 마리의 노견을 향해 걸어갔다.

배저와 디거는 몸을 웅크리고 거실 안, 각자의 자리에 누워 있었다.

얼마 전 디거의 목에 커다란 혹이 생겼다. 녀석의 나이를 고려할 때 최악의 상황까지 의심되었다. 수의사 브루스가 진찰한 뒤 안 좋은 소식을 전했을 때, 내 마음도 착 가라앉았다. 암이 림프절로 전이된 듯했고, 다른 부위에도 암이 번지고 있었다.

브루스와 나는 과한 치료가 디거에게 오히려 독이 되리라고 여겼다. 그 대신 녀석이 여생을 최대한 편안하고 만족스럽게 보내는 데 집중하기로 결정했다. 수술 대신 항생제와 진통제 몇 가지를 처방받은 뒤, 마트에서 강아지 치료용 장난감과 간식을 들고 공원으로 갔다. 모든 순간을 소중히 여기겠다고 결심했다. 서로 안 지 몇 주밖에 안 됐고 이제 막 신뢰와 우정의 기복이 시작됐지만 함께할 수 있는 시간이 벌써 끝나 가고 있었다.

11월이라 오후가 되자 추위가 몸을 감쌌다. 우리 셋은 공원을 한 바퀴 돌았다. 배저와 디거가 코를 킁킁거렸다. 두 녀석은 바로 그 순간 콧구멍 밑에 있는 것 외에는 아무것도 알지 못했다. 만약 디거가 곧 죽는다는 사실을 안다고 해도, 녀석은 두려워하지 않았을 것이다.

나의 삶은 만족스럽고 행복했다. 두 녀석을 만나 사랑에 빠졌다는 데 감사했지만, 우리의 우정과 서로에 대한 신뢰가 시작된

지 얼마 되지 않아 작별을 고해야 하는 현실은 그 자체로 고통이었다. 배저가 정말 안쓰러웠다. 녀석은 디거가 아프다는 것을 알고 있다. 형이자 가장 친한 친구인 디거가 사라지면 큰 타격을 입을 것이었다. 배저는 어느 순간부터 디거의 얼굴을 핥기 시작했는데, 아마도 뭔가 잘못됐다는 것을 알아차려서일 터였다. 평생을 함께해 왔기에 제 동반자를 그리워하게 될 것이라는 사실이 가슴 아팠다.

그러나 눈물을 참아야 했다. 함께하는 시간은 무척 짧지만 적어도 좋은 친구가 되기에는 충분한 시간이다. 이 시간이 디거와 배저에게 추억이 되기를 바랐다. 디거는 휴식을 취하며 마지막 날들을 즐길 수 있었는데, 녀석에게 그러한 시간을 선물할 수 있어 정말 감사했다.

며칠이 지나고 잠깐 외출하러 디거에게 코트를 입힌 뒤 안으려고 몸을 굽혔다. 잘 먹고 있었지만 살이 빠지고 있었다. 만약 디거가 이제 충분하다고 말하면 들을 준비가 되어 있었다. 몇 주 전 우리가 처음 만났을 때 내가 했던 약속에 따라 행동할 시기가 왔다는 눈빛을, 조만간 보게 되리라는 직감을 느꼈다.

"뭐지……?"

안고 있던 팔을 풀어 보니 코트 목 부분이 흠뻑 젖어 있었다.

심장이 철렁 내려앉았다. 자세히 살펴보려고 디거를 밝은 곳으로 옮겼다.

"디거, 무슨 일이야?"

침착하게 녀석을 안심시킨 뒤 머리를 들어올렸다. 디거가 눈을 깜박이며 나를 보고 있었다. 털이 빨갛게 물들었다. 목에서 피가 스며 나오고 있었다.

브루스한테 전화했고 어떻게 해야 하는지 설명을 들었다. 알고 보니 종양인 줄 알았던 목의 혹이 실은 단순한 종기였다는 것, 그리고 그게 터졌다는 것을 알게 됐다. 피와 고름이 배어 나오자 크기가 점점 작아지고 있었다. 녀석에게 사탕을 주고 차를 한 잔 마시며 마음을 가라앉혔다.

몇 분이나 지났을까. 그새 디거는 푹 쉰 것 같았고, 일주일 뒤 혹은 완전히 없어졌다. 디거와 배저는 들판을 돌아다니며 놀고 있었고 그동안 본 모습 중 가장 좋아 보였다. 항상 죽음을 각오하고 있지만 이렇게 기적이 찾아올 때가 훨씬 더 좋다.

디거의 등에 담요를 두르고 작업복을 입었다. 눈이 뜨겁고 무거웠다. 나는 나의 하루를 사랑했지만 스트레스, 휴식, 수면부족 그리고 나에게 주어진 책임감이 나를 짓누르기도 했다. 아직 집에서 해야 할 일이 남았고, 내일도 내일의 일이 있지만 오늘만은 소등해야 했다.

　호스피스 주변을 재빨리 확인하며 놓친 것이 있을까 봐 체크리스트를 훑어보았다. 완벽했다. 문을 잠그고 침실로 향했다. 모든 동물이 여전히 평화롭게 잠들어 있었다. 청명한 하늘을 쳐다보았다. 감사한 하루였다.

"검은 고양이야, 듣고 있니?"

　몇 주 전, 문을 잠그고 있는데 검은 고양이가 어둠 속에서 문으로 마중을 나왔다. 녀석은 내 다리에 등을 대고 몸을 굴렸다. 얼떨떨했다.

　나를 따라 정원으로 들어온 녀석이 농장 고양이일 수도, 배고파서 들어온 야생 고양이일 수도 있겠지만 어쩌면 버려졌을지도 모른다는 생각이 들었다. 아치와 조쉬에게 주는 고양이 사료 몇 봉지를 뜯었다. 검은 고양이는 저녁 네 끼를 한번에 먹고는 내 몸을 두 시간 동안 문지르고 손가락을 깨문 뒤 다시 어둠 속으로 사라졌다. 뒷문 계단에 혼자 앉아 방금 무슨 일이 일어났는지 생각했다. 길고양이든, 버려진 집고양이든 고양이는 저렇게 행동하지 않는다. 몹시 이상했다.

　여기저기 물어보니 사람들은 녀석이 농장에서 2년 반 동안 살아 왔다고 했다. 나와 비슷한 시기에 도착한 것이다. 산골짜기에서 자고 사람들에 눈에도 몇 번 띄었지만, 녀석은 아무에게도 가까이 가지 않았다. 그래서 녀석에 대해 잘 아는 사람도 없었다. 귀가 잘렸고 아기 고양이를 낳은 적이 없다고 하니 중성화 수술을 받은 것이라 추정했다. 윤기가 흐르는 데다 몸무게도 적당하며, 두 눈은 밝은 녹색으로 건강해 보였다. 날씨가 추워지면서 먹이를 구하느라 애를 먹었을지도 몰랐다. 녀석이 다시 올지는 알 수 없었다.

다음 날 밤, 집으로 돌아가 검은 고양이가 그 자리에 있을지 확인하고 싶은 마음이 간절했다. 녀석과 함께 있는 것이 정말 즐거웠다. 집 모퉁이를 돌다 멈춰 섰다. 생쥐 한 마리가 오솔길에서 경련을 일으키며 헐떡이고 있었다. 검은 고양이가 이번에는 나에게 저녁을 대접하기로 한 것 같았다.

세탁한 빨래를 건조기에 넣었다. 에너지가 다 떨어져 뒷문 계단에 걸터앉아 아빠께 '0104'라고 문자를 보냈다. 이건 '걱정 마세요, 집에 안전하게 돌아왔어요. 돼지 밑에 깔려 있거나 미친 염소에게 찔리지 않았어요.'라는 뜻이다.

앉자마자 피로에 휩싸였다. 갑자기 좌절과 걱정, 외로움과 약간의 자기 연민으로 눈물이 났다. 여기 있는 모든 생명체 중 유일한 인간이라는 데 만족했다. 내가 그들을 사랑하는 만큼 그들도 나를 사랑해 주었다. 사랑받지 못한다고 느끼기란 불가능했다. 어느 누구의 간섭도 없이 하고 싶은 대로 일하고, 저녁 식사로 진과 마시멜로를 자유롭게 먹을 수 있었다.

그럼에도 때로는 사람이 그리웠다. 힘든 날이 지나고 나면 부엌에서 따뜻한 음식 냄새를 맡으며 위로 받는 상상을 했다. 잠시간 누군가로부터 따뜻한 미소, 포옹으로 위로 받는 상상 말이다.

"왔구나!"

한 쌍의 녹색 눈이 어둠 속에서 소리 없이 나타났다.

"좋은 하루 보냈니?"

녀석이 내 다리에 몸을 감고 그르렁거리며 더러운 작업복 바지에 몸을 비볐다. 깨끗하고 완벽한 이 동물이 어떻게 옷에서 나는 냄새를 견디는지 알 수 없었다. 아마도 녀석에게는 괜찮았나 보다.

"저녁 먹을 준비 됐니?"

고개를 숙이자 녀석이 내 이마에 얼굴을 비볐다.

우리 둘 다 경계심이 강해 서로에게 익숙해지는 데 시간이 필요했다. 몇 주간 검은 고양이와 나는 매우 친해졌고 윤기 나는 검은 털이 얼굴에 닿으면 스릴도 있었다. 독립적이며 자신을 완벽하게 돌볼 수 있는 검은 고양이는 나와 함께 있고 싶어 하는 것 같았다.

우리의 우정은 다른 우정과는 달랐다. 녀석에게는 내가 필요 없었다. 이러한 관계 속에서 녀석은 지금까지 몰랐던 내 일부를 채워 줬다. 이 고양이를 만나기 전까지 이런 존재가 내게 얼마나 필요한 것이었는지 알지 못했다. 나는 서로에게 주의를 기울이는 이 관계가 기뻤다. 우리의 우정 덕분에 제 삶이 훨씬 나아졌다고, 검은 고양이가 생각하기를 바랐다.

일단 고양이가 계속 올 것이라 확신한 나는 겨울을 날 수 있는 작은 집을 사 주었다. 한편으로는 여느 고양이들처럼 자유롭고 신비롭게 이 호의를 무시하는 모습도 기대했다.

"산책 가자."

리가 흥분해서 계단을 뛰어내려 문밖으로 뛰쳐나갔다. 그새 나는 리의 저녁 식사를 준비했다. 우리 집은 미완성인 벽, 판자로 덮인 바닥, 보일러와 복잡하게 배선되고 낡은 전기 장치들로 둘러싸여 있었지만, 적어도 부엌에 물웅덩이는 없었다.

많은 사랑과 관심이 필요했던 링 리그 게이트는 살아나고 있었다. 매일 밤 부엌으로 들어가면 따뜻한 포옹이 나를 감싸는 데 감사했다. 난로 위에 수프 냄비는 없을 수도 있지만, 냉장고 안에는 뜨겁게 데워지기를 기다리는 라자냐가 있다. 그 옆에는 브라우니 한 박스가 차 한 잔과 함께할 시간을 기다리고 있다. 이런 모습을 보면 내가 얼마나 운이 좋은지 상기하게 됐다. 내게 친절을 베푸는 사람들에게도 늘 감사했다.

엄마는 전화를 걸어 몸에 좋은 음식을 잘 챙겨 먹는지 정기적으로 확인하신다. 특히 생각을 종이에 옮겨 적는 엄마의 재능은 글을 쓰는 데 큰 도움이 되었다. 게다가 이 책은 내가 오래 전 잊고 있었던 세부 사항을 일깨운 아버지의 기억력, 그리고 20년간 나를 알고 이해해 준 클레어의 노력 덕분에 탄생하게 되었다. 맨디는 펍에 가자며 매일 전화했고, 리사는 온라인 친구들에게 내 근황을 계속 알려 줬다.

내가 글을 쓸 수는 있을지, 만약 쓴다고 하더라도 불가능해 보이는 일을 어떻게 해낼지 가늠할 수 없었다. 하지만 글쓰기는 점점 삶의 일부가 되어 갔다. 새벽 2시에는 졸면서 노트북으로 썼고, 새벽 5시에 일어나면 부엌 바닥에 앉아 진과 마시멜로를 먹으며 내용을 구상했다. 자그마한 종이에도 글을 썼고 식료품 창고에서 발견한 뭉툭한 연필로 울타리 기둥에 낙서하기도 했다. 하지만 무엇보다도 나는 오랜 친구 팸에게 배운 교훈을 기억하며 이 책을 썼다.

'가능한 한 모든 에너지를 항상, 조금만 더 쓸 것.'

매기를 잃었을 때 나는 그리움, 상실, 사랑, 죄책감, 후회, 두려움의 미로에서 길을 찾을 수 없을 것 같았다. 비탈길을 미끄러져 내려간 뒤, 다시 위로 올라갈 수 있도록 도와줄 누군가의 손길이 간절했다. 좋은 결정도 나쁜 결정도 내렸지만, 그중 제일 좋은 결정은 '계속 나아가는 것'이었다. 아빠의 말처럼 경치를 즐기며 길을 따라가다 보면, 꼭대기에 바삭바삭한 롤빵이 기다리고 있을지도 모른다는 것을 잊지 말고 말이다.

누구든 살아가며 경이로움, 공포, 미지의 무언가를 통제할 수는 없다. 사건도 죽음도 계속해서 일어난다. 그것이 삶이다. 삶이든 죽음이든, 특정 순간을 피할 방법은 없다. 삶은 계속된다. 그리고 삶이 끝날 때 죽음이 찾아온다는 사실을 받아들이고 견

디는 것이 가장 평화로운 방법이라는 것도 깨달았다. 내가 할 수 있는 일은 삶을 좀 더 행복하고, 안전하고, 살 가치가 있게 만드는 요소들로 가득 채우는 것과 죽음을 최대한 평화롭고 존엄하게 만드는 것이다. 그거면 된다.

　지난 시간 너무나 많은 동물이 내 삶에 흘러들었다가 빠져나갔다. 그들은 내 마음의 조각을 가져가는 대신, 그 틈을 메우라며 자신의 조각을 남기고 떠났다. 매번 너무나 고통스러웠으며 작별 인사를 하자니 너무 빠르게 떠나 버렸다. 그들은 삶을 뒤로하고 내가 따라갈 수 없는 길을 택했다. 그때, 우리가 이 세상에 어떤 크기와 어떤 모양으로 오고 어떤 곳을 통과하든, 삶과 죽음을 거치는 그 순간 우리 모두는 같은 것을 원하고 있다는 점을 나는 깨닫게 되었다.

2020년 12월 30일

    서리가 내렸다. 언덕을 내려와 호스피스로 돌아가는 길, 잔디가 바삭바삭 소리를 냈다. 환할 때만 보이는 호스피스의 일부분이 하얗고 찬란한 달빛에 반사되어 빛을 발하고 있었다. 혹독한 추위였다.

    나는 문 앞에 멈춰 서서, 번쩍이는 하얀 빛에 반사된 어둡고 울퉁불퉁한 흙더미를 바라보았다. 몇 시간 전 친구의 굴착기로 땅을 파고 몸집이 가장 크고 북실북실한 양 한 마리를 묻어 준 곳이다. 어제 김리가 내가 가장 듣고 싶지 않은 말을 꺼냈고, 한 시간 뒤 브루스가 내 전화를 받고 찾아와 내가 가장 하고 싶지 않은 일을 하고 간 흔적이다.

다시 호스피스 건물을 살펴보았다. 지어진 지 3년이 지났고, 잘 유지되고 있다. 최근 나는 다시 무언가를 시작할 기회가 주어진다면 어떤 일을 할지 생각해 보았다. 들판 중앙에 새 호스피스 건물을 세우고, 그 주위에는 브랜을 기념하는 정원이 나선형으로 뻗어 있으며, 그 정원을 지나쳐 집으로 올라간다. 새로운 상상이라는 것이 이런 것뿐이다.

흙더미를 힐끗 돌아보았다. 상처와 고통은 언제나처럼 다시 밀려올 것이다. 하지만 이제 나는 괜찮으리라는 것을 안다. 사랑하는 존재를 위해, 하기 싫음에도 이 일을 이어가는 이유는 단 하나다. 자신의 조각, 그리고 사랑하는 서로의 조각들을 품고 이 세상을 떠나는 것. 그뿐이다.

이 책을 집필하는 것은 제가 했던 일 중 가장 힘든 일이었습니다. 도와주는 사람들이 없었다면 이 책은 세상에 나올 수 없었을 것입니다. 혼자서는 절대 할 수 없고, 하지도 않았을 일입니다.

헤더 비숍은 2년 전 제게 메일을 보내 집필을 제안했습니다. 이 글을 쓰는 지금도 제 옆에 있고요. 마감 시간으로부터 18분이나 지났지만 아직 끝내지 못했네요. 그런데도 인내심을 잃지 않고 늘 그랬듯 저를 격려해 줍니다. 헤더, 어려울 때마다 이겨 낼 수 있도록 도와주어서, 그리고 항상 엉덩이를 의자에 단단히 고정시키고 빠르게 작업할 방법을 알려 주고, 무엇보다 어설프게 글을 고치지 않도록 잡아 주어 감사의 인사를 전합니다.

에이전트인 **로완 로튼**. 책을 낼 자신이 없었을 때 한결같이 저를 믿어 줬어요. 또한 출판업계에 대해 잘 모르지만, **제인 스터록과 샬롯 프라이**는 가장 이해심이 많은 출판사와 편집자임에 틀림없습니다. 마감일을 모두 지키지 못했건만 제가 언젠가는 편집을 멈추고 책을 완성할 것이라고 믿었고, 드디어 해냈으니까요. 그들이 기다릴 가치가 있는 일이었길 바랍니다.

　아버지. 참아야 할 그 이상의 것을 참아 온 나의 아버지. 제가 기억하는 것보다 더 많이 저를 용서해 주셨고, 집필하는 동안 동물들을 돌보려 당신의 삶을 포기하셨어요. 아버지 없이는 정말 이 일을 해낼 수 없었을 거예요. 그리고 **어머니.** 글쓰기를 도와준 편집자이자 밤샘 친구, 라자냐 요리사이자 스콘 굽는 제빵사로 제 곁에 있어 주셨지요. 저는 아직도 콜론과 세미콜론의 차이 점을 잘 모르지만요.

제게 많은 시간과 에너지를 쏟은 **클레어**, 이 책의 거의 모든 페이지에 당신의 제안, 우정이 속속들이 얽혀 있어요. **지미 L**, 역시 응원해 주시고 해낼 수 있다고 저를 북돋우고 믿어 주어 감사했어요.

또한 집필이 언제 끝날지 알지 못하면서도 우리가 다시 함께 할 수 있는 약속의 날을 끈기 있게 기다려 주신 분들께 감사드려요. 약속했던 순간이 오기 전에 떠나야 했던 나의 사람들·존재들에게도 감사드립니다. 아직 제가 바꾸고 개선해야 할 일들이 너무 많네요. **베긴스!** 너 때문에 일이 두 배는 어려웠지만, 동시에 네가 없었다면 나는 이 일을 해낼 수 없었을 거란다.

　새벽 4시, 어두운 부엌에서 술을 마시고 아이들의 무덤 자리를 파며 괴로워하던 긴긴밤 동안 저를 지탱해 준 것은 노래였습니다. 이 노래를 만든 이들에게도 감사드립니다. 당신들의 마법이 정신 차리도록 도와주었어요.

　마지막으로 내가 이 책을 쓰고 있는 동안 세상을 뜬 절친 두 사람을 추모합니다. **크레이그**, 알고 지낸 시간은 짧았어도 당신의 도움은 평생 잊지 않고 살 거예요. 감사해요, 저 드디어 해냈어요!
　맨디. 에비모어에서 지낸 초창기, 저는 길을 잃은 영혼이었지요. 당신은 제가 길을 더듬어 가며 발전할 수 있도록 이끌어 줬지요. 따라갈 수 있도록 여러 조각들을 뒤에 남겨 주어서 고마웠어요.

여기서 마무리 짓겠습니다. 옆에 있는 헤더가 제게 이제 그만 끝내라고 말하고 있어서 말이에요.

김리Gimli

조지아Georgia

배긴스Baggins

마야Maya

매기 플레밍 동물 호스피스The Maggie Fleming Animal Hospice

오샤Osha

브랜Bran

비밥B-Bop

조지George

매기Maggie

배져Badger, 디글Digger

옮긴이 **강미소**

한국외국어대학교 베트남어학과 및 경영학과를 졸업했다.
현재 항공 관련업에 종사하며, 전 세계 각국의 문화를 체험하고 있다.

작은 생명은 없다

세계 최초, 유기동물 호스피스에서의
사랑과 이별 이야기

ⓒ 알렉시스 플레밍

1판 1쇄 인쇄	2023년 4월 28일
1판 1쇄 발행	2023년 5월 20일
지은이	알렉시스 플레밍
옮긴이	강미소
펴낸이	노지훈
편집	언제나북스 편집부
디자인·그림	괜찮은 월요일
펴낸곳	언제나북스
출판등록	2020. 5. 4. 제 25100-2020-000027호
주소	22656 인천시 서구 대촌로 26, 104-1503
전화	070-7670-0052
팩스	032-275-0051
전자우편	always_books@naver.com
블로그	blog.naver.com/always_books
인스타그램	@always.boooks
ISBN	979-11-979390-6-8 (03840)